D0402814

TREIZE NOUVELLES POLICIÈRES, NOIRES ET MYSTÉRIEUSES

LES PRIX ARTHUR ELLIS

TREIZE NOUVELLES POLICIÈRES, NOIRES ET MYSTÉRIEUSES

LES PRIX ARTHUR-ELLIS

Une anthologie présentée par
PETER SELLERS

et traduite de l'anglais par
ÉLISABETH VONARBURG

ALIRE

Illustration de couverture
BERNARD DUCHESNE

Diffusion et distribution pour le Canada
Québec Livres
2185, autoroute des Laurentides, Laval (Québec) H7S 1Z6
Tél.: 450-687-1210   Fax: 450-687-1331

Diffusion et distribution pour la France
D.E.Q. (Diffusion de l'Édition Québécoise)
30, rue Gay Lussac, 75005 Paris
Tél. : 01.43.54.49.02   Fax : 01.43.54.39.15
Courriel : liquebec@noos.fr

Pour toute information supplémentaire
LES ÉDITIONS ALIRE INC.
C. P. 67, Succ. B, Québec (Qc) Canada G1K 7A1
Tél. : 418-835-4441   Fax : 418-838-4443
Courriel : alire@alire.com
Internet : www.alire.com

Les Éditions Alire inc. bénéficient des programmes d'aide à l'édition de la
Société de développement des entreprises culturelles du Québec (SODEC),
du Conseil des Arts du Canada (CAC) et reconnaissent l'aide financière du
gouvernement du Canada par l'entremise du Programme d'aide au développement de l'industrie de l'édition (PADIÉ) pour leurs activités d'édition.
Gouvernement du Québec – Programme de crédit d'impôt pour l'édition
de livres – Gestion Sodec.

Arthur Ellis Awards
An Anthology of Prize-Winning Crime & Mystery Fiction
© **1999** Quarry Press inc.

Dépôt légal : 1er trimestre 2003
Bibliothèque nationale du Québec
Bibliothèque nationale du Canada

10   9   8   7   6   5   4   3e MILLE

TABLE DES MATIÈRES

INTRODUCTION

Toute l'histoire de la fiction policière, avec ses millions de livres et leurs milliards de mots, a commencé avec une unique nouvelle. « Double assassinat dans la rue Morgue », d'Edgar Allan Poe, a introduit quelques-unes des plus vénérables institutions du genre, en particulier le détective à la vaste intelligence et aux pouvoirs de raisonnement quasi surnaturels. Un autre nouvelliste légendaire, Arthur Conan Doyle, a continué à bâtir à partir des fondations établies par Poe, en les développant, dans ses récits mettant en scène Sherlock Holmes. Au Canada, des auteurs de mystères et autres histoires policières comme Grant Allen, Robert Barr et Harvey O'Higgins ont œuvré principalement dans le cadre de la nouvelle, à la fin du XIXe et au début du XXe siècle. Plus tard, des auteurs canadiens comme H. Bedford Jones, Frank L. Packard et R.T.M. Scott ont été les principaux fournisseurs des magazines à bon marché, les *pulps*. Puis, après la disparition des *pulps*, deux auteurs canadiens de mystères, James Powell et William Bankier, spécialistes de la nouvelle, ont joui d'un vaste public de lecteurs réguliers ; ils ont publié tous deux des dizaines de récits, surtout dans les pages du

Ellery Queen Mystery Magazine. Leur carrière bat toujours son plein aujourd'hui.

Avec quelques exceptions, cependant, dans les années plus récentes, les auteurs qui ont obtenu le plus d'attention dans le domaine de la fiction policière ne sont pas des nouvellistes mais des romanciers. Pendant les années 80, au Canada, Howard Engel a envoyé son héros, Benny Cooperman, arpenter les rues dangereuses de Grantham (alias St. Catharines, en Ontario). Ted Wool a installé son ancien policier torontois, Reid Bennett, dans la petite ville résidentielle et campagnarde de Murphy's Harbour. Et Eric Wright a créé Charlie Salter, qui a donné un visage humain à la police de Toronto.

Il y en a eu d'autres pour apporter leur contribution au cours de ces années. Le roman *The Old Dick* de L. A. Morse a gagné le prix Edgar couronnant la meilleure œuvre originale en édition de poche en 1981. John Reeves a lancé une série de quatre romans tournant autour de deux policiers torontois, Coggins et Sump, avec une enquête sur un meurtre à la CBC. William Deverell, en 1979, comme Tim Wynne-Jones en 1981, ont gagné le prix Seal du meilleur premier roman policier (avec sa bourse de 50 000 $), le premier avec un *thriller*, *Needles*, et le second avec *Odd's End*, un *suspense* psychologique. Et l'on s'est mis à produire de la fiction policière dans tout le pays lorsque des auteurs comme L. R. Wright, Gail Bowen et Laurence Gough ont introduit le meurtre respectivement sur la côte ensoleillée de la Colombie-Britannique, dans les Prairies et à Vancouver.

Cette expansion soudaine et rapide du mystère et du policier a amené la création de l'Association canadienne des auteurs de fiction policière en 1983 (Crime Writers of Canada, ou CWC), une organisation nationale constituée pour soutenir les écrivains professionnels qui œuvrent dans ce genre. C'est Derrick Murdoch qui a été l'inspiration et le principal moteur de la CWC. Longtemps critique de mystères et de policiers au *Globe & Mail*, il était hautement respecté pour ses commentaires aimables et perspicaces sur le genre. C'était aussi un auteur estimé de livres d'essais, incluant un ouvrage lauréat du prix Edgar, *The Agatha Christie Mystery,* et un livre sur des Canadiens qui ont disparu dans des circonstances mystérieuses, *Disappearances*.

L'une des premières décisions importantes de la CWC fut de créer un prix annuel qui récompenserait les meilleures productions dans le domaine de la fiction policière, du mystère ou du *thriller* par des auteurs canadiens. Ainsi naquit le prix Arthur-Ellis, ainsi nommé en l'honneur douteux d'un bourreau canadien longtemps en service – un homme dont le zèle n'avait d'égal que son manque relatif de délicatesse. Le premier prix Arthur-Ellis fut décerné en 1984. C'est un prix unique parmi les prix littéraires. Hommage supplémentaire à son homonyme, le prix lui-même a été conçu comme une potence d'environ quarante centimètres de haut posée sur un socle auquel est apposée la plaque portant le nom du récipiendaire. Au gibet est attachée une forme humaine au sexe indéterminé, nœud coulant autour du cou. Bras et jambes sont articulés aux épaules, aux hanches et aux genoux, grâce à des chevilles de bois. Enfin, une corde pend dans le dos de cette figurine. Si on tire sur la corde, bras et jambes remuent de bas en haut comme ceux d'un jouet d'enfant. La cérémonie de remise du prix elle-même est passée à la fiction dans un récit écrit par un gagnant du prix, Edward D. Hoch, « Le Déplaisant Incident au Club des Arts et Lettres », publié en

1992 dans le programme de la cérémonie et présenté ici en guise d'introduction.

En 1984, il n'y avait qu'une seule catégorie pour le trophée qui serait bientôt fort convoité : « Meilleur Roman ». Le premier Arthur alla à Eric Wright pour son ouvrage qui fit date, *The Night the Gods Smiled*, lequel présentait Charlie Salter à un public ravi (Eric a gagné un deuxième Arthur-Ellis du meilleur roman deux ans plus tard pour la troisième livraison des aventures de Salter, *Death in the Old Country* ; et deux fois encore pour la meilleure nouvelle, ce qui fit de lui le champion en titre). Parmi les finalistes de 1986 – une liste incluant des romans de Maurice Gagnon, Anthony Hyde, John Reeves, Eric Wright et L. R. Wright – se trouvait un essai, *A Canadian Tragedy*, l'enquête fascinante de Maggie Siggins sur le fameux meurtre de Thatcher, en Saskatchewan. Cet ouvrage fut honoré d'un Arthur spécial, qui ouvrait la voie à une catégorie autonome de prix couronnant les essais. On ajouta la catégorie « Meilleur premier roman » en 1987 et, un an plus tard, la catégorie « Meilleure nouvelle », nourrie par la publication du premier volume de la série de collectifs *Cold Blood*.

En effet, avant la publication de *Cold Blood: Murder in Canada*, il n'existait pas ici de marché régulier pour la nouvelle policière inédite[1]. On avait publié quelques anthologies, incluant *Fingerprints*, en 1984, un recueil d'auteurs de la CWC, mais les auteurs ne pouvaient soumettre leurs textes nulle part de façon régulière. *Cold Blood* changea tout cela en inspirant bientôt plusieurs autres recueils, publiant des rééditions, des inédits, ou une combinaison des deux. Avec les textes parus dans le premier volume de *Cold Blood*, outre les

---

1 Au Canada francophone, *Alibis*, une revue trimestrielle consacrée à la nouvelle policière, noire et mystérieuse, existe depuis 2001. (NDLE)

récits publiés aussi bien dans *Ellery Queen Mystery Magazine* que dans *Alfred Hitchcock Mystery Magazine,* il y avait assez de mises en nomination pour établir une autre catégorie de prix. Avec une symétrie satisfaisante, le texte d'Eric Wright, « À la recherche d'un homme honnête » (publié dans *Cold Blood*), captura le premier prix Arthur-Ellis pour la Meilleure Nouvelle. La statuette d'Eric était accompagnée d'une bourse de belle taille, 1500 $ offerts par Douwe Egberts, les fabricants du tabac pour pipe Amphora.

Lors d'une rencontre avec le président de Douwe Egberts, David Salem, on avait présenté un dossier élaboré soulignant la longue relation qu'entretenaient la fiction policière et les fumeurs de pipe. Conan Doyle avec Sherlock Holmes, Georges Simenon avec son Inspecteur Maigret, Frederic Dannay et Manfred B. Lee qui écrivaient sous le nom d'Ellery Queen, Raymond Chandler, John D. MacDonald… la liste des écrivains de mystères et des détectives fictionnels qui fument la pipe n'en finit pas. Malheureusement, les réglementations gouvernementales ayant changé, Douwe Egberts ne put être le commanditaire du prix l'année suivante – mais la maison avait permis un excellent départ au prix Arthur-Ellis de la Meilleure Nouvelle.

La présente anthologie offre une douzaine des textes gagnants de ce prix. La liste des auteurs est impressionnante dans sa diversité. On y trouve des auteurs connus pourvus de résumés bien garnis comme Peter Robinson et Eric Wright (avec ses deux textes gagnants), ainsi que des étoiles montantes comme Mary Jane Maffini, Rosemary Aubert et Scott MacKay. On y trouvera aussi des textes signés de Nancy Kilpatrick, l'un des principaux auteurs d'horreur au Canada, Josef Skvorecky, l'un de nos auteurs de littérature générale les plus respectés, et Robert J. Sawyer, mieux connu pour sa science-fiction plusieurs fois primée.

Il aura fallu dix-sept ans, depuis la création de la Crime Writers of Canada, pour élaborer ce recueil, et *The Arthur Ellis Awards* présente une compilation d'œuvres prouvant la richesse et la solidité de la fiction policière et du mystère au Canada.

Peter SELLERS

PETER SELLERS a été deux fois président de l'association des Crime Writers of Canada. Il a aussi reçu le prix Derrick-Murdoch pour sa contribution spéciale à la littérature policière, la création de la série d'anthologies *Cold Blood*, un modèle du genre.

LE DÉPLAISANT INCIDENT
AU CLUB DES ARTS ET LETTRES

EDWARD D. HOCH

Barney Hamet n'avait jamais visité Toronto auparavant, mais la cité lui avait plu dès qu'il l'avait vue du haut des airs alors que l'avion virait pour atterrir à l'aéroport international. Il avait pu voir les îles qui se serraient dans le port, puis le dôme géodésique géant à peu de distance de la rive, et la tour qui, telle une écharde, semblait s'étirer pour toucher le ciel. Près de la tour se trouvait le nouveau stade de base-ball de la ville, avec son toit rétractable qui glissait sans heurts pour s'ouvrir au soleil de l'après-midi, et, plus loin, des dizaines d'édifices modernes qui dominaient l'horizon et semblaient avoir été bâtis la veille, avec les reflets de la chaude lumière de mai sur leurs flancs de verre et de métal.

Cette vue aérienne avait été quelque peu trompeuse. La cité n'était pas si neuve, avait compris Barney en traversant des quartiers plus anciens où les noms des rues étaient en chinois. Il y avait même des rails de trolleys dans quelques-unes des rues du centre-ville, même si les trolleys étaient des véhicules longs et minces articulés pour pouvoir plier à la moitié de leur longueur et qu'ils se déplaçaient sur leurs rails avec bien moins de bruit que dans les souvenirs de

Barney. Depuis la fenêtre de son hôtel, il pouvait apercevoir à la fois la ville neuve et l'ancienne – les bâtiments modernes et curvilignes du nouvel hôtel de ville juste en face de la forteresse de pierre sombre qui avait autrefois été la mairie, incluant la tour-horloge dont la cloche sonnait les heures.

Barney était en train d'observer ce panorama lorsqu'on cogna à sa porte, le signal qu'arrivait son comité de bienvenue. Il ouvrit la porte en souriant et fit entrer une petite femme blonde dans la quarantaine qui semblait très dynamique. Le grand homme à la calvitie naissante qui la suivait ne parla pas le premier.

« Monsieur Hamet ? Bienvenue à Toronto ! Je suis Dora Pratt, de l'Association canadienne des auteurs de fiction policière. C'est un plaisir de vous avoir parmi nous pour notre banquet de remise des prix. J'admire votre œuvre depuis longtemps. »

Barney ne pouvait lui retourner le compliment puisque l'œuvre de la jeune femme ne lui était pas réellement familière. « Toronto est une ville plaisante, répondit-il. J'imagine mal comment j'ai fait pour éviter aussi longtemps de venir ici.

— Eh bien, vous y êtes maintenant et… » Elle se rappela soudain son compagnon : « Oh, voici Roger Yourly, l'auteur des Capitaine Collins. »

Ceux-là, Barney les avait lus. « Heureux de vous rencontrer, Roger », dit-il en secouant la main tendue. « J'apprécie vos livres, en particulier *One Home Free.* »

Le grand bonhomme esquissa un sourire timide. « Venant de vous, c'est tout un compliment. Je me demande parfois qui les lit à part ma famille.

— J'ai pensé passer le souper en revue avec vous », dit Dora Pratt en revenant à son sujet. « Comme vous le savez, il a lieu au Club des Arts et Lettres, dans Elm Street, un beau vieux bâtiment.

— Si vieux qu'on est en train de le rénover, intervint Yourly. Ce sera terminé à temps pour la cérémonie de l'an prochain, nous l'espérons.

— Combien de monde avez-vous pour les prix ? » demanda Barney. Il était habitué au banquet des Edgars présentés par l'Association américaine des auteurs de mystères à New York, et qui attirait parfois près d'un millier de personnes.

« Seulement une centaine, répliqua Dora Pratt. Je crois qu'il y en avait quatre-vingt-dix-huit l'an dernier. Nous n'avons pas toujours un conférencier. Souvent, nous présentons seulement les prix, et c'est terminé. Mais quand vous avez eu la gentillesse d'accepter notre invitation…

— Croyez-moi, je serai bref.

— Ces dernières années, à ce que je comprends, vous n'avez pas seulement été un détective privé et un écrivain de mystères à succès, vous avez aussi résolu une ou deux énigmes.

— Il y a eu un meurtre lors d'un dîner des Edgars, il y a très longtemps, et une mort à l'hôtel de New York où avait lieu le congrès Bouchercon. J'ai donné un coup de main dans les deux cas.

— Ah, voilà pourquoi vous le vouliez là ! dit Roger Yourly en s'adressant à la jeune femme. Vous pensez qu'il peut vous protéger. »

Dora Pratt rougit un peu et Barney demanda : « Quoi donc ?

— On a proféré des menaces de mort à son encontre, monsieur Hamet. Quelqu'un veut l'assassiner, sans doute ce soir. »

◆

Barney Hamet se demandait parfois comment il se retrouvait si souvent emberlificoté dans les histoires d'autrui. Dora Pratt avait beau le nier avec conviction, il semblait tout de même y avoir un rapport entre les menaces anonymes qu'elle avait reçues et l'invitation qu'elle lui avait adressée, en tant que directrice du comité organisateur du souper, à venir donner une conférence à la cérémonie de remise des prix.

« Je ne les prends pas au sérieux, insistait-elle. Quelques lettres au journal pour lequel je travaille, c'est tout. Je suis une critique, de fait, et une passionnée des récits à énigmes. J'ai une chronique dans l'édition de fin de semaine, tous les samedis. Il y a quelques mois, ces notes ont commencé à m'arriver, me menaçant de m'assassiner à la soirée du prix.

— Quelqu'un qui n'a pas aimé vos critiques », commenta Yourly avec un humour un peu grinçant.

« C'est absurde ! Au contraire, je suis bien trop bonne pour les livres que je critique. Ça m'arrive très rarement, de ne pas aimer quelque chose.

— D'autres ennemis ? » demanda Barney. Seulement une question en passant – il n'avait pas l'intention de s'impliquer.

— Pas que je sache. Mais je suppose que tout le monde en a.

— Je suis surpris qu'on admette des critiques dans votre association.

— J'ai écrit un livre comportant de véritables affaires criminelles, il y a dix ans, sur des bourreaux – la famille Samson en France, Arthur Ellis au Canada. C'était notre bourreau, vous savez. Les prix de l'Association portent son nom.

— Dora est très active dans l'organisation, expliqua Yourly. C'est une excellente publicitaire pour les mystères.

— À quelle heure commence-t-on, ce soir ? demanda Barney

— Le bar ouvre à six heures trente et le souper est à huit heures. On utilise un gong pour le signaler, c'est très chouette, comme dans un roman d'Agatha Christie.

— Très bien, j'y serai. Et ne vous en faites pas, je ne raserai pas vos invités. Je ne parlerai pas plus de quinze ou vingt minutes.

— Nous vous retrouverons là ce soir, alors. »

Barney leur serra la main et les reconduisit à sa porte.

Il revêtit le costume gris tout neuf que sa femme avait insisté pour lui voir porter et traversa la place Nathan Phillips pour se rendre à l'hôtel de ville. Il aurait voulu que Susan l'accompagne à Toronto, mais elle avait sa propre carrière d'écrivaine. Elle était présentement impliquée dans un projet de nouveau magazine chic pour les femmes ayant dépassé la quarantaine, et cela lui prenait tout son temps. Barney s'estimait chanceux quand il la voyait une fois par semaine pour un souper.

Dora Pratt lui avait indiqué quelle direction prendre pour se rendre au Club des Arts et Lettres et il emprunta un raccourci à travers le Centre Eaton, une place commerciale à multiples étages qui occupait plusieurs pâtés d'immeubles et dont la voûte de verre montait vers le ciel comme une "galleria" européenne. Il sortit du Centre dans Dundas Street et prit Yonge direction nord – cette rue semblait être la plus animée de la ville. Elm Street n'était qu'à deux blocs d'édifices plus au nord, avec les briques sombres du Club des Arts et Lettres à la moitié du bloc, côté nord. Barney gravit les marches de pierre jusqu'à la grande porte de bois avec sa plaque de cuivre qui seule annonçait la présence du club.

Tout près de la porte se trouvait la table d'inscription, où l'accueillit une jolie jeune femme à l'air efficace. Elle devait l'avoir reconnu d'après ses photos car elle dit aussitôt: «Bienvenue à Toronto, monsieur Hamet. Je suis Constance Quinn, de l'Association canadienne des auteurs de fiction policière. C'est un plaisir de vous rencontrer enfin. J'aime vos livres depuis des années.»

Elle lui donnait l'impression d'être un vieil homme, mais il lui sourit aimablement en répliquant: «C'est une bien belle ville que vous avez là.»

Constance lui tendit une carte sans inscription. «Pour le souper, on s'assied où on veut. Vous pouvez écrire votre nom sur la carte et la placer là où vous désirez être assis. Il y a un bar payant pour le moment, et une consommation gratuite pour tout le monde après la remise des prix.

— Merci.» Il jeta un coup d'œil autour de lui pour voir s'il reconnaissait quelqu'un. Une foule clairsemée occupait le hall d'entrée, et il y aperçut Ted Wood, un ancien membre de la police torontoise; ses Reid Bennet étaient populaires aux États-Unis. Il lui serra la main puis se tourna vers la jeune femme à la table: «Dora Pratt est arrivée?

— Oui. De fait, elle était la première. Je lui ai parlé tout en installant ma table, vers six heures.»

Il hocha la tête: «Je la trouverai bien.»

Les salles qui jouxtaient le hall d'entrée semblaient celles d'une bibliothèque, même si les étagères en étaient pour l'instant vides et si le centre des deux salles voisines était rempli de grosses boîtes scellées. Un panneau discret demandait l'indulgence des membres pendant les rénovations.

Barney paya son verre de vin blanc au bar, à l'extrémité de la salle, puis alla rejoindre Eric Wright et Howard Engel, qu'il connaissait bien pour les avoir souvent rencontrés aux soupers des Edgars, à New York. Il discutait avec Howard à propos des films canadiens produits pour la télévision et basés sur deux de ses romans quand Eric lui présenta Medora Sale, la présidente de l'Association.

Il discutait encore avec eux lorsque Mary Frisque, de New York, s'approcha pour entretenir Eric Wright de la prochaine réunion de l'Association internationale des auteurs de romans policiers, dont Mary était la responsable pour l'Amérique du Nord. Barney connaissait Mary depuis plusieurs années, car elle avait été la secrétaire de l'Association américaine des auteurs de mystères. Il aperçut une autre New-Yorkaise dans l'assistance – Carol Brener, qui venait de trouver un acheteur pour sa librairie *Murder Ink*.

Au milieu de toutes ces conversations, Roger Yourly reparut, l'air préoccupé. « Barney, avez-vous vu Dora Pratt dans les environs ?

— Je la cherche moi-même. Elle est quelque part dans le coin. »

Yourly haussa les épaules. « Je vais continuer à la chercher. »

Depuis le corridor, un gong se fit entendre. Barney suivit les autres dans la grande salle où l'on avait installé les tables pour le dîner. C'était une assez petite salle selon les critères new-yorkais, mais son haut plafond-cathédrale et ses poutres de bois sombre, rehaussées de bannières multicolores et de fenêtres à vitraux, semblaient sortis tout droit d'un château anglais. Une plate-forme était dressée à l'autre extrémité de la salle, mais son rideau rouge bordeaux était tiré, et le podium destiné aux discours de la soirée était placé en face sur le plancher.

Barney se retrouva assis avec Jack Paris et sa femme. Paris était un publicitaire torontois qui dirigeait un collectif annuel de mystères canadiens originaux. Le couvert était mis pour dix personnes à chaque table, et Barney fut content de voir de vieilles connaissances, James Powell et sa femme. Powell était un nouvelliste canadien qui vivait en Pennsylvanie. En face se trouvaient un couple de libraires torontois, Al Navis, le propriétaire de *Handy Book Exchange*, et J. D. Singh, de la fort renommée librairie *Sleuth of Baker Street*. Avec d'autres, ils avaient donné des livres comme prix de présence à la porte, et Barney gagna un exemplaire de *The Suspect*, par L. R. Wright, la romancière de Vancouver. Ce roman avait gagné un Edgar quelques années plus tôt et l'auteure était là pour offrir un des prix de la soirée. Il alla la trouver à sa table, se présenta, et elle lui signa son exemplaire.

Des serveuses en uniforme apportaient déjà l'entrée, des assiettes de saumon fumé de l'Atlantique, et Barney se rasseyait, lorsque Yourly l'intercepta : « Elle n'est nulle part dans le bâtiment ! »

Barney n'était rien moins que pratique. « Avez-vous vérifié dans les toilettes des femmes ? Venez. Je vais vous aider à chercher de nouveau. »

Constance Quinn quittait justement sa table près de la porte d'entrée et ils l'enrôlèrent pour aller vérifier dans les toilettes des femmes, au rez-de-chaussée, près du vestiaire. Elles étaient vides, et elle invita Barney à venir y voir lui-même. Il alla lui-même dans les toilettes des hommes, un peu surpris de trouver sur un des murs une grande reproduction de la *Mona Lisa*.

« Vous êtes sûre qu'elle n'est pas sortie par la porte d'en avant ? » demanda-t-il à Constance. Peut-être étiez-vous occupée avec quelqu'un…

— Non, non, insista-t-elle, j'aurais certainement remarqué Dora. »

Ils vérifièrent tous les étages, en se faufilant entre les boîtes qui tapissaient les corridors en prévision des rénovations. La petite scène était complètement vide, séparée des dîneurs par son rideau beige. En bas, à la cuisine, les employés du traiteur arrangeaient les assiettes pour le service. « C'est quoi, le plat principal ? demanda Barney.

— Du canard rôti », répondit Yourly.

La superviseure du traiteur, une femme bien en chair nommée Clare, leur assura que personne n'était sorti par la porte de service, seule autre façon de quitter le bâtiment. « J'ai été là tout le temps. Aucun des invités n'est venu ici, sauf M. Yourly. »

Barney se tourna vers Constance Quinn. « Que portait Dora ce soir ?

— Une robe portefeuille couleur pêche. Ça lui allait très bien.

— Vous avez remarqué quelqu'un comme ça ? »

Clare secoua la tête.

« Combien d'invités servez-vous ce soir ? »

La femme lança un coup d'œil à une feuille dactylographiée corrigée au crayon. « Quatre-vingt-dix-huit. Il y a cent couverts, mais deux places sont inoccupées. »

Barney se tourna vers Constance : « Qui manque, à part Dora ?

— La seule autre personne qui n'est pas cochée dans ma liste, c'est William Sloefoot. C'est un écrivain mohawk de la Réserve indienne de St. Regis.

— Cette réserve se trouve à cheval sur la frontière entre le Canada et les États-Unis, expliqua Yourly. Vous avez probablement lu des articles sur les problèmes qu'ils ont à cause des casinos. Il y a eu des morts. Sloefoot travaille avec Dora à la rédaction d'un livre d'enquête sur le sujet. Il est venu à Toronto avec un autre écrivain mohawk.

— L'autre écrivain est là ? demanda Barney.

— Il devrait. »

Constance acquiesça : « Harold Norfolk. Je me rappelle l'avoir enregistré.

— Allons voir si nous pouvons le trouver, suggéra Barney. Il a peut-être parlé avec Dora. »

Ils retournèrent dans la grande salle où Barney découvrit qu'il avait raté l'essentiel du repas. Cela lui rappela la fois où il avait manqué un banquet des Edgars en aidant à chercher une boîte égarée des Annales de l'association, le beau programme sur papier glacé qui aurait dû se trouver à la place de chacun. On les avait finalement découverts dans le congélateur géant de la cuisine de l'hôtel, confondus avec une livraison de surgelés. Mais il n'y avait dans cette cuisine-ci aucun endroit assez grand pour dissimuler Dora Pratt.

Constance se faufila entre les tables et Barney la suivit. Elle fit une pause, indécise, puis reprit son élan pour aller taper sur l'épaule d'un homme de forte taille aux cheveux noirs. « Monsieur Norfolk, j'aimerais vous présenter Barney Hamet. Il est venu de New York pour nous donner une conférence, ce soir. »

Harold Norfolk se dressa, dominant les six pieds de Barney de toute sa stature. Il avait le visage buriné d'un Amérindien, avec de profonds yeux sombres qui semblaient contempler le lointain. « Je suis honoré

de vous rencontrer, monsieur Hamet. Vous êtes un
excellent écrivain.

— C'est un plaisir pour moi d'être à Toronto. Votre
organisation a l'air d'être bien dynamique. Je ne
voudrais pas vous arracher à votre souper, mais je
désirais vous demander où se trouve William Sloefoot.
On m'a dit que vous êtes venus ensemble pour la cérémonie de remise des prix, et pour voir Dora Pratt.

— Willy est retourné à sa chambre d'hôtel, dit
Norfolk avec un soupçon d'ironie. Il a dit qu'il avait
des maux d'estomac. Peut-être attendait-il une visite,
même si Dora nous a priés de ne dire à personne
dans quel hôtel nous nous trouvons.

— Et Dora ? Lui avez-vous parlé ? »

Le grand Mohawk secoua la tête. « Je ne l'ai pas
vue depuis que je suis arrivé. »

Le dessert était terminé et la présidente de l'Association s'apprêtait à présenter Barney comme le conférencier invité. « Je vous verrai après la remise des
prix », dit-il à Norfolk.

L'Association canadienne des auteurs de fiction
policière n'invitait pas un conférencier tous les ans,
même si Barney savait que Julian Symons avait été à
l'un des soupers de remise des prix, quelques années
plus tôt. Medora Sale le présenta fort aimablement et
on l'accueillit avec une ronde nourrie d'applaudis-
sements. Pendant les vingt minutes suivantes, tout
en parlant des liens entre les écrivains américains et
canadiens, et de l'avenir du mystère comme genre
littéraire, il s'attendait toujours à voir Dora Pratt entrer.
Il n'y avait aucun signe d'elle, et personne, sauf
Roger Yourly, ne semblait préoccupé de son absence.

Après sa causerie, on présenta les prix eux-mêmes.
Le prix Arthur-Ellis, une figurine en bois suspendue
à une potence miniature par un nœud coulant, fut

décerné pour le meilleur roman, le premier roman, le meilleur livre d'essai et la meilleure nouvelle par un écrivain canadien. C'étaient des prix différents des Edgars, avec des commanditaires comme les stylos Parker, la Worldwide Library et *Sleuth of Baker Street* pour alimenter la bourse en argent. Lorsque fut terminée la brève cérémonie, Barney alla de nouveau trouver Harold Norfolk.

Le grand Mohawk fut facile à trouver dans la foule qui se pressait au bar. Barney le tira à l'écart : « C'est quoi, ce livre auquel travaillent Dora et votre ami ? »

Norfolk poussa un soupir, comme las de raconter la même histoire. « C'est à propos des problèmes qu'on a avec le jeu dans la réserve. Vous avez probablement lu des articles là-dessus dans la presse américaine. La Réserve St. Régis chevauche la frontière, sur la rive du Saint-Laurent, et du côté américain il y a huit casinos. Le conseil tribal qui dirige le côté américain est en faveur des casinos, mais il y a aussi un puissant courant anti-casinos. Il en a résulté des fusillades et des morts des deux côtés. Willy a écrit un livre sur le sujet, et Dora a offert de l'aider. Elle a publié un livre d'enquête il y a quelques années…

— Sur des bourreaux.

— C'est ça. Alors, il pense qu'elle peut l'aider à écrire son propre livre et à le publier. Elle a déjà montré le manuscrit à un éditeur.

— Elle m'a dit plus tôt dans la journée que des menaces de mort avaient été proférées contre elle.

— Nous sommes au courant. Nous en avons tous eu. Willy et moi aussi.

— De vos amis mohawks ?

— Eh bien, nous vivons du côté canadien de la Réserve. Nous ne sommes pas avec les joueurs, mais parfois, on peut comprendre leur point de vue. Le chômage est très élevé dans la Réserve. Il y a bien peu de choses à faire pour un jeune, à moins de vouloir travailler dans la construction à New York, dans les gratte-ciel. Les casinos leur fournissent du travail. Malheureusement, ils les mènent aussi à la prostitution et au trafic de drogues. C'est assez facile d'apporter de la drogue du côté canadien et de traverser ensuite du côté américain de la Réserve.

— Les menaces disent qu'il pourrait arriver quelque chose à Dora ce soir, au dîner de la remise des prix.

— Il n'est rien arrivé.

— Sauf qu'elle a disparu.»

◆

Barney prit son verre et se laissa de nouveau dériver vers la grande salle où s'était tenu le repas. Les employés du traiteur nettoyaient les lieux, rassemblant assiettes, argenterie et verres. En l'absence inexpliquée de Dora, Constance Quinn supervisait. En levant les yeux, elle aperçut Barney qui contemplait le plafond. «C'est toute une salle, n'est-ce pas?

— Très impressionnante», acquiesça Barney. Il pouvait imaginer des duels à l'épée dans cette salle; mais il avait toujours eu une imagination très vivace.

«Et Dora, demanda la jeune femme, des nouvelles?

— Non. Je suppose qu'elle s'est sentie mal et qu'elle est retournée chez elle. Elle a pu se trouver dans les toilettes pendant un moment puis partir par la porte d'entrée lorsque vous avez quitté votre poste pour nous aider à la chercher.

— Non. J'ai parlé à trois personnes qui se trouvaient dans le corridor d'entrée ou qui avaient une excellente vue de la porte. Elles jurent toutes que personne n'est sorti, et elles connaissent toutes très bien Dora.

— Eh bien, décida-t-il, peut-être devrais-je chercher encore. » Une pensée vagabonde lui traversa l'esprit. Jouaient-ils à une sorte de jeu, pour mystifier le célèbre écrivain de mystères américain ? Non, ce n'était apparemment pas leur genre, pas plus que celui de Dora.

Il retourna à la bibliothèque dépouillée de ses livres et examina les alentours. Les deux salles étaient petites et le semblaient davantage encore à cause des boîtes empilées en leur centre. Mais au moins la foule était-elle maintenant moins nombreuse, tandis qu'on se disait au revoir et repartait chez soi. Il remarqua une rangée de livres sur une étagère proche du plancher, oubliée par les rénovateurs, et se pencha pour en examiner les titres. Toujours dans cette position, il entendit une voix dire dans le hall d'entrée : « On a trouvé un cadavre. »

Barney se releva si vite qu'il se cogna presque la tête. Dans le hall, près des portes, se tenaient deux hommes en costume qui ne pouvaient être que des policiers. L'un d'eux parlait avec Roger Yourly.

« Que se passe-t-il ? demanda Barney. Est-ce Dora ?

— Cet homme est le sergent Baxter, dit Yourly en présentant Barney. Il cherche Harold Norfolk. »

Le grand Mohawk devait avoir entendu son nom. Il sortit d'une pièce située en face, de l'autre côté du corridor. « Je suis Norfolk. Qu'y a-t-il ? »

Baxter se tourna vers lui : « Occupez-vous la chambre 425 au Summit Hotel, au coin de la rue ?

— Oui.

— Avec un dénommé William Sloefoot ?

— Oui.

—Je suis désolé, monsieur. Nous devons vous demander de nous suivre. William Sloefoot a été trouvé mort dans votre chambre. Il semble qu'il ait été assassiné. »

◆

Roger Yourly fut le premier à soulever la question d'un rapport entre la mort de Sloefoot et la disparition de Dora. « Quelqu'un de la Réserve a-t-il suivi Sloefoot et Norfolk jusqu'ici, pour les tuer tous les trois ?

—Nous ne savons même pas si elle est morte », souligna Constance. Quelques autres personnes s'étaient rassemblées autour d'eux, ayant entendu la déclaration du policier. Pour la première fois, la nouvelle de la disparition de Dora commença à se répandre. On entendit un homme assez âgé, apparemment un membre du club plutôt que de l'Association, marmonner quelque chose à propos de "cet incident déplaisant".

« Je veux faire une nouvelle fouille, dit Barney. Je suis convaincu qu'elle se trouve ici. Après tout, si elle n'est pas partie, elle doit bien être là !

—Et il est plus crucial que jamais de la trouver, maintenant, dit Yourly. Elle est peut-être quelque part, blessée.

—Comment Sloefoot a-t-il été tué ? demanda quelqu'un.

—Une balle dans la tête, répondit Barney. Le détective dit qu'il a trouvé moyen de faire tomber le téléphone par terre et de souffler quelque chose à l'opérateur. Quand la sécurité est venue vérifier, ils ont trouvé le corps, peu après huit heures. Ils ne savaient pas où se trouvait son compagnon de chambre jusqu'à ce que Baxter trouve l'invitation au dîner, inutilisée, dans la poche du défunt. C'est alors qu'ils sont venus ici chercher Norfolk.»

Une douzaine de personnes en tout étaient restées après le dîner, et Barney les divisa en équipes pour fouiller une fois de plus le bâtiment. Il prit le premier étage avec Constance mais ne découvrit rien de nouveau. Il était sur le point d'abandonner quand ses yeux tombèrent sur les grosses boîtes scellées, dans la bibliothèque.

«Constance…

— Quoi?

— Dora est bien petite. Elle pourrait même tenir dans une de ces boîtes, je pense, si ses jambes étaient pliées.»

Elle secoua la tête: «Les boîtes étaient scellées comme maintenant lorsque nous sommes arrivés.

— Mais remarquez cette rangée de livres, sur l'étagère du bas. Quelqu'un ne pourrait-il avoir vidé une boîte afin de faire de la place pour le corps?»

Elle désigna les serveurs du bar, à l'autre extrémité de la salle: «Ils l'auraient vu.

— Vous m'avez dit que vous étiez arrivée avec une demi-heure d'avance et que Dora est arrivée alors que vous installiez votre table près de la porte d'entrée. Les gens du bar ne devaient pas encore être au travail, à ce moment-là.

— Mais j'étais à ma table, à peine à six mètres de là!

— Vous ne pouvez pas voir ici depuis la porte d'entrée. Vous n'auriez pas remarqué ce qui se passait.» Il avait déjà pris un petit canif dans sa poche et coupait la bande adhésive qui fermait la boîte du dessus.

Il éprouva une peur immédiate de ce qu'il pourrait trouver en soulevant les revers de carton, mais il aurait pu se l'épargner: il n'y avait que des livres à l'intérieur.

«Essayez les autres boîtes», suggéra Constance.

C'était pareil. Quoi qu'il fût arrivé à Dora Pratt, la réponse ne se trouvait pas là. Frustré, Barney sortit le premier livre du dessus et constata que c'était *The Innocence of Father Brown*, de Chesterton. «Il aurait su quoi faire avec cette énigme, commenta-t-il, mais certainement pas moi.»

Yourly et son équipe descendaient du second étage: «Elle ne se trouve nulle part», annonça-t-il. Le gong du corridor résonna et il jeta un coup d'œil à sa montre. «Onze heures. On aimerait que nous vidions les lieux, je crois.»

Barney se dirigea à contrecœur vers la porte d'entrée. «Où pourrait-elle bien se trouver, Roger?»

Yourly regarda autour de lui et baissa la voix: «Vous négligez la réponse la plus évidente. Dora n'est jamais venue ici. Nous n'avons que la parole de Constance Quinn quant à sa présence.

— Pourquoi mentirait-elle?

— Je ne sais pas», admit l'autre.

Barney s'immobilisa à la porte, en se rappelant soudain quelque chose. «Avant de partir, vérifions un dernier endroit.

— Où ça?

— Le rideau de scène.

— Nous avons regardé des deux côtés.

— Oui, mais il est bordeaux de ce côté-ci et beige de l'autre. Ce pourrait être une doublure ou bien…

— Ou bien quoi?

— Il pourrait y avoir deux rideaux, avec un peu d'espace entre les deux. Jetons-y un coup d'œil.»

Barney traversa la grande salle et sauta sur la scène basse, tout en ouvrant le rideau bordeaux. Le rideau beige, plus léger, se trouvait trente centimètres plus loin et, dans l'espace ainsi ménagé, Barney aperçut le corps de Dora Pratt. Il n'avait jamais été aussi navré d'avoir correctement deviné. « Elle est là ! cria-t-il à Yourly. Allez chercher de l'aide !

— Elle est morte ? »

Barney pouvait sentir de fortes traces rémanentes de chloroforme sur le chiffon au pied de la jeune femme. « Elle pourrait être encore en vie. Donnez-moi un coup de main. »

Quelqu'un avait déjà appelé une ambulance et les autres se rassemblèrent autour d'eux tandis que Barney faisait de son mieux pour ranimer Dora Pratt. « Il y a un pouls, en tout cas. C'est déjà ça.

— Qui aurait pu faire une chose pareille ?

— Peut-être la personne qui a également tué William Sloefoot. »

◆

Barney fut réveillé dans sa chambre d'hôtel tôt le lendemain matin par la sonnerie du téléphone. Il lui fallut un moment pour se rappeler où il se trouvait, dans ce lit inconnu, puis il roula sur le côté et s'empara du téléphone. Il était peine huit heures.

« Allô ?

— Monsieur Hamet ? Ici le sergent Baxter. Nous nous sommes rencontrés la nuit dernière.

— Oui, sergent. Comme va Mme Pratt ce matin ?

— Elle va bien. On l'a gardée à l'hôpital cette nuit, mais on la renverra ce matin. J'ai su que c'est vous qui l'aviez trouvée et je me demandais si nous pourrions prendre un café ensemble. J'aimerais avoir votre opinion.

— Je suis un écrivain et non un détective, mais je serai heureux de vous dire le peu que je sais.

— Parfait. Dans le hall de l'hôtel ? Dans vingt minutes, disons ? »

Barney acquiesça puis se hâta de sortir du lit pour prendre sa douche et s'habiller dans le temps qui lui était imparti. Il n'avait qu'une ou deux minutes de retard, et Baxter l'attendait. Barney avait besoin de prendre son petit-déjeuner, mais l'inspecteur commanda seulement une tasse de café, comme il l'avait promis. « On me dit, monsieur Hamet, que vous avez connu quelques succès comme détective par le passé.

— J'ai été détective privé pendant un temps avant de devenir écrivain. Je n'appellerais pas ça un succès, cependant.

— Je pensais à une ou deux occasions récentes. »

Barney sourit : « Quelqu'un vous a parlé de moi.

— On m'a dit que vous aviez deviné où se trouvait cette femme, hier soir, après qu'on eut fouillé l'édifice à plusieurs reprises.

— J'ai eu de la chance.

— Pourriez-vous deviner qui l'a chloroformée, et pourquoi ?

— Quelqu'un voulait s'en débarrasser, temporairement ou définitivement. Une dose importante de chloroforme peut tuer un être humain, vous savez. »

Baxter hocha la tête. « Vous considérez son cas comme lié à celui du meurtre de Sloefoot ?

— Je n'avais rencontré aucune de ces personnes avant hier, sergent. En fait, je n'ai jamais vu Sloefoot avant sa mort. Mais il travaillait sur une enquête criminelle avec Dora Pratt, les meurtres de la Réserve St. Régis, et ce serait une sacrée coïncidence si deux assaillants différents avaient choisi la nuit dernière pour les attaquer tous les deux.

— J'ai parlé à Mme Pratt à l'hôpital. Elle m'a dit qu'on l'avait menacée. Vous êtes au courant ?

— Simplement ce qu'elle m'en a révélé. Elle est critique littéraire et nous avons plaisanté en disant qu'elle avait fait une mauvaise critique d'un auteur ou d'un autre. » Il prit une gorgée de son jus d'orange. « Vous a-t-elle raconté ce qui lui est arrivé la nuit dernière ?

— Elle est allée tôt au Club pour vérifier l'organisation. Constance Quinn est la seule avec qui elle ait parlé. Les autres commençaient seulement à arriver quand elle s'est rendue derrière la scène pour voir s'il était possible d'ouvrir les rideaux et de placer le podium sur la scène. C'est alors que quelqu'un l'a saisie par-derrière – un homme, d'après elle – et elle s'est réveillée en route vers l'hôpital.

— Elle est au courant pour Sloefoot ?

— Je le lui ai annoncé. Elle n'a pu suggérer de motif, à moins que les forces pro-casinos de la Réserve ne veuillent empêcher la publication du livre.

— Une possibilité, je suppose, admit Barney.

— D'autres idées ?

— Pas vraiment. Je pourrais parler de nouveau avec l'autre Mohawk, Harold Norfolk. Et je pourrais rencontrer Dora avant de retourner chez moi. Si j'apprends quoi que ce soit, je vous en ferai part. Une question : comment ça s'est déroulé pour les deux attaques, question minutage ?

— Pour autant que nous puissions en juger, Mme Pratt a été chloroformée vers six heures trente. Elle dit que les autres invités commençaient seulement à arriver pour les apéritifs d'avant le dîner. On place la mort de Sloefoot vers huit heures cinq, mais il est possible que le coup de feu ait été tiré pas mal plus tôt.

— Pourquoi donc ?

— Il était presque mort et il a dû ramper jusqu'au téléphone. L'appel a été fait à huit heures cinq, mais nous ne savons pas avec certitude combien de temps Sloefoot a survécu.

— Que dit votre médecin légiste ?

— Qu'il n'aurait pas pu survivre du tout avec cette blessure, mais les docteurs se trompent souvent aussi. »

Baxter termina son café et prit congé, ne faisant une pause que pour demander à Barney quand il rentrait à New York. « Demain après-midi, lui dit Barney. Je dois retourner à mes écritures. »

Dora Pratt s'apprêtait à quitter l'hôpital St. Michael, situé à quelques pâtés d'immeubles du Club des Arts et Lettres. « J'attends Constance, elle doit venir me chercher », lui dit-elle, assise sur le lit de sa chambre.

« Vous avez eu toute une expérience. Pensez-vous que c'était la personne qui vous a menacée ?

— Je l'ignore. C'est vraiment terrible, ce qui est arrivé à William. Il n'a jamais pris au sérieux les menaces de mort émises contre lui.

— Et Harold Norfolk ? Travaille-t-il aussi au livre ?

— Pas à la rédaction en tant que telle. Mais il nous a fourni des documents et du matériel de référence tout à fait précieux.

— Vous rappelez-vous quoi que ce soit au sujet de votre assaillant, qui pourrait fournir des indices ?

— Pas vraiment…

— Selon Baxter, vous pensez que c'était un homme.

— Eh bien, oui. Quelqu'un de fort, et de plus grand que moi. Mais je suppose que ça pourrait s'appliquer à bien des femmes. »

Barney fronça les sourcils : « Le problème, tel que je le vois, c'est que si la même personne vous a chloroformée et a tiré sur Sloefoot, comme le croit la police, comment a-t-il, ou a-t-elle, quitté le Club ? Pendant que nous vous cherchions, la nuit dernière, nous avons assez bien établi que personne n'aurait pu partir sans être vu.

— Un peu comme l'homme invisible de Chesterton. »

Barney se rappela le *Father Brown* qu'il avait vu dans une des boîtes de livres ouverte. Constance arriva sur ces entrefaites dans une blouse à fleurs et une jupe sombre qui lui donnaient une allure élégante en faisant ressortir sa haute taille. « Prête à retourner chez vous, Dora ?

— Ah oui, alors ! »

Constance se tourna vers Barney : « Ce fut un plaisir de vous rencontrer, monsieur Hamet. J'espère que vous n'avez pas eu l'impression que les réunions de l'Association sont toujours ainsi. La plupart du temps, nous sommes des gens plutôt posés. »

Il les quitta pour se rendre au Summit Hotel où résidaient les deux écrivains mohawks, mais on lui dit à la réception que Norfolk avait rendu la chambre. Alors qu'il sortait du hall, il reconnut la femme qui descendait d'une petite voiture, plus loin, à la moitié du pâté d'immeubles. C'était Clare, du service de traiteur, à qui il avait parlé la nuit précédente.

« Oh, monsieur Hamet, n'est-ce pas ?

— Vous avez une bonne mémoire des noms. Servez-vous un autre repas aujourd'hui ?

— Pas au Club des Arts. Je crois qu'ils sont carrément fermés jusqu'à la fin des rénovations. Non, je revenais seulement chercher un de nos grands plateaux que nous avons oublié hier soir. »

Elle entra par la porte arrière, qui n'était pas verrouillée, et Barney la suivit. La cuisine était bien tranquille à présent, même s'il pouvait entendre le bruit des ouvriers à l'étage supérieur. Clare ramassa le plateau et jeta par la porte battante un coup d'œil aux marches qui menaient à la grande salle. « Ah, l'une des filles a laissé son uniforme. Je ferais mieux de le prendre aussi. » Elle sortit le vêtement du casier. « Un six. Une des petites.

— Les pieds bizarres », dit Barney, à demi pour lui-même.

— Quoi donc ?

— Je pensais seulement tout haut. Faites-moi une faveur, voulez-vous, et laissez cet uniforme là un petit moment ?

— Pourquoi ?

— Je crois que quelqu'un pourrait venir le chercher.

— Eh bien… d'accord. C'est la responsabilité de la personne qui l'a oublié, je suppose. »

Elle repartit avec son plateau et Barney contourna l'escalier, invisible pour quiconque entrait. Pendant un moment, le silence descendit sur les étages inférieurs du Club, seulement interrompu de temps à autre par des coups de marteau. Barney venait de renoncer à son guet lorsqu'il entendit la porte d'entrée s'ouvrir et quelqu'un entrer sans bruit.

« Bonjour, monsieur Norfolk. »

Le grand Mohawk se retourna en sursautant à la voix de Barney. « Que faites-vous là ?

— Je pourrais vous poser la même question. Je vous ai cherché à votre hôtel.

— J'ai rendu la chambre. Je retourne à St. Regis.

— C'est sur le chemin ?

— Le manuscrit de Willy n'était plus dans la chambre. J'ai pensé qu'il pouvait se trouver quelque part ici.

— Le manuscrit auquel il travaillait avec Dora Pratt ? Pourquoi se trouverait-il ici ? À ce que je sache, le défunt n'a jamais mis les pieds au Club des Arts et Lettres.

— Si l'assassin a pris le manuscrit, et que c'est quelqu'un d'ici, il pourrait bien l'avoir rapporté avec lui.

— Vous savez qui a assassiné votre ami, n'est-ce pas ?

— J'en ai une bonne idée. »

Barney entendit la porte d'entrée s'ouvrir de nouveau et tira Norfolk derrière l'escalier pour le dissimuler. Pendant un moment il n'y eut pas de bruit, puis on poussa la porte battante. Norfolk s'élança en se dégageant de l'étreinte de Barney.

« Vous l'avez tué, n'est-ce pas ? Vous avez tué Willy !

— Ne m'approchez pas.

— Je vais vous faire payer ça ! »

Barney avait voulu laisser la scène se dérouler, mais il aperçut un revolver et sut qu'il ne pouvait attendre plus longtemps. Il s'élança à son tour pour donner un coup sec sur le poignet de Dora Pratt. L'arme échappa à celle-ci et tomba avec bruit sur le sol.

« Assez de meurtres, Dora, dit Barney. Un seul, c'était déjà trop. »

◆

Ce fut Norfolk qui leur indiqua le motif, quand le sergent Baxter fut arrivé pour arrêter Dora Pratt. « Elle lui a volé son manuscrit. Willy avait déjà rédigé toute l'affaire des meurtres à la Réserve, sans son aide. Elle a pris le manuscrit et elle a essayé de le faire passer pour le sien. C'était ça, son idée de la collaboration : il écrivait le bouquin, et elle ramassait le fric.

— Est-ce la vérité ? » demanda Baxter.

Dora Pratt regardait au loin. « J'attendrai mon avocat pour répondre à vos questions.

— Ma petite dame, si c'est le revolver qui a tué William Sloefoot, votre avocat ne vous servira pas à grand-chose.

— C'est bien ce revolver-là, déclara Barney. Elle l'avait avec elle dans sa mallette, et vous trouverez aussi là-dedans l'autre copie du manuscrit de Sloefoot. Elle l'a pris dans la chambre après l'avoir tué. Vous voyez cette étiquette sur la mallette ? Elle a mis le manuscrit dedans, avec le revolver, et l'a placée à la consigne de l'hôtel avant de partir. Quand elle est sortie de l'hôpital ce matin, et dès qu'elle a pu se débarrasser de Constance Quinn, elle est retournée à l'hôtel pour reprendre la mallette. Puis elle est revenue ici pour récupérer cet uniforme. »

La mention de l'uniforme sembla déconcerter Baxter. « Quel rapport ?

— L'uniforme explique comment elle a pu quitter cet édifice et y rentrer ensuite sans être vue, ou du moins sans se faire remarquer. Toute cette affaire semblait sortie de Chesterton, et elle l'était, mais pas de *The Invisible Man* : plutôt de *The Queer Feet*. Vous rappelez-vous cette histoire du Père Brown, avec le voleur que les serveurs prennent pour un invité et les invités pour un serveur ? C'est un peu différent, mais c'est le même principe. Dora est arrivée tôt pour le dîner de la remise des prix, en s'assurant d'être vue par au moins une personne – Constance, en l'occurrence. Sous sa robe portefeuille, elle portait un équivalent de l'uniforme des serveuses du traiteur. Après avoir parlé avec Constance, elle a rapidement enlevé sa robe en bas, en la cachant quelque part près des toilettes pour femmes. Puis elle est entrée dans la cuisine, où une dizaine d'autres femmes portant le même uniforme s'apprêtaient à servir le premier plat. On les avait engagées pour l'occasion. La plupart d'entre elles se connaissent sans doute, mais personne ne s'interrogerait sur la présence d'un visage inconnu. Même Clare, la personne responsable, ne l'aurait pas forcément remarquée tout de suite comme une intruse. Et, évidemment, Dora ne s'est pas attardée. Elle s'est contentée de traverser la salle pour en ressortir, comme si elle allait chercher des plats. »

Baxter se tourna pour regarder fixement Dora Pratt, mais l'expression de celle-ci ne changea pas. « Et ensuite elle a tué Sloefoot ?

— Exactement. L'hôtel est tout près, rappelez-vous. Elle a tué Sloefoot et consigné la mallette, puis elle est retournée au Club exactement comme elle en était sortie, par la cuisine. Cette fois, elle a dû se changer dans les toilettes parce qu'elle ne pouvait porter l'uniforme de serveuse sous sa robe quand on la trouverait inconsciente. Elle a rangé l'uniforme et a sans doute vidé une petite bouteille de chloroforme sur un chiffon. Après avoir jeté la bouteille vide dans les toilettes, elle a emporté le chiffon à l'étage, derrière la scène. Elle s'est cachée entre les deux rideaux, a reniflé le chiffon et s'est rendue inconsciente. Elle comptait bien qu'on la trouverait, évidemment, pour l'aider à établir son alibi. Les fausses menaces de mort contre elle faisaient partie du plan.

— Comment savez-vous tout cela ? demanda Baxter.

— Sloefoot a sauté le dîner et il est resté dans sa chambre, ce qui impliquait un rendez-vous avec son assassin. À première vue, aucune des personnes présentes au dîner ne semblait pouvoir quitter le Club sans être vue, mais j'ai continué à chercher si ç'avait été possible. J'étais là ce matin quand Clare a trouvé l'uniforme surnuméraire, et cela m'a fourni une solution quasi chestertonnienne au problème. Mais l'uniforme était d'une très petite taille, ce qui éliminait un homme ou une grande femme comme Constance Quinn. De fait, la seule petite femme que nous connaissions et qui avait une relation avec le défunt était sa collaboratrice, Dora Pratt. Pouvait-elle être l'assassin? Oui, pour au moins deux raisons. Vous m'avez dit vous-même, Norfolk, que Dora ne voulait pas que quiconque sache où vous étiez descendus. Mais l'assassin le savait. Et ensuite, il y a l'appel du mourant, dont le légiste dit qu'il n'aurait pas été en état de le faire. S'il n'avait pas fait cet appel, l'assassin l'avait fait. Pourquoi? Parce qu'il était essentiel pour son alibi qu'un moment précis soit fixé pour le décès. Personne n'avait un meilleur alibi que Dora Pratt au dîner, inconsciente qu'elle était derrière ce rideau.

— Vous aurez de la peine à prouver tout ça », dit-elle.

Le sergent Baxter secoua la tête : « Nous avons le revolver, et le manuscrit volé. Et je parie qu'on pourra trouver un groom qui se rappellera une femme de petite taille en uniforme de serveuse ayant consigné une mallette hier soir. »

De retour à son hôtel, Barney entra dans sa chambre pour entendre sonner le téléphone. C'était James Powell, qui l'appelait pour lui demander s'il s'amusait bien pendant son séjour à Toronto.

Parution originale : The Unpleasantness at
The Arts and Letters Club,
Programme du prix Arthur-Ellis, 1992.

Prix Arthur-Ellis 1988

À LA RECHERCHE
D'UN HOMME HONNÊTE

Eric WRIGHT

Lorsque l'épouse de Fred Dawson lui proposa une semaine au soleil avant que l'hiver canadien ne s'installe, il acquiesça immédiatement, ce qui la surprit. Dawson avait toujours eu des réticences à passer ses vacances à ne rien faire. Il aimait voyager, il prenait plaisir à s'asseoir dans des cafés, à l'étranger, à bavarder avec des inconnus, à emprunter des traversiers – mais s'étaler sur une plage en essayant d'éviter un cancer de la peau, entouré de femmes de son âge (cinquante-sept ans), avec un protecteur sur le nez, c'était pour lui à la fois ennuyeux et dépourvu de dignité. Cette fois, cependant, il accepta, à condition que leur destination ne soit pas une plage fortement gardée pour être protégée des indigènes miséreux. Et il accepta à condition de choisir lui-même l'île où ils se rendraient.

Car Dawson avait un projet secret. Des vacances dans les Caraïbes seraient pour lui l'occasion de satisfaire un rêve qu'il nourrissait depuis vingt ans. À son âge, il s'était fait à l'idée d'abandonner la plupart de ses ambitions premières ; il admettait qu'il n'essaierait jamais de faire du parachutisme en chute libre ni de la course à cheval, ne danserait pas en tout abandon dans une discothèque et ne ferait pas l'amour dans une douche. Mais s'il choisissait la bonne île, il pourrait enfin visiter un casino.

Dawson était un joueur, modeste mais résolu, qui vivait à Toronto, où les possibilités de jeu sont fort limitées. Il visitait à l'occasion les deux pistes de course, mais sa famille et d'autres intérêts se disputaient son temps pendant les fins de semaine, et il n'était pas dépendant au point d'être prêt à bouleverser son existence pour un pari. Un homme qui a "besoin" d'un verre avant le souper est un alcoolique, nous disent les sociologues, et, selon ce critère, Dawson aurait dû être membre des Joueurs Anonymes. Un petit pari de temps à autre était nécessaire à son bonheur. Les paris mutuels auraient été l'idéal : une demi-heure pour analyser les partants de la course du matin, un appel téléphonique au guichet de paris pendant l'heure du déjeuner et, le lendemain, l'excitation d'ouvrir le journal pour vérifier les résultats. Mais les politiciens ontariens redoutent les paris mutuels et les circonviennent par une prolifération de loteries gouvernementales. Dawson achetait des tickets pour toutes les loteries existantes, et il jouait au poker tous les vendredis avec un groupe de comptables et de courtiers en douanes, où la mise maximale était d'un dollar, et de cinq pour la main finale. Dawson ne se désolait pas. Il pouvait satisfaire ses besoins, plus ou moins, et il se méfiait de sa capacité à se contrôler si jamais Toronto devenait l'Atlantic City du Canada. Mais il désirait vraiment aller visiter un casino avant de devenir trop vieux pour voyager, sans pour autant y mettre la somme nécessaire pour se rendre à Vegas, où se trouvaient les gros joueurs. Une semaine, pensait-il, c'était probablement assez long pour examiner les lieux, trouver le casino, approcher l'idée dans la conversation pendant quelques jours puis faire le plongeon, sans doute le vendredi, juste avant de repartir.

Il passa une après-midi presque entière dans une agence de voyages où il eut le temps de lire tous les dépliants publicitaires, et il arrêta finalement son choix sur trois îles, dont on mentionnait chaque fois les casinos. Il soupçonnait qu'il existait d'autres endroits de ce genre, mais aucun des prospectus ne s'attardait beaucoup sur la possibilité d'avoir accès au jeu ; il en déduisit que les casinos devaient être comme la vie nocturne accessible dans la Cuba d'avant Castro : tous les intéressés étaient au courant et les stations balnéaires pouvaient en toute sécurité compter sur le bouche à oreille. Aussi souleva-t-il le sujet avec son groupe de poker du vendredi soir, comme si de rien n'était, et en reçut comme prévu une confirmation solide qu'il transmit à sa femme sans lui dire d'où elle venait. Il mentionna cependant, comme après coup, qu'il aimerait faire une petite visite d'une heure dans un casino, et son épouse haussa les épaules avec assez de bonne humeur. Le goût de Dawson pour le jeu avait été l'un des loisirs les plus insignifiants de la famille, ni plus coûteux ni plus dévoreur de temps que s'il avait participé à un quartette à cordes amateur, et, sauf les quelques fois où elle oubliait de garder libres ses vendredis, elle n'y pensait pratiquement pas. Aller en vacances lui suffisait. Pour sa part, Dawson était aussi excité que vingt ans plus tôt, lorsqu'il avait visité une piste de course anglaise et appris à parier avec les bookmakers.

Ils arrivèrent un samedi et passèrent la fin de semaine à s'installer dans leur chambre et sur la plage. Dawson était plus sociable qu'à son habitude – il espérait qu'en bavardant avec les autres vacanciers de l'hôtel il pourrait en rencontrer un qui connaîtrait l'étiquette en vigueur au casino. (Exigeait-on une cravate, comme à Monte-Carlo? Fallait-il surveiller son portefeuille? L'entrée était-elle payante?) Le dimanche matin, il engagea la conversation avec un aimable fabricant de segments de pistons de Wellington, en Caroline du Nord, lequel aborda le sujet de lui-même. Il revenait justement du casino après y avoir laissé "une couple de billets de cent"; Dawson en obtint la plupart des renseignements désirés. Il ne pouvait dissimuler assez son intérêt, ou son innocence, pour tromper le fabricant, lequel reconnut un compagnon de dépendance et offrit de l'emmener avec lui la nuit suivante pour lui montrer tous les trucs. Dawson déclina: lundi, c'était trop tôt, cela impliquait pour lui, si tout allait bien, le risque d'y retourner le mardi et chaque soir de leur séjour. Et puis, il désirait s'y rendre seul, comme il allait aux courses, car il ne voulait discuter de ses paris avec quiconque; il s'en tint donc à son intention d'y aller le vendredi, la soirée qui précéderait leur départ. Il le dit à sa femme afin qu'elle n'organise aucune activité avec les autres clients de l'hôtel. Vendredi, ils en convinrent, ce serait sa soirée à lui.

Quand arriva le vendredi, Dawson avait pris toutes ses décisions. Des enjeux minimes, évidemment, et seulement le vingt-et-un et les machines à sous. Il escomptait perdre deux cents dollars (s'il gagnait cette somme, il arrêterait), mais, au cas où, il avait dans sa chaussette deux autres billets de cent dollars, maintenus en place par un élastique. Il laissa son portefeuille et ses cartes de crédit dans leur chambre: le pire qui pourrait lui arriver, ce serait de se faire voler ses deux cents dollars par un pickpocket, et il pouvait se le permettre. Il avait organisé de la même façon sa seule et unique visite à une prostituée, à Paris, trente ans plus tôt, évaluant ce qu'elle chargerait, doublant la somme au cas où, puis plaçant une somme équivalente dans sa chaussure pour éviter d'avoir à marchander. Il avait sous-estimé le prix, à l'époque, mais s'en était quand même tiré sans avoir eu à ôter ses chaussures. Cette fois-ci, il ajouta dix dollars pour le taxi et se rendit enfin dans le hall de l'hôtel. Le reste fut facile. Il y avait une rangée de voitures devant la porte, toutes se rendaient au casino et Dawson partagea la course avec trois autres clients.

Au premier abord, le casino le laissa frappé de stupeur. Sur la façade, l'éclairage était d'une intensité intimidante, mais Dawson se laissa entraîner à l'intérieur par le flot continu des joueurs qui ne cessaient d'arriver et retrouva son souffle une fois les portes franchies. La scène qui s'offrait à lui dépassait tout ce qu'il avait imaginé. Des centaines de bandits manchots, littéralement des centaines, en rangées étincelantes, tel un supermarché géant, brillant de tous leurs feux et crachant leurs pièces de monnaie ; des douzaines de tables de vingt-et-un, et au moins quatre tables de roulette. Et dans un coin, séparé de la foule par une balustre, un groupe de joueurs de baccarat absorbés dans l'ultime pureté de leur quête.

Quand il se fut habitué au brouhaha, Dawson se mit à faire le tour de la salle, l'œil aux aguets. Il fut atterré et excité par le minimum de 25 dollars réclamé aux premières tables de vingt-et-un qui se présentèrent – une série de coups malchanceux le lessiverait en cinq minutes –, mais le seul fait d'observer lui apportait presque l'essentiel de ce qu'il était venu chercher ; il repoussa à quatre cents dollars la limite de ce qu'il se permettrait de perdre – tout ce qu'il avait sur lui.

Cela en vaudrait la chandelle ! Puis il trouva une table de vingt-et-un où la mise limite était de cinq dollars et s'assit pour jouer.

En cinq minutes, il avait perdu cinquante dollars et il joua deux tours en automatique tout en calculant comment maximiser son plaisir. Perdre était à peine moins excitant que gagner, mais il ne voulait pas s'épuiser trop vite. S'il continuait ainsi, il ne durerait qu'une demi-heure environ, et maintenant il avait envie de rester au moins jusqu'à minuit. Il y avait encore les machines à sous à essayer, et peut-être un petit tour à la table de roulette, après tout. Déjà, regarder n'était plus assez satisfaisant. Après avoir dit adieu à ses quatre cent dollars, pour se débarrasser de ses émotions, il se permit de jouer mentalement avec la possibilité que cette nuit fût sa nuit, qu'il ferait un gros coup. Si cela n'arrivait pas, aucune importance ; mais si cela arrivait, ce serait génial !

Tandis qu'il mettait ainsi ses idées au clair, sa chance tourna et, dix minutes plus tard, il avait regagné ses cinquante dollars, et gagné soixante-quinze dollars de plus. Il passa à une table où la mise minimum était de vingt-cinq dollars, en perdit cinquante sur la première main et fit une pause, avec une avance de vingt-cinq dollars, pour se calmer un peu. Il avait besoin d'un verre, mais ne savait trop comment s'en procurer un. Des serveuses apparaissaient à intervalles réguliers pour prendre des commandes ; de l'argent changeait de main, mais pas toujours, et il ne pouvait dire si les boissons étaient gratuites et si les billets déposés sur les plateaux étaient des pourboires, ou si certains joueurs avaient une ardoise. Aussi quitta-t-il la table pour se diriger vers l'un des bars. Il acheta un rouleau de dollars en argent et nourrit quelques machines à sous en chemin, mais sans rien gagner. Quand il se retrouva assis au bar avec un verre devant lui, il n'avait plus que sept dollars d'avance. Ça, c'est la vie ! pensa-t-il. Mais l'excitation de se trouver à l'intérieur d'un casino était retombée, remplacée par le désir de faire le gros coup.

Un autre homme apparut sur le tabouret proche du sien, un homme séduisant, à l'aspect très soigné dans un complet gris foncé au lustre vaguement métallique – comme un acteur de télévision jouant un banquier –, qui lui adressa un signe de tête. « Alors, comment ça se passe ? demanda-t-il.

— Je gagne, dit Dawson. Un peu, ajouta-t-il. Il avait failli préciser "quelques dollars", mais "un peu" semblait plus approprié pour un habitué de casino.

Le banquier sembla content pour lui et leur commanda à tous deux une autre tournée. « C'est votre première fois ? Sur l'île, je veux dire. »

Satisfait que son interlocuteur n'ait pas voulu dire "dans un casino", Dawson hocha la tête.

« Vraiment pas mal, comme casino, dit l'autre. Mieux qu'Atlantic City. »

Dawson acquiesça : « Moins bruyant », suggéra-t-il avec hésitation.

— C'est cela, approuva l'autre. Je crois qu'on met une légère sourdine sur les machines à sous. C'est bien. »

Ils sirotèrent leur bière en silence pendant quelques minutes, deux vieux joueurs qui faisaient une pause. Puis l'autre déclara : « Je crois que vous êtes le type que je cherchais. Vous voulez gagner un peu d'argent ? »

Dawson avait plutôt envie de disparaître sur-le-champ et de se retrouver magiquement transporté chez lui à Toronto-Nord. Il se força à répondre : « Que voulez-vous dire ? En quoi suis-je le type que vous cherchiez ?

— J'ai besoin d'un partenaire. Tout ce que vous avez à faire, c'est de jouer à une machine à sous. Quand elle paie, ramassez l'argent et retrouvez-moi ici pour qu'on partage. »

Dawson jeta un regard circulaire sur le bar en espérant apercevoir quelqu'un de familier, mais il n'y avait que deux autres buveurs, et aucun des deux ne se trouvait à portée de voix.

« OK ? dit le banquier.

— OK quoi ? Je ne sais pas de quoi vous parlez. Pourquoi moi ?

— Parlez plus bas. Vous avez l'air d'un type qui a du sang-froid, mais je peux me tromper. Je vais vous expliquer. Une des machines va bientôt payer un petit lot. Comment je le sais ? Disons simplement que j'ai la haute main sur le circuit. » Ici, l'autre sortit une petite boîte noire d'une poche intérieure. L'objet avait à peu près la taille d'un boîtier de disque compact, avec sur le côté une série de boutons qui portaient les chiffres de un à dix. « Je peux programmer le jackpot n'importe quand, mais j'ai besoin d'un partenaire. » Il rangea la boîte. « On me voit avec ça et je suis un homme mort. » Il eut un sourire rassurant. « Pas littéralement. Ça ne se fait pas ici. Mais je peux opérer à distance. Il y a longtemps que je travaille sur ce truc. »

Dawson avala un peu de bière. « Laissez-moi vérifier si j'ai bien compris. J'y vais, j'opère une des machines à sous, et vous la faites payer. C'est ça ? Ensuite, je vous donne la moitié.

— C'est ça.

— Combien ? Ce sera un jackpot de combien ?

— Trois mille. Quinze cent chacun. Juste assez pour que ce ne soit pas trop visible. Vous prenez l'argent et vous venez me retrouver ici.

— Vous êtes quoi ? laissa échapper Dawson. Le Magicien d'Oz ? »

Le banquier se mit à rire. « Je suis un type qui a trouvé une façon de gagner en dépit du hasard, voilà tout.

— Seigneur ! dit Dawson. Seigneur Dieu ! » Puis : « Comment saurez-vous que c'est moi qui joue à cette machine-là ?

— On va minuter. Je peux faire payer la chère petite n'importe quand. Vous avez une bonne montre ? » Il jeta un coup d'œil au poignet de Dawson. « Pas ce machin. Tenez, prenez ça. » Il sortit une montre de sa poche, une montre à l'ancienne dont une des aiguilles faisait le tour en continu. « Maintenant, nous sommes synchronisés. Disons que vous serez à la machine à neuf heures quarante-sept exactement. Soyez-y à quarante-deux. Mettez quelques pièces, prenez votre temps, jusqu'au bon moment.

— Et si quelqu'un d'autre joue ?

— C'est un risque, mais cette machine n'est pas populaire et cinq minutes devraient suffire. »

Dawson contempla la montre qu'il venait d'acquérir. « Où serez-vous ?

— Vous n'avez pas besoin de le savoir. Hors de votre vue. C'est pour ça que nous devons être bien synchronisés. Je ne pourrai pas vous observer.

— Alors, je reviens ici…

— Non. Alors, vous échangez les pièces contre trente billets de cent dollars. Ensuite vous revenez ici et vous m'en donnez quinze. Il y aura peut-être quelques dollars de plus. Vous pourrez les garder.

— Et vous faites ça souvent ?

— Vous n'avez pas besoin de le savoir non plus. Disons simplement que c'est comme ça que je gagne ma vie. Vous embarquez ? »

Dawson prit une autre petite gorgée de bière, pour étirer son verre. Il était profondément effrayé et en même temps très excité. Tous ses instincts, sauf un, lui disaient de se tenir à l'écart de cet inconnu en gris foncé, s'il ne voulait pas finir en contribuant à la pollution de la baie, mais l'instinct restant – l'avidité – le poussait à continuer d'examiner la proposition. Il ne pouvait y voir aucun risque. Il lui suffisait de jouer à l'une des machines, de ramasser les gains (s'il y en avait – il n'y croyait pas encore tout à fait), de les échanger contre des billets et de donner sa part à l'autre. « Quelle machine c'est ? demanda-t-il.

— Il y a une rangée de machines à droite de la porte d'entrée, expliqua le banquier. La mienne est la troisième avant la fin. Une machine à sous ordinaire – cerises, oranges, vous savez. Les machines de chaque côté montrent des symboles de cartes à jouer. OK ?

— Ouais, dit Dawson. Mais encore une bière.

— D'accord. Soyez-y à neuf heures quarante-sept, alors. Exactement. » L'autre glissa de son tabouret et disparut.

À neuf heures trente, Dawson fit des yeux le tour de la salle de jeu, pour se repérer. Cinq minutes plus tard, en sueur, il se tenait près de la machine trafiquée. Un vieux bonhomme la bourrait de pièces d'un dollar puis, comme à un signal, à neuf heures quarante-quatre, il se retrouva à court de monnaie, maudit la machine et s'éloigna. Dawson s'installa devant la machine et y inséra son premier dollar. En prenant son temps pour jouer, il y mit jusqu'à six pièces puis, alors que la seconde aiguille de sa montre passait sur l'heure convenue, il inséra la pièce fatidique et recula un peu. D'abord, il s'était contraint à penser que l'homme du bar était simplement un blagueur (mais un blagueur qui donnait des montres pour rire ?). Ensuite, il s'inquiétait du fait que, s'il gagnait, trois mille dollars se déverseraient en monnaie sur le plancher du casino. Ce qui se passa, en réalité, ce fut que les lumières s'allumèrent sur la machine, une cloche résonna, un des employés s'approcha en hâte, vérifia le montant du gain et lui donna une note pour trois mille deux cent onze dollars. « Le caissier va vous payer, monsieur, dit-il. Félicitations. »

Pendant environ une minute, une petite foule se rassembla, désireuse de jouer avec cette machine, mais on laissa bientôt Dawson seul avec la note en main, pour plus de trois mille dollars. Les caissiers se trouvaient près de la porte, pour le bénéfice des joueurs qui entraient, et Dawson se joignit à la file qui attendait devant le guichet le plus proche. Il encaissa la note et regarda autour de lui pour repérer le bar. Puis il hésita. Le bar était au moins à cinquante mètres, invisible de l'autre côté de la salle. La porte se trouvait à six pas dans l'autre direction. Dawson prit sa décision et franchit les portes pour monter dans un taxi qui l'emporta aussitôt vers son hôtel. Il resta dans la chambre toute la soirée et retourna à Toronto le lendemain matin. Dans l'avion, sa femme lui demanda : « As-tu gagné quelque chose la nuit dernière ? » Il lui mentionna le jackpot mais ne lui parla pas du banquier, ni à personne d'autre. Et il ne retourna jamais dans un casino.

◆

Alors que Dawson plaçait le dollar gagnant dans la machine à sous, trois hommes observaient son image dans une rangée d'écrans située dans une pièce au-dessus de la salle de jeux. Lorsque la seconde aiguille de la montre atteignit neuf heures quarante-sept, le banquier pressa un bouton sur une console en face de lui et la machine à sous s'illumina. Les trois hommes regardèrent Dawson recevoir son argent et quitter le guichet du caissier. Alors qu'il hésitait, le banquier l'encourageait comme s'il avait suivi une course de chevaux. «Au bar, criait-il, inaudible à travers le plafond, va au bar ! Je t'attends, pour l'amour du ciel ! Il y va, Joe, il y va !

— Allez, sors, andouille », dit Joe, l'un des autres hommes.

Le vieil homme qui avait joué à la machine avant Dawson se mit à rire. « Vous êtes dingues, tous les deux, vous savez ça ?

— La porte est là, lança Joe. Cours, allez, sors ! »

Dawson hésitait, cherchant le bar des yeux, et le banquier poussa un cri de triomphe. « Il va revenir, vous voyez bien. Il est en route !

— File, andouille, s'écria Joe. Allez, allez, allez ! »

Les trois hommes retinrent leur souffle tandis que Dawson s'immobilisait ; puis, alors qu'il s'élançait pour franchir la porte, Joe l'encouragea en lui criant : « C'est ça, mon joli, ne me laisse pas tomber ! »

Dawson avait disparu.

« Ah la vache ! dit le banquier en sortant un rouleau de billets de sa poche et en donnant dix billets de mille dollars à Joe. « J'étais sûr de lui.

— Et moi, je suis sûr de tout le monde, gloussa Joe. Tu pourrais aussi bien abandonner, Tony. Tu n'en trouveras pas un seul. »

Le banquier grinçait des dents. « Quitte ou double ?

— Oh, sûrement, dit Joe. Je n'ai jamais gagné de l'argent aussi facilement ! Tu en as repéré un autre ?

— Le type, là, qui observe la roulette.»

Joe ne lança même pas un regard à l'écran. «N'importe qui, Tony. Vas-y. Arrange le truc. Mais tu perds ton temps.

— J'en trouverai un, dit le banquier. Je finirai bien par en trouver un, bon Dieu!»

Parution originale: Looking for an Honest Man,
Cold Blood: Murder in Canada.

Prix Arthur-Ellis 1989

L'Assassin dans la maison

Jas R. Petrin

« Ça va aller, oui, Mamie ? »

Évidemment que ça va aller. Sortez, allez vous amuser et laissez-moi à la maison avec un assassin !

Assise dans son fauteuil roulant, muette, furieuse, entortillée dans sa couverture, Mamie regardait sa petite-fille, Gwen, qui s'affairait, entrait dans la salle de bain, en ressortait, s'habillait, se parfumait, se maquillait, tandis que son époux, Will, passait la tête par la fenêtre et appelait, agacé : « Le moteur est chaud et il tourne, les Arabes s'enrichissent, on y va, à ce sacré restaurant, ou pas ?

— J'arrive, tu ne peux pas me laisser une minute tranquille ? J'ai juste à mettre mon manteau et à voir si Mamie a besoin de quoi que ce soit. »

Gwen s'en vint dans la salle de séjour, d'un pas lourd qui fit trembler le plancher, et se pencha sur Mamie. Elle était parfumée comme un congrès de prostituées. Pourtant, c'était une bonne fille, Gwen, plus prévenante à l'égard de Mamie que sa sœur Liz ne l'avait jamais été. Prévenante et attentionnée, mais pas très fine. C'était une stupide, comme son mari. Des stupides, tous les deux.

« Mamie, murmura Gwen, on s'en va, maintenant. Tu sais que je me ferai du souci pour toi pendant tout le temps qu'on sera partis. On ira peut-être voir un film après le petit souper, peut-être pas. Je ne sais pas. Mais si nous rentrons tard, il ne faut pas t'inquiéter. Louie sera là. Je lui ai fait promettre de se passer du bar à *La Lanterne Rouge*, ce soir, de venir tôt à la maison et de te préparer à manger. Tu ne seras seule que pendant une heure ou deux. Maintenant dis-moi, ma chérie, s'il y a autre chose que tu veux avant qu'on s'en aille. »

Son parfum fit larmoyer Mamie alors que Gwen se penchait pour observer ses lèvres.

Il y a des tas de choses que je veux, pensa Mamie. *Je veux que tu restes là au lieu de t'en aller en me laissant toute seule avec cet assassin de Louie, et je veux que Will aille voir le congélateur que Louie a apporté ici, et qu'il force la serrure pour l'ouvrir et en sortir ta sœur Liz qui est gelée bien raide, et qu'il la fasse décongeler pour l'enterrer comme il faut, et je veux qu'un policier tire Louie d'ici par la peau du cou, et qu'on le pende haut et court, jusqu'à ce qu'il soit mort, mort, mort !*

Mais quand une embolie vous frappe comme un train en folie, ce qui était arrivé l'automne précédent à Mamie, on avait encore bien de la chance de pouvoir respirer.

Elle sentait les yeux de Gwen fixés sur elle. Dans l'entrée, dehors, Will faisait ronfler le moteur de la Dodge comme s'il appartenait à une bande de voleurs prête à s'enfuir après un coup. Ce qu'il était peut-être. Prêt à partir pour échapper à Mamie.

Mamie lutta pour que ses lèvres forment les mots. *Assassin, dans la maison !* dit-elle. *Regarde... dans le congélateur !*

Gwen se redressa avec un rire qui gonfla ses grosses joues. « Oh, Mamie, ne recommence pas avec ça.

— Ne recommence pas avec quoi ? » C'était Will, qui passait de nouveau la tête dans la pièce, avec une bouffée de vent hivernal.

« Je crois qu'elle est repartie avec Louie et le congélateur. Tu sais comme ça la dérange. Elle pense qu'il y a le corps de Lizzy Mae là-dedans. Je voudrais bien que tu le lui fasses ouvrir et qu'on laisse Mamie regarder dedans, pour la calmer. »

Will émit un long soupir las en roulant les yeux avec sa meilleure expression Seigneur-donnez-moi-la-force-de-supporter-ça.

« Écoute. Tu sais que j'ai parlé à Louie, et tu sais que j'ai expliqué tout ça à Mamie une dizaine de fois. Il garde le congélateur fermé pour que les gosses que tu gardes n'aillent pas s'y enfermer pour y suffoquer. Il continue à le faire marcher pour que ça ne sente pas trop le renfermé. Et elle n'a pas besoin de regarder dedans de toute façon, parce que, comme je le lui ai dit une dizaine de fois, Louie et moi, on a vu Lizzie au centre commercial, je l'ai vue moi-même de mes propres yeux, en train d'arpenter le Centre Eaton, plus grande que nature. Alors, si tout ça ne satisfait pas Mamie, rien ne le fera. On peut y aller maintenant ? »

Les yeux de Gwen lancèrent un soudain éclair agacé. « J'aimerais bien que tu arrêtes de parler devant Mamie comme si elle n'était même pas là. Ça ne ferait pas grand mal à Louie de lui laisser jeter un coup d'œil dans le congélateur. » Elle se pencha de nouveau sur Mamie avec une expression préoccupée : « Il n'y a pas de quoi t'inquiéter, ma chérie, tout va bien. Tu verras. »

Elle embrassa le front de Mamie – un baiser léger, pour ne pas endommager son rouge à lèvres.

Mamie aurait tapé du pied de frustration, si elle l'avait pu. Pas de quoi s'inquiéter !

Tout va bien, hein ? Mais tu n'as pas vu Louie à genoux à côté de son congélateur, à y farfouiller en parlant tout bas et en sanglotant. Tu n'as pas vu ça, hein ?

La laisser toute seule avec un assassin ! S'imaginaient-ils que Mamie ne devait pas s'inquiéter parce que son chèque d'assistance sociale se retrouvait intégralement dans leur poche ? Ni l'un ni l'autre ne s'était jamais réveillé en pleine nuit avec les yeux écarquillés comme des caoutchoucs de couvercles de conserve, en sueur, avec l'envie de hurler, de courir, de se retourner et d'appeler quelqu'un, seulement capable de rester étendue là dans le noir, avec son corps refermé sur elle comme une pince d'acier, et dans la gorge un cri muet.

Un assassin dans la maison !

Être paralysée lui avait appris à avoir peur, ça, c'était sûr. Une peur comme elle n'en avait jamais connu de sa vie. La peur du feu. La peur d'être à la merci d'une personne cruelle – comme un assassin. Et même, crainte toujours présente, la peur de tomber ! Après l'assassin, c'était le pire. Même assise tranquillement à la maison dans son fauteuil la remplissait d'une terreur qui lui donnait le vertige. Tomber de son fauteuil, c'était une idée horrifiante. Le cauchemar l'en réveillait toutes les nuits. Être projetée dans l'espace, au ralenti, comme en apesanteur, et le plancher qui s'en vient à la rencontre de votre figure pour vous écraser. Ce vieux cauchemar enfantin de chute, tomber, tomber et ne pas être capable de lever un bras pour se protéger. Elle frissonna.

Et maintenant, ils ont invité un assassin à habiter avec eux.

Louie.

Et son congélateur.

La chaufferie peinait à cause du froid qu'ils avaient laissé entrer. Elle faisait tourner son ventilateur dans le coin et craquait de tous ses joints. Mamie regretta de ne pas avoir pensé à demander à Gwen de monter le chauffage d'un ou deux degrés. Elle aurait simplement voulu pouvoir atteindre elle-même le thermostat et le tourner un bon coup.

Mais il aurait fallu lever le bras pour ce faire, et c'était à peine si elle pouvait lever un doigt. Elle le fit, pour toucher la petite manette de contrôle du fauteuil roulant et le moteur se mit à ronronner pour lui faire traverser la cuisine à une allure d'escargot. Avant de démarrer, la machine eut une hésitation; la manette avait encore besoin d'être nettoyée. Mamie s'arrêta tout près du poêle et se laissa baigner dans sa chaleur.

Ses yeux larmoyaient encore à cause du dégoûtant parfum que Gwen traînait partout avec elle. Elle battit des paupières, deux fois, pour s'éclaircir la vue. C'était vraiment atroce d'être incapable de se frotter les yeux quand on en avait envie. Elle avait toujours eu une excellente vision. Elle pouvait lire les lettres chromées du poêle qui disaient CHAMPION, elle pouvait lire la tranche du bottin de téléphone sur sa petite table près de la porte du fond, par la porte entrouverte elle pouvait lire le mot ARCTIC sur le…

CONGÉLATEUR!

Il était bien visible par la porte entrebâillée, massif, une épaule anguleuse et blanche dans l'obscurité.

Le congélateur de Louie.

Celui où le corps de Lizzie Mae était enfermé comme un rôti de porc congelé.

Bon sang, Gwen, tu aurais pu penser au moins à fermer cette porte avant d'aller t'amuser. Mamie bougea son doigt pour remettre le moteur en marche et tourner sa chaise de façon à ne pas voir.

Et Louie qui disait avoir vu Liz au centre commercial. Quelle blague ! S'imaginait-il vraiment duper Mamie avec une telle histoire ? Liz ne pouvait pas se trouver à deux endroits en même temps, et elle n'était sûrement pas sortie du maudit congélateur, enfermée là-dedans comme elle l'était, tassée au fond, poignardée, ou abattue ou étranglée, dans une brillante enveloppe de glace et les lèvres toutes bleues. Et Will, qui avait confirmé l'histoire de Louie, avait seulement entr'aperçu quelqu'un à travers la fenêtre du barbier alors qu'il était assis là à respirer fort avec les autres hommes, tout barbouillé de mousse à raser, en regardant passer les jambes des femmes. Ce n'était pas comme s'il avait effectivement parlé à Liz.

Mais Will avait écouté Louie et pensé qu'il avait vu Liz, et ni lui ni Gwen ne voulaient donc envisager la vraie vérité. Ça ne les étonnait pas que Liz ne se manifeste pas. C'était bien dans son genre de les tenir à l'écart. Ils ne rendaient personne responsable du divorce, et ils laissaient Louie continuer à sourire. Ils l'aimaient bien. Un type très chouette, ils pensaient. Seule Mamie l'avait vu, alors que Gwen et Will étaient partis faire les courses, et qu'il la croyait endormie : à genoux comme un moine, penché sur son congélateur ouvert, en train de parler au givre en sanglotant.

◆

Louie était représentant de commerce, il vendait des costumes. Ou, du moins, par le passé. Le meilleur vendeur, aimait-il se vanter. Il avait rendu jaloux ses superviseurs, parce que, avec ses pourcentages sur les ventes, il faisait plus d'argent qu'eux. Du moins c'était ce qu'il disait.

Mamie ne l'avait jamais aimé.

Elle ne l'avait pas aimé, dès le jour où Liz était arrivée en coup de vent avec lui, trois ans plus tôt, collée dessus, pour annoncer dans leur silence choqué qu'elle allait l'épouser le lendemain même. Liz avait toujours été impulsive. À se mettre en ménage avec n'importe quel dingue à moitié timbré qui arrivait en souriant dans le soleil. Elle s'était trouvé trois maris comme ça, avant Louie, et même si les trois précédents avaient tous été des stupides, Louie était le seul qui avait donné immédiatement à Mamie le sentiment qu'il était...

MAUVAIS!

Mamie avait donné quelques coups de téléphone, alors – elle n'était pas toute paralysée, à ce moment-là – et elle avait appris des choses vraiment curieuses de son amie Emma Parker, à Youngerville. *Eux*, ils avaient eu un type exactement comme Louie qui travaillait dans un magasin de vêtements – Casey, dans la Troisième Rue – et ce type avait tout simplement été des plus *bizarres*! Des gens l'avaient vu stationné dans le parc aux Amoureux – la colline au-dessus de la rivière, là où les jeunes aimaient se donner rendez-vous –, pendant les soirées chaudes, et chaque fois il était en compagnie d'une fille différente. Une nuit avec une blonde, une autre nuit avec une rouquine – toujours une fille différente. Les potins étaient allés bon train à ce propos, et voilà-t-il pas qu'il s'était fait virer de chez Casey et qu'il avait quitté la ville. Les gens avaient essayé par tous les moyens de faire parler Casey, pendant des semaines, mais il n'avait pas voulu. Il disait qu'il refusait d'entacher la réputation de son magasin.

Cette même nuit, après son coup de téléphone, Mamie s'était réveillée en hurlant parce qu'elle avait aperçu la mort en rêve. Et les quelques fois où elle avait encore vu Louie, elle avait vu la mort qui le suivait, tout près, ou qui regardait par-dessus son épaule, ou qui se tenait avec lui, bras dessus, bras dessous, comme une épousée. Un rêve prophétique.

Il avait tué Liz, c'était sûr. Mamie l'avait vu venir tout de suite. Et maintenant la preuve était là, si quelqu'un voulait se donner la peine d'aller voir. Dans la pièce du fond. Enfermée à double tour. Dans le congélateur.

Évidemment, Mamie avait essayé d'avertir Liz, mais Liz s'était seulement fâchée, elle avait pris son manteau avec froideur pour partir sur-le-champ. Puis elle avait complètement cessé de venir, sûrement à cause de Louie qui lui chuchotait des horreurs.

Et c'était à peu près à ce moment-là que l'embolie avait frappé Mamie, et c'était la faute de Louie également, aussi sûr qu'un bain antiparasite. Il lui avait jeté un sort. Qui d'autre avait le pouvoir maléfique de le faire, après tout ?

Oh, c'était le genre de type qui causait des ennuis, pour sûr, Louie, et rien que ça. En fin de compte, Mamie avait eu raison.

Prenez seulement la nuit où Liz avait téléphoné. Elle avait dû pleurer comme une Madeleine pour que Gwen soit si dégoulinante de commisération. Et ensuite Mamie avait entendu Gwen raconter à Will : « … a perdu son emploi…

— Comment ça se fait ?

— Elle n'a pas voulu me le dire exactement. Mais ils l'ont pris en flagrant délit de quelque chose…

quelque chose de vraiment mal. Louie n'a pas voulu
le lui avouer, alors elle a téléphoné au gérant et il lui
a dit ce que c'était. Elle avait honte de m'en dire
trop, mais je crois que c'est parce qu'il ne voulait
pas laisser les clients tranquilles. Liz m'a dit qu'elle
avait toujours eu des soupçons là-dessus, et maintenant, elle va le quitter... »

Ainsi donc, tout n'avait pas marché si fort que ça
au magasin de vêtements. Même si Louie prétendait
avoir été trop bien pour tous les magasins où il avait
travaillé – une demi-douzaine d'autres. Ça en disait
long à Mamie. Il n'avait pas du tout été victime de
gérants jaloux. C'était juste le bon vieux problème
des mains baladeuses.

◆

Et tout d'un coup, Liz avait cessé de téléphoner.
Juste comme ça, plus d'appels. Très suspect. Personne
n'avait vu ni l'un ni l'autre, pas un cheveu, jusqu'à
ce que Louie se pointe à la porte avec sa vieille valise
tout éraillée et son congélateur. Ce n'était pas le truc
le plus bizarre, ça ? Un congélateur ! N'importe quel
homme aurait apporté sa télé ou son bar, mais voilà
Louie qui se pointe avec un congélateur.

Il avait expliqué, avec son sourire trop facile, que
Liz et lui s'étaient séparés, et que Liz ne voulait plus
entendre parler du congélateur, et qu'il l'avait apporté
parce que c'était la seule chose dont ils étaient pro-
priétaires dans la maison, sans paiements à faire. Et
si quiconque croyait cette histoire, on pouvait aussi
lui faire acheter un billet de tombola avec comme
premier prix le World Trade Center.

Ah non, il n'avait pas entourloupé Mamie. Pas un
poil.

Et maintenant, ils en étaient là. Tous sous le même toit. Liz dans son sommeil de glace, Gwen, cette idiote de Gwen, qui ne soupçonnait rien. Will, qui aimait avoir un autre homme dans la maison pour parler sports. Et Mamie dans son fauteuil roulant.

Et Louie.

Qui la détestait. Non, qui la *méprisait!*

Il n'en faisait pas un secret d'ailleurs.

Seulement une semaine plus tôt, ils avaient été tous les deux dans la salle de séjour, en train de regarder la télé, Louie assis au bout du divan, et il l'injuriait à mi-voix. Oh, il était bien tranquille, il faisait ça bien, il parlait tout doux, tellement que Gwen ne devait pas l'entendre dans la cuisine, il avait les mains croisées sur son ventre, ses yeux d'assassin fixés sur la télé, il remuait à peine les lèvres.

« Mamie, Mamie, la vioque coriace, Mamie, la vieille punaise, Mamie la sorcière.» Il avait continué comme ça pendant vingt minutes. Oh, il était tellement sûr de lui ! Et elle, paralysée par l'embolie qu'il lui avait infligée avec son mauvais sort.

Mamie ferma les yeux, essayant de ne pas penser au congélateur dans l'obscurité de la pièce de l'autre côté du mur. Après un moment, elle s'endormit.

◆

Ce qui l'éveilla, ce fut un coup sourd à la porte.

Quelqu'un qui jurait, qui tâtonnait, qui riait.

Louie était rentré, saoul comme une pelle. Il s'était arrêté à *La Lanterne*, après tout. Mamie sentit son pouls s'accélérer un moment, puis redevenir normal.

Louie était rentré.

Louis l'assassin.

Et pas de Gwen !

Mamie attendit dans son fauteuil, près du poêle, et à ce moment l'air pulsé s'arrêta avec un soupir, lui laissant percevoir le silence de la maison quand Louie n'était pas là. Sobre ou ivre, il avait des manières bruyantes. Trop jovial quand il était sobre, avec un rire trop rauque et un sourire trop large, et toujours à se tenir juste trop près de vous. Et trop stupide quand il avait bu, faisant le clown et racontant des histoires grossières, avec des imitations de célébrités, pour rendre ses auditeurs écarlates de rire.

Il y eut un bruit de chute dans les marches, à l'extérieur, et un fort gémissement. Un bruit de verre brisé.

Mais Mamie n'était pas dupe.

Elle pouvait voir le vrai Louie derrière l'écran de fumée des blagues et des éclats de rire. Elle avait connu un tas de Louie en son temps. C'était un type d'homme bien précis. Le genre dont on a parfois un aperçu quand un souffle de vent frais dissipe la fumée, et on est tout le temps étrangement choqué de voir ce qu'on s'attendait à voir, comme un éclat d'os blanc dans une blessure ouverte, rouge et profonde.

On apprend une ou deux choses en quatre-vingt-deux ans.

Maintenant, elle entendait le cliquetis des clés dans la serrure. Louie semblait dans un état épouvantable. Il tâtonnait terriblement. Malgré ce que Gwen lui avait dit, il avait dû commencer plus tôt que d'habitude à *La Lanterne*, et y rencontrer des amis généreux, en plus.

Puis la porte s'ouvrit avec fracas et Louie apparut dans l'embrasure, avec un grand sourire.

« Salut… Mamie ! »

Il vacillait sur le seuil, plus soucieux de se tenir debout que de refermer la porte sur l'hiver. Il portait deux cartons de bières, un sous le bras, l'autre bien serré dans les mains et qui n'était plus maintenant qu'un dégât de verre brisé, de mousse et de taches couleur d'ambre sur le lino bien brillant de Gwen.

Il fit un essai avorté, puis un autre, et réussit finalement à poser les deux cartons par terre, en les maniant avec délicatesse, même celui qui était endommagé, comme s'il avait espéré qu'il contienne encore des bouteilles récupérables. Il se débarrassa avec maladresse de sa parka, la laissa tomber près du frigo et, en sentant enfin le froid qui soufflait de la porte, la referma brutalement en se laissant pratiquement tomber dessus.

« J'ai dit *salut*, Mamie ! »

Il écarta une des chaises chromées de la table en la faisant grincer, la disposa avec une précision exagérée, puis se laissa tomber dessus, en émettant un des rots les plus bruyants que Mamie eut jamais entendus.

Tu n'oserais pas agir ainsi si Gwen et Will étaient là. Tu es comme tous les ivrognes que j'ai déjà vus, avec une espèce de radar qui te permet de tromper certaines sortes de gens. Les autres, tu ne veux pas les tromper. Ceux-là, tu veux les impressionner en leur montrant comme tu peux être mauvais. Mais je vois à travers toi comme à travers un couvercle de cercueil en verre, mon bonhomme, je vois ta tête de mort ricanante prête à me sauter dessus. Oh, je te connais bien !

Mamie sentait la chaleur du poêle à présent. Elle aurait voulu reculer un peu mais craignait d'attirer l'attention. Si elle pouvait rester d'une façon ou d'une autre à l'arrière-plan pendant les moments qui allaient suivre, peut-être Gwen et Will arriveraient-ils, leurs pas crissant dans la neige, remplissant la nuit de leur bruyante conversation à propos du film qu'ils avaient vu. Comme Gwen l'avait promis plus tôt, tout irait bien.

Louie fouillait dans sa chemise pour trouver ses cigarettes. Il n'avait pas remarqué qu'il les avait déjà posées sur la table. Il abandonna avec une manifestation ostentatoire de dégoût, se pencha et attrapa le carton de bière intact d'un doigt pour le tirer vers lui sur le plancher. Il l'ouvrit d'une seule main – même dans son ivresse, c'était un mouvement exécuté avec l'adresse d'une longue habitude –, décapsula une bouteille, en prit une bonne gorgée, puis tâtonna de nouveau et trouva enfin une cigarette.

Il regarda Mamie.

« Alors, comment ça va ? » dit-il d'une voix pâteuse.

Mamie se prit à se demander comment elle apaiserait cet ivrogne, tout en sachant très bien que l'apaiser serait impossible. Et même si ce l'avait été, elle ne pouvait pas faire grand-chose dans sa condition.

« Allez, Mamie, prenez une bière ! »

Les doigts de Mamie s'aplatirent sur la manette de contrôle. Elle avait peur d'essayer, et peur de ne pas le faire.

« Allez, Mamie ! »

Il se leva en vacillant, penché vers elle et donnant de la gîte sur la gauche. Et puis il fut derrière son fauteuil roulant, les mains agrippées aux manchons, et il la poussait vers la table. Il n'était pas particulièrement doux : il la cogna dans un des pieds du meuble.

Il se mit à glousser.

« Désolédésolédésolé. Je suis désolé, Mamie. Ne me dénoncez pas à Gwen, Mamie. »

Il s'assit en face d'elle. Elle sentait sa puanteur, à présent, la fumée âcre du bar, l'odeur lourde, trop riche, de la bière. Il était décoiffé, les cheveux tout hérissés d'un côté comme une perruque. Il téta sa bouteille, puis sa cigarette, et pencha la tête de côté d'un air interrogateur.

« Vous aimez raconter des trucs sur moi à Gwen, hein, Mamie ? Pourquoi ? J'ai pas toujours été copain avec vous, Mamie ? J'ai pas essayé de vous remonter le moral ? Hein ? »

Il l'étudiait à l'autre bout de sa cigarette, avec ses yeux trop attentifs d'ivrogne. Elle n'aimait pas ça. Il y avait de la menace dans sa voix, un durcissement à son égard dans ces dernières paroles.

« Des trucs sur moi à Gwen. Pas bien, ça, Mamie, pas gentil. »

Et j'en aurai encore davantage à lui dire après ce soir, espèce de porc.

« Vous m'avez jamais aimé, Mamie. »

Ah ça non, bon sang, je ne t'ai jamais aimé. Je t'ai vu tel que tu es le jour où Liz t'a traîné ici après t'avoir sorti d'une poubelle de troquet.

« Vous z'êtes donné beaucoup de mal, Mamie, pour monter Liz contre moi. Z'avez eu ce que vous vouliez, aussi. Nous avez séparés. Z'avez fait un sacré bon travail avec nous, Mamie, un sacré bon travail de démolition. »

Pas autant que j'aurais dû. Ou ce serait toi dans ce congélateur et elle en train de me parler.

Louie recommença à téter sa bouteille, se rendit compte qu'elle était vide et la posa avec bruit sur la table. Il fouilla dans le carton à ses pieds et en sortit deux autres bouteilles.

« Buvons un coup ensemble, Mamie. Avec une 'tite conversation. Vous et moi, on aurait dû avoir une 'tite conversation y a longtemps. Tiens, ça c'est pour vous. Vous aimez la bière, pas vrai ? »

Il poussa la bouteille ouverte vers elle sur la table. Elle se demanda si, dans son ivresse, il avait oublié qu'elle ne pouvait pas se servir de ses mains. Il la regardait en souriant comme s'il avait été le plus plaisant des hommes auquel Dieu eût jamais prêté vie. Sa tête était appuyée sur la main qui tenait sa cigarette pincée entre deux doigts tachés de nicotine. Il fumait sans interruption, avalait une bonne bouffée puis la régurgitait en filets de caillots d'un blanc massif qu'il avalait de nouveau. Un miracle que ça ne le rende pas malade. Peut-être que ça le ferait, à force.

« Comment ça se fait que vous m'aimez pas, Mamie ? »

Parce que tu es mauvais.

« Qu'est-ce qui va pas avec moi, après tout ? »

Tu es un destructeur, un démolisseur, tu es un assassin !

« J'ai essayé que vous m'aimiez, Mamie. Essayé vraiment fort, pour Liz. Mais vous avez pas voulu me laisser faire, z'avez pas voulu me donner une chance. Ah ! Et c'est moi que Liz blâmait pour ça. Moi. C'est juste, ça ? »

Soudain sa lourde main asséna sur la table un coup qui la fit sauter.

« Vous me répondez ! »

Elle avait tressailli. Il devait l'avoir remarqué.

Puis il redevint calme. Presque câlin.

« Soyons copains, Mamie, OK ? Soyons de bons copains. Cul sec ! » Il but, puis l'observa, attentif, en clignant des yeux. Il gloussa. « Oh, j'ai oublié, Mamie. Oublié votre camelote de bras. Vieille blessure de guerre, hein ? Allez, laissez-moi vous aider. »

Il prit la bouteille, se leva pour s'approcher d'elle, la dominant de toute sa taille, pressa la bouteille contre ses lèvres et l'inclina brusquement. Mamie prit quelques gorgées amères, s'étouffa, et sentit le reste lui éclabousser le menton, puis tomber sur sa blouse et sa couverture.

Louie écarta la bouteille.

«Désolé, Mamie, désolédésolédésolé. Vous buvez pas vite, hein? Z'êtes une dame. Une vraie dame.» Il fronça les sourcils. «Liz aussi était une vraie dame, juste comme sa Mamie. Oh, j'aurais pu avoir le choix, n'importe quelle fille, les sortir quand je voulais. Mais Liz était spéciale. Mieux que les autres. Je l'aimais. Ouais. Vous me croyez pas, hein?» Son visage s'assombrit. «Vous me croyez jamais, Mamie. Une fois, Liz m'a avoué que vous lui aviez dit que j'étais… un *menteur*!»

Il avait de nouveau donné une grande claque sur la table.

Mamie se recroquevillait intérieurement devant ces transformations de Jekyll en Hyde, de la discussion calme à la rage. Elle le haïssait de toutes les fibres de son être. Elle avait toujours eu le plus grand mépris pour les ivrognes, et elle méprisait celui-ci avec une intensité toute particulière. C'était le saoulard qui avait ruiné la vie de sa petite-fille Liz. Le saoulard qui avait fini par tuer Liz dans un accès d'ébriété furieuse, et l'avait enfermée dans le congélateur. La haine rendait la paralysie encore plus intolérable. Mamie aurait voulu être de nouveau en bonne santé et pouvoir sauter sur cette brute répugnante pour le frapper. Ou être un homme, un homme fort, qui pourrait lui prendre le cou et serrer, serrer… !

Je te déteste, oh, je te hais, espèce de porc d'ivrogne! Je ferais n'importe quoi pour te punir de ce que tu as fait à ma Liz. J'espère qu'il y a des fantômes, et j'espère que j'en serai un très bientôt, parce que même des fantômes peuvent davantage en ce monde qu'une vieille bonne femme paralysée, et je reviendrai pour toi, toute froide et cadavéreuse et pourrissante, et je te prendrai avec mes mains pourries et...

« Vous voulez voir Liz, Mamie ? »

Elle cligna des yeux.

Il avait recommencé à avaler ses caillots de fumée et à l'observer avec un début d'anticipation. Elle se demanda si elle l'avait bien entendu.

« Vous voulez la voir ou pas, Mamie ? » Il ricana. « Ça vous plaît d'entendre ça, hein ? Je sais ce que vous dites à Gwen. Ça prouve que vous avez raison, hein ? Qu'ils auraient dû vous écouter, Mamie. Saviez à quoi vous en tenir, hein ? Saviez que personne ne quitte le bon vieux Louie. » Il versa d'un seul coup le reste de sa bière dans son gosier, ouvrit une autre bouteille et fit une grimace : « Mais plus tard, Mamie, ouais, plus tard, je crois. Vous pourrez la voir plus tard. OK ? Buvez d'abord. Z'en aurez besoin. L'est pas aussi jolie qu'elle était ! »

Il se mit à rire et de nouveau lui poussa la bière dans la figure, forçant sa bouche à s'ouvrir, y versant de la bière jusqu'à ce qu'elle s'étouffe. Il écarta la bouteille si brusquement cette fois qu'il déplaça ses fausses dents. « Holà, dit-il en gloussant, désolé ! » Et il lui enfonça les doigts dans la bouche pour remettre les dents d'aplomb.

Mamie resta assise à le foudroyer du regard. Oh, que l'impuissance était terrible ! Elle vous saisissait comme un boa constrictor et écrasait en vous toute dignité.

« Vous savez quoi, dit Louie, je dansais à *La Lanterne Rouge*, ce soir. J'aime ça, danser. Liz aimait ça aussi. Et vous? Voulez danser, Mamie? Chauffer le plancher, vous remuer le popotin?»

Il était à moitié levé quand il se laissa retomber sur sa chaise avec un grand sourire affecté.

«J'ai oublié, Mamie. Vous dansez plus tellement bien maintenant. Vos jambes marchent plus trop bien.» Il reprit un peu de bière, se remit à rire en plein milieu d'une gorgée, l'avala par le nez et fut secoué d'une toux affreuse.

Il remit sa cigarette dans sa bouche; elle gigotait en même temps qu'il parlait.

«Et vos bras non plus, hein, Mamie? Et votre cou et votre dos et vos pieds et vos mains – oh, z'êtes vraiment dans un sale état, hein? Tout votre foutu corps est foutu. Si seulement vous pouviez vous faire rouler vous-même jusqu'au cimetière et vous déterrer quelques pièces de rechange, hein, Mamie!»

Il s'écroula sur sa chaise, convulsé de rire.

Va donc. Rigole. Rigole à t'étouffer avec ta langue pourrie. Puis c'est moi qui rirai. Dans ma tête. À ton enterrement, quand ils te rouleront jusqu'au cimetière!

Il secoua la tête comme pour se débarrasser de son hilarité.

«Je veux danser. Je suis un dingue de la danse, Mamie! Moi et Liz, on dansait tout le temps. Vous pouvez le faire, Mamie. C'est moi qui conduis.»

Il se leva en s'aidant du bord de la table. Deux bouteilles allèrent s'écraser contre le mur dans une explosion d'échardes de verre brun. Il gloussa: «Tombée au combat, Mamie.» Puis il attrapa le fauteuil roulant par-derrière et le fit aller d'avant en arrière, puis autour de la pièce, en chantant pour s'accompagner.

C'était un lourd fauteuil, avec la batterie et le moteur. Il s'en servait en partie pour se tenir debout tandis qu'il vacillait et trébuchait. Il le faisait tourner avec bruit encore et encore en poussant des cris aigus. Elle se sentait étourdie et ferma les yeux. C'était pire. Elle les rouvrit. La pièce se liquéfiait autour d'elle en couleurs pastel. Le poêle apparut, disparut, et encore, et encore. Louie hurlait dans son oreille : « ÇA TOURNE, ÇA TOURNE, ÇA TOURNE, OÙ ÇA S'ARRÊTE, ON L'SAIT PAS ! ».

Et il la lâcha.

Le fauteuil se propulsa à travers la pièce en quittant le sol, et s'écrasa, bing, bang, contre le poêle.

Les tuyaux de la cheminée tremblèrent en laissant échapper une poussière de suie. Le poêle recula d'au moins dix centimètres. Mamie se sentit soulevée, portée vers l'avant, avec le poêle brûlant qui se rapprochait, énorme, s'arrêtait puis reculait tandis qu'elle retombait dans son fauteuil, avec dans les narines la puanteur de l'acier brûlant.

Elle remercia Dieu de ce que Gwen lui avait bien enveloppé les pieds dans la couverture, ou ses doigts de pieds auraient sûrement été écrasés.

Avec son fauteuil face au poêle, elle ne pouvait pas voir Louie. La chaleur lui martelait le visage, faisant trembloter les petits poils gris de ses sourcils au-dessus de ses yeux. Derrière elle, Louie grognait et couinait de rire. Après un moment, ses grognements s'apaisèrent, et elle entendit le bruit d'une autre bouteille de bière qu'on décapsulait. La chaleur était terrible, elle pouvait à peine respirer. Elle tira avec fureur sur la manette de contrôle du fauteuil et, à sa grande surprise, celui-ci répondit instantanément et roula vers l'arrière.

Elle s'immobilisa au milieu de la pièce. Elle essaya de faire tourner le fauteuil, mais la manette était morte de nouveau. Elle poussa un soupir de frustration et se sentit secouée par un violent frisson nerveux.

Elle ne pouvait que rester assise là.

En espérant que Gwen allait arriver.

En haïssant Louie.

Derrière elle, le bruit d'un paquet de cigarettes qu'on ouvre, le bruit léger du sceau qui se rompt, le craquement du papier, le bruissement du papier métallisé, le sifflement et le bref éclat d'une allumette.

« Bon Dieu, vous êtes une bonne danseuse, Mamie. »

Va au diable, Louie. Allume une autre allumette. Fous-toi le feu.

Une odeur âcre de soufre atteignit ses narines.

« Une *bon sang* de bonne danseuse, Mamie. Vous devez avoir appris à Liz tout ce qu'elle savait. Oh, c'était une danseuse. On a eu du bon temps, Mamie, jusqu'à ce que vous nous sépariez. Vraiment pas gentil de votre part. Vous l'avez retournée contre moi et je vous ai jamais rien fait. Méchante. Mauvaise comme la peste universelle. C'est vous, ça, Mamie. C'est votre faute si elle et moi on a dû s'en aller chacun de notre côté. »

Liz n'est allée nulle part. Tu l'as tuée.

« Et maintenant elle a rien, j'ai rien… »

Oh si. Tu l'as encore. Tu as son pauvre cadavre là-bas dans la pièce du fond, tout glacé, avec des brûlures de gel, et des flocons de givre sur les yeux. Enveloppé dans des serviettes, peut-être, ou des draps. Comme une Égyptienne.

« Z'êtes dure, Mamie, vraiment dure. »

Oui, je suis dure. J'ai bien dû. Mais je ne suis pas comme toi. Pas une meurtrière.

«Z'êtes comme tous ces gens pas gentils pour qui j'ai travaillé. Z'avez aucune compassion. Z'avez un cœur de… un cœur de glace. De glace noire.»

Les réflexions de Louie commençaient à devenir erratiques. Il marmonnait. Mamie avait du mal à le comprendre.

«Z'êtes vieille, Mamie. Usée. Y a seulement de la poussière en vous, maintenant. De la poussière et de la glace. Jamais vu de la poussière et de la glace mélangées, Mamie? Comme un morceau de minuit gelé. C'est à ça que ça ressemble, la méchanceté. Si on vous ouvrait avec un couteau pour regarder en dedans, c'est ce qu'on verrait. De la vieille glace noire.» Elle l'entendit fouiller dans son carton pour trouver de la bière. Un cliquetis de verre. «Les vieilles choses, Mamie, on devrait les jeter. Les balancer au sous-sol et les flanquer sur une étagère pour éviter la poussière. Z'êtes bonne qu'à ça, maintenant, Mamie. Ça, et briser des familles.»

Encore des bruits de carton et un cliquetis de verre renversé.

Puis un rugissement.

«MAMIE!»

Elle ferma les yeux. *Oh Seigneur! qu'est-ce qu'il a, maintenant, ne le laissez pas recommencer à me tournebouler, je vais vomir, sinon, je vais m'évanouir, je vais mourir, oh s'il vous plaît, qu'il ne recommence pas avec moi!*

«MAMIE, POURQUOI VOUS AVEZ CASSÉ MA BOUTEILLE?»

Une chaise s'écrasa sur le plancher. Louie apparut devant elle, ayant fait le tour du fauteuil roulant; le souffle irrégulier, il la dominait de toute sa taille, énorme, sombre, plein de chagrin et de poison.

«POURQUOI VOUS AVEZ FAIT ÇA, MAMIE?»

Je ne l'ai pas cassée, espèce de stupide, stupide, stupide! Ne suis-je pas paralysée dans mon fauteuil roulant? N'as-tu pas laissé tomber le carton quand tu es entré? Réfléchis, stupide, réfléchis!

Il se pencha encore plus près, grimaçant de dégoût et de haine. Il était à quelques centimètres de son visage, comme s'il avait essayé de scruter non seulement ses yeux mais, derrière ses yeux, ses pensées les plus secrètes.

Il dit d'une voix très froide, comme un long éclat de glace qui pénétra lentement en elle : «Je veux plus boire avec vous, Mamie. Non. Je veux plus. Vous devenez mauvaise quand vous buvez, Mamie.»

Il s'écarta alors, essayant de trouver son équilibre.

«Et z'êtes encore plus mauvaise quand vous buvez pas, Mamie.»

Fiche-moi la paix. Ôte ton horrible face puante de ma vue. Et ne va pas me faire des sermons sur la méchanceté!

«Je peux être mauvais aussi, Mamie, Vraiment mauvais. C'est c'que vous voulez? C'est pour ça que vous nous avez séparés, moi et Liz? Pour me rendre aussi mauvais que vous?»

Va-t'en!

«Pourquoi vous dites rien, Mamie?»

PARCE QUE JE NE PEUX PAS! JE NE PEUX PAS! JE VOUDRAIS MAIS JE NE PEUX PAS!

Le visage de Louie avait pris une expression faussement préoccupée.

«Vos yeux, Mamie, ils deviennent tout rouges. Vous pleurez en dedans dans votre vieille tête, hein, Mamie? Juste comme Liz quand vous lui avez dit des méchancetés sur moi. Montrez-moi des larmes, Mamie. Montrez-moi que vous pleurez pour ce que vous nous avez fait, à moi et à Liz.»

Laisse-moi tranquille! Oh, Gwen, s'il te plaît, s'il te plaît, rentre et aide-moi maintenant...

« J'en aurai, des larmes de vous, Mamie, des larmes pour moi et Liz. » Il se redressa avec un mouvement exagéré qui l'obligea à faire un pas de côté. « Dès que j'aurai trouvé quelque chose à boire dans cette maison. » Il s'éloigna en titubant, ouvrant des armoires, des tiroirs, scrutant les coins de ses yeux larmoyants. « Doit bien y avoir quelque chose. Will, il comprendra quand je lui dirai comment vous avez cassé ma bière. À cause de votre méchanceté. » Il gloussa derechef. « Je vais prendre encore un p'tit verre et après je vais vous *arranger*, Mamie. »

Tu ne peux pas encore boire. Tu ne dois pas. Oh Dieu du ciel, ne lui laissez rien trouver d'autre à boire !

Il fit brutalement tourner le fauteuil roulant vers le mur.

« Regardez pas, Mamie. »

Elle baissa les yeux sur son corps inerte et impossible à mouvoir, une chose distincte d'elle, aussi lointaine qu'une statue. Oh, tout ce que ce corps avait fait autrefois : gagner la course en sac au pique-nique du catéchisme et monter plus haut que les garçons dans l'arbre derrière le magasin de Mason. Et même maintenant, elle y sentait une énorme vie trépidante, le va-et-vient précipité du sang dans ses veines, les nerfs frémissants qui lui hurlaient de courir, courir, courir, les terreurs qui explosaient dans son cerveau comme des images de cartes battues à toute allure, des visions de Louie en train de la battre, de la brûler avec sa cigarette, de la faire tomber en renversant son fauteuil...

Tomber !

Oh, c'était le pire !

Son cauchemar de chute, réalisé. En couleurs, et pour de vrai. Le plancher se précipitant vers elle avec lenteur, il se soulève, il monte, plus vite, plus vite, à toute allure maintenant, il fonce sur elle tandis que ses bras sont plantés à ses côtés, inutiles.

Bang !

C'était Louie qui claquait une porte d'armoire. Il avait trouvé quelque chose. Une bouteille. Une nouvelle bouffée de terreur la traversa.

« Du gin, Mamie. Juste du gin. Je déteste le gin, Mamie, mais c'est mieux que de la lotion après-rasage, mieux que de l'Aqua Velva. » Il se mit à ricaner de sa propre blague comme un sorcier démoniaque, et elle l'entendit avaler une grosse gorgée à même la bouteille, puis tousser. « Et maintenant, je vais vous arranger une surprise. »

Mamie ferma les yeux, essayant de toutes ses forces de se séparer du monde. Le pire était arrivé. Elle avait prié qu'il ne trouve rien d'autre à boire, rien d'autre pour alimenter sa haine et sa violence. Du gin – du gin pur. C'était comme jeter de l'alcool à 100 % sur une flamme. Assurément, Dieu l'avait abandonnée.

◆

Il y avait des chocs étouffés derrière elle et le craquement du plancher. Elle entendit Louie grogner, puis laisser échapper un long gloussement de joie malveillante.

« Je vais juste à la litière, Mamie. Bougez pas. »

Il s'éloigna en traînant les pieds dans le corridor, longea la salle de séjour pour se rendre à l'arrière de la maison. Une pause. Un silence suivi d'un grincement prononcé. Une porte qui s'ouvrait, se fermait.

Le bruit de la chasse d'eau. Puis des pas qui revenaient.

Il revenait vers elle, en titubant. Elle garda les yeux fermés. Il arrivait, il était là ! Il retourna le fauteuil roulant vers la pièce, pour lui permettre de voir ce qu'il faisait. Il lui adressa un clin d'œil, puis repartit de son pas hésitant d'ivrogne. Elle jeta un regard hors de son armure pour vérifier ce qu'il mijotait.

Il avait traversé la cuisine pour se rendre à la porte de la pièce du fond, l'entrée de la salle où il gardait son congélateur bien fermé à double tour. Mais il n'entrait pas. Il s'était arrêté. Il mit un genou en terre, se pencha, le bras tendu.

Mais au nom du ciel qu'est-ce que…

Il soulevait la trappe de la cave. Il rejetait le couvercle en arrière. La trappe bâilla comme une gueule.

Il s'était relevé, maintenant, et il se tenait au bord de la gueule noire ouverte dans le plancher, en vacillant dangereusement. Il l'enjamba, une translation qui fit retenir son souffle à Mamie, puis se retrouva en sécurité de son côté. Il fouillait dans sa poche, il attrapait quelque chose, il se mettait à glousser.

Il laissa tomber une clé plate en acier sur ses genoux.

« Vous vouliez jeter un coup d'œil dans mon congélateur, Mamie. Eh bien, voilà, il est là, il attend. Tout ce que vous avez à faire, c'est d'y aller. » Il se mit à rire. « Évidemment, je voulais pas que ça soit trop facile. Pas drôle, alors, hein, Mamie. Alors il faut aller à cette trappe, et vous arranger pour la fermer et rouler dans l'autre pièce pour voir ce qu'y a. Simple. » Il se pencha de travers comme un bon vieil oncle offrant un cadeau et lui souffla au visage son haleine aigre. « Si vous y arrivez, je vous aiderai même avec le cadenas. »

Il s'écarta en gloussant derechef, très content de lui, avant de se laisser tomber dans une chaise.

La trappe de la cave était ouverte de biais, et vers la droite, comme la couverture d'un énorme livre. Une chaîne la maintenait presque à la verticale. Il ne fallait qu'une petite poussée et elle se refermerait avec fracas. Mamie voulait tellement regarder dans ce congélateur, elle se surprit à se demander s'il n'y avait pas pour elle un moyen d'y arriver. Et il y en avait un ! Comme elle refermait la porte de sa chambre à coucher. Elle pouvait coincer une roue derrière la porte et virer sec vers la gauche pour claquer le battant. C'était dangereux. Elle pouvait aisément tomber – tomber dans la cave ! Mais il y avait cette clé de congélateur, là, sur ses genoux. Et là-bas il y avait le congélateur, avec Liz qui l'attendait, Liz qui l'appelait en silence… Elle devait essayer !

Elle lança ses doigts vers l'avant pour incliner la manette et se faire rouler vers l'avant. Rien. Elle fit jouer la manette plusieurs fois. Morte.

Louie gloussait. Il but une nouvelle lampée de gin.

«Quessequ'y a ? Plus d'essence ? Batterie à plat ?» Il émit un dernier couinement de rire, puis haussa les sourcils. «'Voulez un coup de main ?»

Une terreur glacée envahit Mamie. L'idée de cet ivrogne titubant la poussant vers ce trou dans le plancher était trop horrifiante pour y penser. Ses doigts dansèrent sur la manette. Elle devait bouger, elle devait…

Le moteur se mit à tourner, la propulsant vers l'avant.

Louie, déjà presque debout, se laissa retomber en claquant des mains. «Al-lez Ma-Mie al-lez ! Ouaiaiaiaiais !»

En ronronnant, le fauteuil emportait Mamie à travers la cuisine, vers le gouffre béant dans le plancher. À environ un mètre du bord, elle s'arrêta. Sans même l'avoir voulu, Mamie avait cessé de tenir la manette. Ses nerfs avaient lâché. Elle voulait continuer, elle voulait aller dans la pièce du fond et voir Liz, sa Liz, sa pauvre Liz solitaire, mais sa peur l'avait brusquement arrêtée. Sa peur de tomber. Une peur qui la tenait loin de Liz aussi sûrement qu'auparavant le cadenas de Louie. Intérieurement, elle se mit à pleurer.

« Mamie, quessequi va pas maintenant ? Encore la maudite batterie ? J' vais vous aider, Mamie, j' vais vous aider… »

Il se leva avec un grand sourire, la bouteille de gin toujours en main, titubant vers l'avant, se rattrapant en penchant vers l'arrière, comme une monstrueuse marionnette manipulée par une main hésitante avec des ficelles trop lâches. Un bébé marionnette faisant ses premiers pas. Regarde, Maman, sans les mains !

N'approche pas, hurlait Mamie dans sa tête, *ne m'approche pas ! Ne me touche pas, ne me pousse pas dans ce trou ! Oh, Gwen, rentre à la maison, rentre à la maison !*

Louie fit un pas dans sa direction, puis un autre, et encore un autre.

Gwen, AU SECOURS !

Louie tendit une main vers elle, mais ce faisant perdit complètement l'équilibre, tenta de compenser en penchant de l'autre côté, s'entortilla dans ses propres pieds et s'affala sur son maigre derrière. Il resta assis là un moment à la regarder d'un air hébété. *Peut-être qu'il ne va pas se relever. Peut-être que…*

Mais il se relevait, se remettait avec effort sur ses pieds en riant, toujours accroché à la bouteille de gin. « Je l'ai pas cassée, Mamie, je l'ai pas cassée ! »

Il se mit à pousser le fauteuil vers l'avant.

« On va faire le grand tour de manège, Mamie, on va faire le grand tour… »

La porte de la cave béait sous ses roues comme une gueule affamée. À peine un mètre, à peine…

Par-dessus le bord.

Elle ferma les yeux. Elle tombait. Exactement comme dans ses rêves. Un lent plongeon, terrifiant, lancinant, dans une noirceur de néant. Une longue trajectoire interminable avant le choc final. Des siècles…

Rien.

Elle ouvrit les yeux.

Louie tournait dans la pièce comme un avion fou, riant à en éclater. Le fauteuil était coincé dans le trou. La roue avant droite était magiquement suspendue dans l'abysse. La roue avant gauche était prise dans le côté du trou. Un tremblement, un souffle, n'importe quoi, et elle tomberait.

« Whoooooooooo ! » croassa Louie en titubant, en tombant agenouillé, gesticulant avec la bouteille qui capturait et reflétait la lumière. « Whooooo ! » Puis il se reprit en hoquetant, avec un rire aigu : « Eh, Mamie, quessequi est arrivé ? Z'avez une crevaison ? Voulez un 'tit coup d'main ? » Il s'approcha de nouveau, à genoux cette fois, la figure rouge comme une betterave tellement il trouvait ça drôle.

NON, hurla silencieusement Mamie, *VA-T'EN ! N'APPROCHE PAS ! N'APPROCHE – PAS – DE – MOI !*

De toute la force de sa volonté elle lui ordonna d'arrêter, projetant vers lui toute sa force mentale. Et ça fit de l'effet.

Il s'arrêta bel et bien.

Et puis il tomba.

Il ne tomba pas de haut, étant déjà à genoux, et il perdit conscience bien proprement en chutant comme s'il avait été désossé, son visage passant près d'elle en un plongeon rose à l'arc parfait quoique brouillé par le mouvement ; sa tête alla cogner avec un bruit sonore contre le coin d'acier du poêle puis contre le sol, avec un bruit sourd de légume.

Cette fois, il ne bougea plus.

D'abord, pensa Mamie, *il faut que je m'écarte de ce trou.*

Elle effleura la manette avec la légèreté d'une plume, timidement, la faisant jouer par petites secousses vers l'arrière et la gauche. Une fois, deux fois, cinq fois. La cinquième fut la bonne. Le moteur se mit à bourdonner. Et la fit rouler loin du trou, bien à l'écart.

Louie demeurait immobile, la tête dépassant du coin du poêle.

Sa pomme d'Adam proéminente à seulement trente centimètres de la roue arrière du fauteuil.

Un élan de triomphe traversa Mamie et l'emporta. L'ennemi était à sa merci ! *Je ne suis plus aussi impuissante à présent, hein ?* pensa-t-elle avec malice. Elle effleura encore la manette. Le moteur bourdonna. Elle arrêta et, du coin de l'œil, elle vit le cou de Louie sous sa grosse roue arrière, son larynx noueux comme une corde, sa gorge où pulsait chaque battement de son cœur. Tout ce qu'elle avait à faire maintenant, c'était de… Elle hésita. C'était trop facile. Il était tellement vulnérable, étendu comme ça.

Mais Liz, alors ? Est-ce que ma Liz n'avait pas le droit de profiter de sa vie aussi ? Ça n'a pas été si difficile de la tuer, elle, n'est-ce pas ? Pas pour un grand solide gaillard comme toi. Est-ce qu'elle n'était pas vulnérable ? Et une exécution, ce n'est pas

*comme un meurtre, oh non, c'est complètement dif-
férent.*

Ses doigts jouaient avec la manette de contrôle.
Elle les regarda avec stupeur. Sa main droite, la seule
partie de son corps sur laquelle elle avait eu un contrôle réel depuis des mois, sa main droite semblait
maintenant posséder sa volonté propre. Comme une
spectatrice, de très loin, Mamie regarda les doigts en
faire à leur guise, et se resserrer, se resserrer…

Puis la main de Louie se referma avec force sur les
rayons de la roue, un de ses yeux s'ouvrit brusquement
et il fit un grand sourire.

« Bouh ! » dit-il.

Elle hurla de terreur en silence.

Louie se remit sur ses pieds avec maladresse,
referma la trappe d'un coup de pied, avec un claquement et une bouffée d'air qui sentait le moisi, et roula
le fauteuil de Mamie jusque dans la pièce du fond.
En gloussant tout bas, il ouvrit le cadenas, puis fit une
pause, la main sur le couvercle du congélateur. Il
murmura : « Z'êtes prête, Mamie ? J'espère ! C'est un
spectacle horrible. À vous faire tomber raide morte. »

Il souleva le couvercle.

Mamie regarda à l'intérieur.

Des vapeurs lentes. Une croûte de glace. Le congélateur était vide.

La pièce tourbillonna follement autour d'elle,
s'élargit, rétrécit en s'éloignant, devint toute noire
puis s'emplit d'une lumière aveuglante. Louie s'en
alla à pas lourds, avec un rire triomphant, à bout de
souffle à force de rire, et en se cognant partout. Il
passa sa parka, tâtonna pour ouvrir la porte et s'enfonça en titubant dans la nuit. Mamie entendit le
moteur se mettre à tourner, puis le crissement des
pneus sur la neige quand la voiture démarra.

◆

Quand Gwen et Will revinrent, ils trouvèrent Mamie stationnée à quelques centimètres du vieux poêle rugissant contre la tempête qui, après être née au pôle Nord, avait pris de la puissance et de la vitesse dans son voyage pour bondir sur Mamie par la porte que Louie ne s'était pas donné la peine de tirer. Ils la refermèrent avec un grand claquement, restèrent un moment à contempler stupidement le verre brisé, la bière renversée, les chaises à terre, le poêle déplacé de travers sur son socle de briques à l'épreuve du feu. Will se passa les doigts dans les cheveux ; son visage était couleur de cendres. Puis Gwen courut auprès de Mamie, s'agenouilla et lui prit la main avec agitation, débordant de paroles pressées, en lui serrant très fort les doigts, son regard passant avec rapidité d'elle au désordre de la pièce.

« Oh, je suis désolée, tellement désolée, Mamie, je ne partirai plus jamais en te laissant comme ça, jamais. » Elle regarda Will qui remuait du bout du pied un carton de bière détrempé. « C'était Louie, n'est-ce pas ? Oh, mon Dieu ! Et il avait promis de prendre soin de toi. » Sa voix se remplit subitement de fiel. « Je ne le laisserai jamais remettre les pieds dans cette maison, non, jamais ! Je le jetterai dehors – Will, c'est toi qui vas le jeter dehors ! » Elle commençait à pleurer. « Mamie, je ne sais pas quoi dire, je suis juste… »

Elle se tut. Avala sa salive. Resta les yeux fixes.

Will marmonnait pour lui-même : « Devait être dans une de ses crises. Elle, elle ne pouvait rien faire. Elle a juste dû rester assise là, morte de peur… »

Mais les yeux de Gwen regardaient derrière lui. Vers la pièce du fond, avec un air de stupeur hébétée. Will se retourna pour observer comme elle les ombres de la pièce, et le long congélateur blanc qui attendait avec son couvercle ouvert. Puis, très lentement, en se tenant par la main, ils allèrent scruter ensemble le vide glacé. Ils se retournèrent et regardèrent Mamie. Inclinèrent la tête l'un vers l'autre, avec des murmures.

Gwen dit avec sévérité. «Ce congélateur est vide, Mamie!»

Will vint se pencher sur elle.

«Mamie, dites la vérité, avez-vous commencé à l'asticoter? C'est ça, n'est-ce pas? Vous lui avez fait comprendre vos… vos accusations. Il s'est fâché, et il a fait des dégâts, cassé des trucs. Et puis il vous a donné ce que vous vouliez, il vous a laissée regarder dans le congélateur. C'est ce qui est arrivé, n'est-ce pas, Mamie?» Sa voix était aussi ferme et sévère que son visage «Eh bien, je suppose que lorsqu'il se sera calmé et qu'il reviendra, vous lui devrez des excuses, n'est-ce pas?»

Gwen jetait des coups d'œil autour de la pièce, avec des larmes furieuses. «Oh, quel gâchis, quel horrible *gâchis*!»

Gwen et Will secouaient tous deux la tête. Ils en avaient assez.

Et Mamie aussi. Ses doigts tremblants agrippèrent la manette de contrôle et le fauteuil réagit avec obéissance, la transportant dans un murmure vers sa chambre, avec la rapidité soyeuse de ses roues caoutchoutées sur le linoléum. Elle longea à toute allure la salle de séjour où les ombres étaient affalées dans les fauteuils, puis le corridor crépusculaire à l'arrière de la maison, tourna dans la pièce, vira d'une main experte et attrapa la porte avec son repose-pieds droit pour la refermer à toute volée.

Les rideaux étaient encore ouverts, la nuit poussait contre les vitres et remplissait la pièce. Une pièce vide, sinon, comme le cœur de Mamie. Vide et pourtant bien rangé, avec tout ce vide dedans.

Tu es trop vieille. Trop vieille et trop folle. Une stupide. Il n'y a plus de place pour toi nulle part. Tu as causé bien du trouble ce soir. Tu as séparé Louie et Liz avec tes chuchotements. Tu es une vieille rabat-joie, tu traînes des lambeaux de misère derrière toi, ça déteint sur les autres…

Tu es responsable de tout ce qui est arrivé entre ces deux jeunes gens.

Gwen entra dans la pièce si vivement que le bord de la porte frappa le fauteuil de Mamie. Elle lui fonça dessus dans un flot de lumière électrique atténuée en provenance du corridor. Elle posa sur Mamie des mains fermes, des mains qui avaient tout nettoyé, Mamie le savait, des mains impatientes et brusques. Des mains qui disaient par leurs mouvements qu'elles seraient mieux occupées ailleurs. Gwen souleva Mamie en une prise efficace d'infirmière, l'étendit sur le lit, la dépouilla rapidement de ses vêtements pour lui passer sa chemise de nuit, la roula sous la courtepointe, l'embrassa avec des lèvres dures et sèches.

«Maintenant, tu vas juste dormir. Nous aurons une bonne discussion demain matin sur tout ça.» Elle s'arrêta à la porte. «J'espère que tu es contente. Je ne sais pas comment je vais faire avec Will et Louie après ça!»

La porte se referma.

Bon, très bien, alors. Pique ta crise. Ne me demande même pas si je dois aller à la salle de bain. Accuse-moi de tout. Ça m'est égal. Je sais que c'est ma faute. Tu peux me punir en me flanquant dans ce vieux lit froid.

Et c'était un lit froid. Bien plus froid qu'il n'aurait dû l'être.

C'est ça que ça fait, la culpabilité. Ça vous arrête la circulation. Sois encore plus froid, lit, je le mérite.

Et il le devenait. Un froid engourdissant émanait par vagues de la literie. Et une humidité glacée, écœurante, qui devint peu à peu une longue masse mince sous la couverture, à seulement quelques centimètres de distance. Et Mamie comprit qu'elle n'était pas seule dans son lit.

Pas seule du tout.

Elle se rappela ces quelques moments où elle avait été assise face à un coin de la pièce, et où elle avait entendu Louie marcher à pas lourds dans le corridor.

Il y avait, après tout, bien pire que la chute.

Elle se mit à hurler en silence.

Parution originale : Killer in the House,
Alfred Hitchcock's Mystery Magazine.

HUMBUG

JOSEF SKVORECKY

Le lieutenant espérait sérieusement que la liaison de sa fille avec l'Américain se conclurait bientôt par un mariage, et il avait de bonnes raisons pour cela. Mais Mack avait eu un accident qui l'avait exilé de la vie normale pendant quatorze mois, et la liaison s'était éternisée pendant encore deux ans. L'accident, c'était que Mack s'était trouvé sur le chemin d'une balle tirée par une mitrailleuse montée sur un tank. Il avait eu de la chance : la balle n'avait endommagé que son fémur, mais une autre avait frappé une de ses condisciples à la tête alors qu'elle brandissait une photo du premier secrétaire Dubcèk pour le bénéfice des soldats qui se trouvaient dans les tanks. Au moins beaucoup de choses déplaisantes à l'école lui avaient-elles été épargnées, à elle ; le personnel-cadre chargé de rapporter le comportement politique de chaque étudiant pendant la période de l'intervention du grand frère russe ne se compliquait pas la vie avec les morts sans enfants. Mack avait quant à lui eu des problèmes, mais son professeur, un spécialiste en tortues du méso-zoïque, avait fait preuve d'un héroïsme quasiment surhumain et d'une compréhension pénétrante des tactiques politiques. Grâce à une déclaration faite autrefois à la presse par le père de Mack pour échapper au service militaire pendant la guerre de Corée, le professeur avait réussi à convaincre les cadres de ne pas expulser l'étudiant étranger du département de paléontologie.

◆

Le lieutenant Boruvka avait survécu avec ses bonnes références intactes à tous les bouleversements et renversements de situation de ces temps troublés, après l'invasion soviétique. Mais sa conscience, qui dans les meilleurs moments ne cessait de le ronger, avait été transformée en l'un de ces fossiles à l'allure de poisson hérissés de dents que son futur beau-fils comparait à ceux de la rivière Parana, capables d'arracher en un temps record la chair des infortunés qui y tombaient. Le lieutenant, accablé par les événements et de nouveau préoccupé du bien-être de sa famille, avait rempli les questionnaires requis en disant presque la vérité – excepté dans la section "Origines" où il avait négligé de mentionner (comme son père en 1939, après une invasion assez semblable) le fait que son arrière-grand-mère, par ailleurs d'une foi catholique bien connue, avait porté le nom de famille suspect de Silberstein. Guidé par les suggestions de collègues politiquement adaptables, et en utilisant le langage du quotidien officiel, il avait confessé que, au moment où les Armées fraternelles étaient entrées dans le pays (c'était ainsi que la presse désignait maintenant l'invasion), il s'était laissé égarer par la propagande révisionniste et avait succombé à une attitude irrationnelle en ce qui regardait les événements, mais que, assailli par des doutes croissants, il avait fini par rejeter son irrationalité pour s'aligner pleinement sur la politique du Parti et du gouvernement. Le sergent Malek avait concocté un modèle de réponse imitant cette déclaration pour toute la division des enquêtes criminelles, et tous les policiers l'avaient utilisée dans leur questionnaire, qu'ils avaient chacun signé de leur nom, ratifiant l'aveu de leur erreur.

Ainsi, le lieutenant avait-il navigué en sécurité dans des eaux périlleuses – nonobstant l'infraction mineure d'un parjure – et on l'avait même promu lieutenant de première classe pour bonne conduite. Malek avait été promu lieutenant, et ils avaient tous deux rempli de nouveaux questionnaires concernant leur opinion sur le Vietnam, la Corée, les première et deuxième guerres mondiales (tous des conflits impérialistes-bourgeois, excepté la Grande Guerre patriotique de la Russie contre l'Allemagne hitlérienne), le conflit israélo-arabe (agression sioniste), Franz Kafka (complètement étranger au lecteur socialiste), Mao Tse Tung (chef de la clique révisionniste chinoise), le pacifisme (entourloupe idéaliste et cosmopolite pour affaiblir le camp pacifique du socialisme), l'assassinat de Reinhard Heydrich (acte politiquement irresponsable de traîtres bourgeois émigrés), et quantité d'autres sujets idéologiquement importants.

À la grande surprise du lieutenant, le major Kautsky, précédemment chef de la division, s'était avéré un révisionniste irrécupérable : au lieu d'utiliser le modèle de Malek pour répondre à son questionnaire, il avait écrit, également dans le langage du principal quotidien, qu'il n'était pas d'accord avec l'arrivée des Armées fraternelles. Pour aggraver son cas, il avait poursuivi ses fraternisations hostiles avec l'ancien premier ministre dubčékiste de l'Intérieur, Pavel, qui avait combattu en Espagne. De surcroît, il était devenu l'ami d'un membre expulsé du Comité central du Parti, Kriegl – un Juif, qui avait refusé de signer l'accord de Moscou concernant le stationnement temporaire de troupes russes sur le territoire tchécoslovaque et qui, lorsqu'il était jeune, avait combattu avec Mao Tse Tung en Chine. Finalement, avec son fils et sa fille, le major Kautski avait été arrêté pour avoir distribué des pamphlets rappelant aux gens leurs droits constitutionnels de ne pas voter aux prochaines élections (le gouvernement avait néanmoins reçu un mandat de 99,99 % et demi des électeurs).

La division avait gagné un nouveau chef, le major Tlama, et un nouveau sergent, Vladimir Pudil.

◆

Le premier cas qui permit au lieutenant d'apprécier l'expertise de son nouveau subordonné fut le meurtre d'Ondrej Krasa, lequel conduisait un camion de livraison pour la Coopérative des Bonbons & Sucreries. Un couple d'amoureux découvrit le corps de Krasa dans un parc de Prague. Il gisait dans une allée sous une lune rouge sang, le crâne fracturé ; on l'avait frappé par-derrière, sans doute avec un outil pesant, comme un marteau ou une grosse clé à molette. Il était encore assez jeune, trente-cinq ans selon ses papiers d'identité. Le sergent Pudil, nouvelle acquisition de la Division des homicides, et président de la section des Jeunesses socialistes soviétiques à la division, appela le ministère de l'Intérieur au téléphone depuis le parc. Un soupçon sérieux s'était formé dans son esprit : ce crime devait avoir une motivation de classe, car selon ses papiers d'identité la victime n'était pas seulement un travailleur, elle avait de surcroît reçu récemment un bonus pour son travail exemplaire. Afin d'être absolument certain, Pudil avait besoin du profil politique de la victime.

Pendant toutes ses années de service, le lieutenant Boruvka n'avait jamais eu recours aux fichiers de la Police secrète au cours d'une enquête, et quand ils arrivèrent à la division, il examina le dossier. Avec un sentiment de satisfaction (dont il eut honte aussitôt, car c'était de la malice), il informa son nouveau sergent que le travailleur exemplaire avait bel et bien un dossier criminel. Krasa avait autrefois étudié en économie, mais il avait été arrêté en 1965 pour ne pas avoir rapporté un crime – intention de quitter le pays sans visa – et il avait été condamné à six ans de prison. Après avoir paniqué, le couple marié qui avait tenté sans succès de s'enfuir avait raconté à la police des choses qu'ils auraient pu taire en toute impunité, et il en était ressorti qu'Ondrej Krasa avait eu l'intention de partir avec eux. En fin de compte il ne l'avait pas fait parce que sa petite amie, Lida Oharikova, qui n'avait pas encore dix-sept ans à l'époque, ne voulait pas laisser seule sa mère veuve. Krasa avait nié (de façon plutôt illogique) qu'Oharikova sût quoi que ce fût du crime projeté et il avait déclaré à la cour qu'il avait décidé de ne pas partir parce qu'il ne pouvait se résigner à se séparer de son amie. En fin de compte, le procureur public avait décidé de ne pas poursuivre la jeune fille, mais il avait fait grand cas de quelques autres détails révélés par le couple terrifié. Krasa, avaient-ils confessé, leur avait procuré une carte militaire de la région frontalière dans la forêt de Sumava. Il avait volé la carte pendant des manœuvres dans la région, et le procureur avait défini la chose comme une trahison de secrets militaires. Le procureur avait demandé six ans pour Krasa et le juge les lui avait accordés d'un coup de marteau.

Krasa avait fait son temps comme il le devait. Sa petite amie s'était mariée quatre ans après son arrestation, et dès qu'il était sorti Krasa avait épousé quelqu'un d'autre, dont il avait cependant divorcé au bout d'un an. Quand le sergent Pudil vint trouver Boruvka avec son rapport, le lieutenant ne put se retenir d'être sarcastique : « Vous n'auriez pas dû déranger les camarades, camarade. Je suppose qu'ils ne vous ont pas dit que nous avons ici même à la division quelque chose qui s'appelle dossiers criminels. »

Mais Pudil détenait quelques informations surprenantes que ne contenait pas le dossier de Krasa.

« On ne me l'a pas dit, camarade lieutenant. Mais nos dossiers ne sont pas aussi complets que ceux qu'ils ont au ministère de l'Intérieur. Saviez-vous, par exemple, que Krasa était un sioniste ?

— Je l'ignorais. Pourquoi quelqu'un nommé Krasa…

— Parce que son nom n'est pas Krasa, voilà pourquoi. C'était Schœnfeld. Vous voyez comme nos dossiers sont peu fiables et laissent passer de l'information importante ? Et en 1968, Schœnfeld a rencontré un dénommé Cohen », continua le sergent en prononçant le nom de manière phonétique, *Tsohen*, « dans le hall de l'hôtel Alcron. Et ce Cohen – ajouta-t-il d'un air pénétré – est un membre de l'association sioniste American Express. Qui plus est, son nom n'est pas Cohen du tout mais Kohn. Qu'en pensez-vous, hein, camarade ?

— Cohen est la forme américaine de notre "Kohn" », fit sèchement le lieutenant ; il le savait de son futur beau-fils, ça, au moins.

« Ce n'est pas pertinent, répliqua le sergent. L'élément important est qu'il s'agit d'une fausse identité. Ils se sont rencontrés dans le ghetto de Terezin quand ils étaient enfants, et Cohen est en fait natif de Breclav. Vous rendez-vous compte, camarade, comme c'est une combinaison parfaite pour des activités subversives ? Puisque nous ne sommes pas équipés pour gérer ce genre de choses à la Division des homicides, je recommande que nous n'enquêtions que sur les faits de base les plus élémentaires, et transmettions l'affaire, intégralement, aux camarades du contre-espionnage. »

Un silence s'ensuivit. Malek adressa un regard incertain à son supérieur. Ces derniers temps, Boruvka avait l'impression que Malek avait quelque peu perdu de son ancienne fougue, de son élan. Malgré sa promotion, il manifestait maintenant au nouveau sergent un respect qui ne convenait pas à leurs rangs et qualifications professionnelles respectifs. Aussi répliqua-t-il : « Notre boulot est de trouver l'assassin. Ce que les camarades de l'Intérieur feront avec le coupable, c'est, pourrions-nous dire, leur propre boulot – peut-être. Ce n'est pas à nous de passer jugement sur ce qui est ou n'est pas de notre juridiction politique. Dans chaque cas de meurtre, nous avons toute autorité pour assurer que la justice suive son cours.

— D'un côté, vous avez raison, camarade, dit Pavel, mais de l'autre, on doit tout évaluer sous l'angle politique. Particulièrement en ce moment, quand la tâche principale que doit affronter notre société est l'élimination des déviations politiques causées par Dubcèk et sa clique révisionniste. »

◆

Et de fait, le Parti et le gouvernement, avec l'aide des citoyens non déformés, travaillaient dur à éliminer avec vigilance les déviations – comme le lieutenant le découvrit lui-même ce soir-là.

En revenant chez lui après une journée entière d'enquête, il se retrouva dans une vallée de larmes. Madame Boruvka gisait sur le sofa avec une compresse d'eau froide sur le front. À la place de leur cercle habituel de rimmel noir, les yeux de leur fille Zuzana étaient entourés d'un rouge entièrement naturel. Mack marchait de long en large d'un air sombre en grattant sa guitare, mais il cessa dès que le lieutenant entra dans la pièce. M. et Mme MacLaughlin étaient assis à la table de la cuisine. Le cœur du lieutenant rata un battement. Il anticipait le pire.

« Ils nous ont bannis de la république, déclara M. MacLaughlin d'une voix sépulcrale, parce que j'ai servi d'annonceur en anglais aux stations de radio entrées dans la clandestinité après l'invasion. »

Le lieutenant avait bien craint que cela ne revînt les hanter à un moment donné. La voix de M. Mac-Laughlin, avec l'accent appuyé et bien reconnaissable de son Tennessee natal, avait été enregistrée non seulement par les moniteurs occidentaux, mais par les radios pro-soviétiques situées en Allemagne de l'Est à l'époque, même si elles prétendaient émettre de "quelque part en Bohème". Mais deux ans avaient passé, M. MacLaughlin jouait toujours de la trompette au bar *Lucerta* et le lieutenant Boruvka avait commencé d'espérer qu'on avait oublié toute l'affaire en haut lieu.

« Ils nous donnent vingt-quatre heures, dit M. Mac-Laughlin, et quand j'ai demandé si Mack pouvait rester parce qu'il veut épouser une jeune fille tchèque… »

"Veut épouser". Le lieutenant Boruvka ne s'attendait vraiment pas à voir ses plus secrets espoirs concernant Mack et sa fille être exaucés en des circonstances aussi adverses, sinon tragiques. Mais en dépit de la situation, une vague chaleureuse balaya son cœur de père. Puis il se rendit compte que son futur beau-frère lui adressait une question : « Quand j'ai demandé, savez-vous ce que cette fouine de policier m'a dit ? »

Le lieutenant secoua la tête, mais dans son cœur une sombre prémonition commençait à éteindre la chaleur.

« Il a dit : "nous ne voulons pas séparer des familles" », intervint Mack avec amertume. « Et je me fais vider avec mes parents. Et le flic m'a dit que même si j'épousais Zuzana, je ne pourrais pas espérer obtenir la permission de rester. »

Le lieutenant cessa de se sentir bien, mais il domina la douleur qui lui serrait maintenant le cœur pour dire bravement : « Eh bien, je suppose que Zuzana devra aller en Amérique avec vous. Elle nous manquera, mais… la place d'une femme est avec son époux.

— Tu n'y es pas encore tout à fait, père, l'interrompit Zuzana. Le flic a dit aussi à Mack qu'il ne devait pas non plus espérer qu'ils me laisseraient aller avec lui juste parce qu'on se serait mariés – parce que j'ai Lucy, et que Mack n'est pas son père.

— Il a dit quoi ? » s'écria le lieutenant, et le sang lui monta à la tête. « Que… que…

— On va se marier demain matin à la première heure, dit Mack. Et ensuite, on trouvera bien quelque chose. Je peux peut-être obtenir de l'aide de ma cousine Laureen, à Memphis. Elle viendrait ici, vous colleriez la photo de Zuzana sur son passeport… »

Le lieutenant sauta sur le téléphone et enleva le récepteur de son socle.

« … Zuzana viendrait ici en avion, Laureen pourrait prétendre qu'elle a perdu son passeport, et l'ambassade américaine lui en donnerait un nouveau. C'est une citoyenne américaine, ils ne peuvent rien lui faire. »

Le lieutenant avait le récepteur collé contre l'oreille, mais il ne pouvait rien entendre, et il espérait bien que personne d'autre ne le pouvait non plus.

Il regarda sa fille essayer vaillamment de retenir ses larmes et succomba à l'un de ses nombreux accès d'amour paternel. Puis il reprit le contrôle de ses émotions et se mit à dévisser le récepteur, juste pour être sûr.

« Vous allez vous marier, ce n'est pas le problème, dit-il d'un ton décisif. Mais oublie le truc avec ta cousine, Mack. Vous êtes encore jeunes, vous pouvez encore tenir pendant un an ou deux. Entre-temps, je vais faire mon possible. »

Il se rendit compte de ce que cela pouvait signifier pour un homme dans sa position, à quelles obligations secrètes il pouvait s'exposer. À du chantage, même. Mais il savait aussi qu'il supporterait n'importe quoi pour Zuzana et Mack, même si les petits poissons carnassiers devaient lui arracher sa dernière parcelle de chair. « Les choses vont bien devoir se calmer ici de nouveau », dit-il avec hésitation, puis il ajouta : « … et je crois que maintenant, un tas de gens peuvent, euh… » (il revint au récepteur, dévissa le bas et déconnecta la sonnerie du combiné) « être achetés. Je trouverai un moyen, ne vous en faites pas.

— Mais s'ils ne me laissent pas partir même là, Mack, dit Zuzana avec désespoir. Tu ne vas pas… tu ne peux pas tout le temps…

— Je te sortirai d'ici, déclara Mack, résolu.

— Mais je ne veux pas que tu te sentes… juste parce que ces imbéciles… » Zuzana avala le terrible mot. « Je vais t'épouser, Mack… » (le lieutenant vit que la vigueur naturelle de son athlétique rejetonne se fanait) « … mais s'ils ne me laissent pas partir après deux… » (un sanglot l'arrêta) « … ou cinq ans, alors promets-moi… promets-moi que tu obtiendras un divorce… »

La joueuse de pivot qui avait été remplaçante dans l'équipe nationale de basket s'effondra sur la table et se mit à sangloter de manière incontrôlable.

Le lieutenant serra les poings. Il était soudain submergé par une émotion qu'il n'avait encore jamais éprouvée. Ce n'était pas seulement de la haine. C'était bien davantage. Une sorte de sentiment dont il n'avait entendu parler que dans les classes d'endoctrinement politique. Ce pouvait-il être, se prit-il à se demander, de la haine de classe ?

◆

Il n'y eut rien de joyeux ni de splendide au mariage, mais la cérémonie fut rapide et, comme plusieurs fonctionnaires avaient dû être soudoyés (la période habituelle d'attente était de trois mois), elle fut également coûteuse. Le seul détail qui suggérât un mariage traditionnel fut la demoiselle d'honneur, qui était vêtue de blanc. La petite Lucy, qui avait quatre ans, avait refusé dans une grande crise de larmes de renoncer aux fonctions qu'on lui avait promises, même dans ces circonstances exceptionnelles. Et donc, derrière Mack en habits du dimanche et Zuzana dans le beau costume qu'elle portait pour aller au théâtre, il y avait une petite fille en robe de dentelle blanche. À la place de la traîne promise, elle tenait un morceau de ruban rose qu'on avait noué en l'occurrence autour de la taille de la mariée. C'était une cérémonie civile et, en jurant d'honorer la république et son système socialiste, et de leur obéir, les nouveaux mariés avaient peut-être bien prêté un faux serment. De fait, Mack, avec l'expulsion qui le menaçait, commettait l'équivalent d'un parjure. L'esprit du lieutenant était si préoccupé par les multiples ironies de la cérémonie qu'il en oublia de donner un pourboire à l'officiant. Même si l'homme avait été abondamment soudoyé, l'habitude l'emporta et il fit délibérément un trou dans l'acte de mariage avec sa cigarette.

Les MacLaughlin manquèrent presque le vol de la Pan American qui les emportait de Prague. À peine une heure après le mariage, la mariée se tenait à l'étage d'observation balayé par le vent, assourdie par le rugissement des quatre moteurs, à regarder l'avion emporter son époux vers les nuages plombés qui s'appesantissaient sur l'aéroport. Dans le taxi qui les ramenait chez eux, le lieutenant fut submergé d'une haine qu'il reconnaissait désormais nettement comme le sentiment décrit dans les manuels sur le marxisme-léninisme – un sentiment qu'il avait considéré jusqu'alors comme purement théorique.

◆

Les faits essentiels du meurtre de Krasa – les seuls que le sergent Pudil fût prêt à examiner avant de transmettre le cas à une branche plus appropriée de la police – étaient assez faciles à déterminer. Peu de temps avant d'être découvert par les amoureux mort dans un chemin des jardins de Nusle, Ondrej Krasa avait bu de la bière à la taverne *La Sirène*, dans Podoli, avec deux de ses collègues, Svara Kudelka et Jindra Nebesky. Selon le témoignage de ses copains, il avait téléphoné juste avant de partir sur le chemin fatal de sa maison. Ni Kudelka ni Nebesky ne savaient à qui il avait parlé.

L'équipe de détectives du lieutenant questionna les collègues de Krasa au garage qui appartenait à la Coopérative des Bonbons & Sucreries, mais le sergent Pudil joua premier violon tout du long. Boruvka se rendit compte qu'il avait quant à lui pratiquement perdu tout intérêt à son travail et que même Malek était plus réticent que d'habitude. Mais le président des Jeunesse socialistes soviétiques (populairement baptisées les Jeunesses SS) compensait entièrement ce manque de zèle.

« Quel genre de type était ce Schœnfeld, camarades ? » demanda-t-il aux chauffeurs assis en rond sur des bancs ou adossés aux murs du garage.

Après une longue pause, Jindra Nebesky dit : « Schœnfeld ?

— Vous ne saviez pas que c'était son vrai nom ? » fit le sergent en manifestant une fausse surprise. « Je suppose que c'est normal. Il l'aurait gardé secret. Je veux parler de Krasa.

— Oh, lui. Un type très bien, dit Nebesky avec conviction.

— Ça c'est vrai, dit un autre chauffeur pourvu d'une tignasse blonde. Jamais le genre de gars à gâcher une petite fête. Toujours à se serrer les coudes avec nous autres.

— Saviez-vous qu'il était allé en prison pour crime politique ?

— Oh, ça. Bien sûr, je savais qu'il avait fait un truc idiot, une fois, admit Nebesky.

— Mais il avait seulement vingt ans à l'époque. Même pas, à peine dix-neuf », intervint un chauffeur au typique petit nez tchèque appelé Cespiva. « Et il l'a fait pour des amis, en plus. C'est une circonstance atténuante.

—Il n'y a aucune circonstance en ce monde, lui rappela sévèrement Pudil, qui puisse atténuer la trahison de la république.

—Mais il avait purgé sa peine, dit Svara Kudelka, qui était aussi un chauffeur.

—Et tout le temps qu'il a été avec nous, il a travaillé comme un beau diable. Demandez seulement au contremaître.

—Ça ne m'étonne pas, dit Pudil. Des individus dans son genre masquent très bien leurs opinions réelles. Avait-il d'autres contacts avec d'autres sionistes ? »

Les chauffeurs échangèrent des regards mal à l'aise.

« Pour ce que je sais, de toute façon, il n'y a personne de ce genre par ici, dit Cespiva.

—Et l'assistant-superviseur ? demanda Pudil d'un ton triomphant.

—Le camarade Roth ? Il n'était sûrement pas copain avec Krasa. » Cespiva secouait la tête. « Et d'ailleurs, le camarade Roth n'est pas... comment vous avez dit ? Un sioniste. C'est un communiste, président de l'organisation du Parti. Pour ce qu'on en sait, Ondra ne fréquentait que nous. Depuis son divorce, il était plutôt solitaire. Mais, comme j'ai dit, c'est un type bien.

—Est-ce que des étrangers sont venus lui rendre visite ? »

De nouveau, les chauffeurs échangèrent des regards. Puis Kudelka déclara : « Jamais entendu parler d'étrangers. Est-ce que vous connaissez des étrangers, vous, les gars ? »

Tous les chauffeurs secouèrent la tête en chœur. Il vint à l'esprit du lieutenant que leur témoignage collectif tournait à la canonisation de Krasa. Peut-être ces hommes simples gardaient-ils le silence sur quelque chose – non pas les connections fantaisistes imaginées par Pudil et qui, l'expérience du vieux détective le lui disait, n'existaient que dans les pages du quotidien du Parti – mais un détail qui aurait terni l'image de Krasa. Après tout, les gens ont des tabous profondément enracinés, parmi lesquels dire du mal d'un mort. Le lieutenant lui-même honorait ce genre de traditions. Mais seulement quand il n'était pas en service.

Les réflexions de Malek avaient peut-être suivi la même pente que les siennes, car il rassembla son courage et dit : « Vous en faites une espèce d'ange, de ce type. Il ne se mettait jamais les doigts dans le nez ? »

Le groupe échangea de nouveaux regards gênés. Puis Cespiva prit la parole : « Je vous le dis, camarade, c'était un type très bien, vraiment. À part de la bière, il ne buvait jamais, et il ne fumait même pas.

— Je parie qu'il portait un halo, aussi, hein ?

— Presque, rétorqua Cespiva. Il n'avait qu'une seule faiblesse, et il n'y pouvait vraiment rien.

— Les femmes ?

— Une femme. Une seule. La salope qui n'a pas pu attendre qu'il sorte, Lida Oharikova. C'est à cause d'elle que son mariage a foiré, aussi.

— Et de toute façon, il s'est marié seulement parce qu'il lui en voulait, ajouta Kudelka. Du moins, c'est ce qu'il disait.

— Aha ! fit Malek. Alors, il a repris les choses là où il les avait laissées six ans plus tôt ? »

De nouveau une pause et des regards silencieux. Puis Nebesky reprit la parole : « Pas la peine d'essayer de le cacher, vous finirez par le découvrir. Il la voyait, oui. Et une fois il a dit à Svara qu'il allait l'épouser un de ces jours, et qu'elle ne couchait pratiquement plus avec son bonhomme de toute façon.

— Assez avec cette fausse solidarité, camarades ! s'insurgea Pudil. Et les femmes étrangères ?

— On verra ça plus tard », l'interrompit en hâte le lieutenant.

C'étaient les seules paroles qu'il avait prononcées de tout l'interrogatoire.

◆

Une heure plus tard, il contemplait les murs d'un logement dans un immeuble coopératif. Quantité de tableaux de couchers de soleil étaient accrochés aux murs, ainsi que la découpe de Prague sur le ciel, avec le château Hradcany, et des vaches en train de paître sur fond de bouleaux blancs. Il examina l'ameublement bon marché, dépourvu de style, et la jeune femme dont les yeux étaient grands, noirs et – comme ceux de Zuzana peu de temps auparavant – bordés de rouge.

« Je l'ai attendu. Presque cinq ans. Mais vous savez, j'étais très jeune et très stupide. Je ne me le pardonnerai jamais, aussi longtemps que je vivrai. N'importe quelle femme se serait considérée comme chanceuse d'avoir un homme tel… tel Ondrej.

— Je comprends. Votre mari est ouvrier métallurgiste, est-ce exact ? demanda Malek.

— Oui, à l'usine CKD.

— C'est lui ? » Malek désignait du doigt une photo de malabar moustachu vêtu d'une combinaison de lutteur et couvert de plus de médailles qu'un général russe ordinaire.

« Oui, c'est Sucharipa. Franta. Il fait partie de l'équipe Hercule à Nusle. »

Malek adressa un regard chargé de significations au lieutenant mais, ne rencontrant aucun signe de compréhension, il se tourna vers Pudil. Le sergent, cependant, étudiait de très près la physionomie de la jeune femme. Elle avait des cheveux noirs, des yeux noirs, un nez plutôt imposant et quelque peu anguleux, et des lèvres pleines et rouges. Le sergent, sans se rendre compte que Malek l'observait, demanda avec son habituelle absence de préambule : « Quelles sont vos origines, camarade ? »

Elle sembla surprise : « Classe ouvrière, dit-elle. À part un grand-père qui avait peut-être une cordonnerie. Mais il n'employait que les membres de sa famille.

— Ce n'est pas ce que je voulais dire. Je pensais à votre…

— Vous étiez en train de dire, intervint le lieutenant, que M. Krasa était un homme bien et que vous regrettez de ne pas l'avoir attendu. Il est possible que vous en soyez arrivés tous deux récemment à… eh bien, une entente ? »

La jeune femme rosit. L'expression de son regard en disait long au lieutenant. Il savait très bien que le sergent la soupçonnait d'avoir des origines qu'il étiquetterait comme "ethniques", mais le sergent ignorait les connotations de ce mot pour le lieutenant qui, deux fois déjà dans son existence, avait dû tenir secret le nom de jeune fille d'une de ses grands-mères. Il ne sait peut-être simplement pas à quoi s'en tenir, se dit le vieux détective, – il est né après la guerre. Ça ne faisait rien, il ne fallait pas. « Nous avons déterminé, dit-il tranquillement, que vous voyiez M. Krasa. Était-ce bien le cas ? »

La jeune femme le regardait ; elle avait la couleur d'une pivoine.

« Oui. Je voulais le divorce. Nous nous rencontrions tous les mercredis. Je vais voir ma mère ce jour-là, d'habitude, et mon mari n'a jamais soupçonné… du moins… » Elle se tut.

« Eh bien, il le soupçonnait ou pas ? demanda Malek d'une voix coupante.

— Je veux dire, il ne savait pas que nous nous rencontrions les mercredis parce que maman nous servait de couverture. Elle n'a jamais aimé Franta, elle dit que c'est une grosse brute. Elle dit que tous les lutteurs sont des brutes.

— Et c'en est une ? » demanda Malek.

Les yeux noirs regardèrent le plancher.

« Il vous a déjà battue ? »

La jeune femme hocha la tête. « Quelqu'un lui a dit, pour Ondra et moi. Un coup de téléphone anonyme. Alors Franta voulait que je lui dise si c'était vrai ou pas. »

Elle redevint silencieuse. Malek demanda : « Et il vous a battue, c'est ça ? »

La jeune femme releva les yeux pour regarder le lieutenant : « Oui. Mais je lui ai dit en face que j'allais divorcer et épouser Ondra. Et alors il est allé à la recherche d'Ondra…

— Et il a fichu une branlée à votre chéri aussi, c'est ça ? » reprit Malek.

De façon inattendue, la jeune femme répliqua, avec une nuance de fierté dans la voix : « Pas du tout. Ondra l'a battu. Sucharipa a dû aller à l'hôpital et on lui a posé des agrafes, là » – elle désignait son front.

Malek regarda Pudil, mais, derrière les cils de ses paupières mi-closes, le président des Jeunesses SS était toujours en train de scruter le nez à l'aspect suspect de la jeune femme. Aussi Malek se tourna-t-il vers le lieutenant en sifflant tout bas. Cette fois, le lieutenant réagit : « Mais vous avez dit que votre mari est lutteur.

— C'est un poids lourd, mais je ne sais pas si on peut vraiment l'appeler "lutteur". En général, il se tient juste là, les pieds écartés. Ses adversaires tirent et poussent, mais il pèse cent cinquante kilos et ils n'arrivent jamais à le faire bouger. La plupart de ses rencontres finissent en match nul. C'est pour ça qu'ils le gardent, au club – il leur garantit toujours au moins un point dans n'importe quelle compétition. Une fois de temps en temps, l'autre type perd l'équilibre et tombe de lui-même, et Franta se couche dessus, ça compte deux points. » Sa voix exprimait un profond dégoût. « Mais fondamentalement, c'est un froussard et un empoté. Et Ondra connaissait la boxe. Avant qu'ils l'enferment… avant qu'il soit condamné, il boxait dans des tournois. Il a commencé par lui pocher les yeux, à Franta, ils étaient tout enflés comme des oignons. Et après, comme Ondra portait une sorte de… eh bien, une sorte d'anneau…

— Qui lui venait de vous ? interrompit Malek.

— Eh bien, oui. En tout cas, Ondra l'a mis K.-O., il l'a cogné sur la tête tellement fort qu'ils ont dû lui poser sept agrafes », conclut la femme du lutteur, de nouveau presque avec fierté.

◆

« Évident, non ? » déduisit Malek quand ils furent de retour dans la voiture. « Un lutteur, cent cinquante kilos. Krasa était un petit maigrelet de soixante-huit kilos quand il est mort, et il le met au tapis en lui donnant un complexe d'infériorité. Et en plus, il couche avec sa femme. Selon le rapport du medecin légiste, Krasa a été tué avec un instrument contondant, sans doute un marteau ou une grosse clé à molette. Et voilà. Allons le pincer. »

Le lieutenant hocha sombrement la tête mais, avant qu'il pût dire un mot, le sergent prit la parole. « Avez-vous regardé cette femme ? Le nez busqué, aussi noire qu'un corbeau, des lèvres de Habsbourg, une face étroite…

— Et alors ? dit Malek mal à l'aise.

— Et Krasa était un boxeur ! » Le sergent arqua les sourcils, d'un air dramatique : «Avez-vous jamais entendu parler d'un boxeur qui frappe quelqu'un à la tête ?

— Ce n'était pas exactement un match en règle.

— Ça n'a pas de sens pour un boxeur de frapper à la tête. Mais on vous y entraîne… au karaté, fit Pudil, mystérieux. Vous voyez où je veux en venir ? C'est une espèce de technique de combat sud-coréenne qu'on utilise pour tuer son adversaire.

— En Occident, peut-être, dit le lieutenant. Mais Krasa n'est jamais allé à l'Ouest.

— Ah mais si, dit le sergent, triomphant. Juste après l'entrée des armées fraternelles. Schœnfeld a passé une semaine à Vienne. »

Le lieutenant ne put s'empêcher de manifester une ironie appuyée : «Une semaine ? Et on lui a appris le karaté ? C'est ce que vous dites ?

— Un cours accéléré », dit le sergent très sérieux – lui-même le produit d'un cours accéléré en criminologie. «Ils ont leurs méthodes.

— J'en doute fort », dit le lieutenant. Pudil aurait dû apprécier l'évaluation empreinte de scepticisme que Boruvka faisait des centres d'espionnage occidentaux, mais il s'acharna :

— Je ne les sous-estimerais pas, camarade. Les cercles sionistes ont redoublé leurs efforts, récemment. Regardez comme ils sont en train de causer des désordres en Union soviétique : ils veulent tous émigrer en Israël, ce qui est de la provocation pure et simple. Nous ne sommes pas nés d'hier.

— Eh bien, c'est très… intéressant, dit Malek, mais je ne vois pas ce que ça a à voir avec…

— Ils sont tellement arrogants », s'écria le président des Jeunesses SS, en commençant à perdre son sang-froid. « Ils veulent faire tourner la roue de l'histoire à l'envers ! Ils s'appellent le peuple élu, mais le rôle historique de la classe ouvrière… »

◆

Tout le long du chemin qui les conduisait à l'usine CKD pour rencontrer le géant de cent cinquante kilos, Pudil essaya d'éduquer ses supérieurs quant à la conspiration sioniste contre la paix, dont ils manifestaient l'ignorance la plus profonde. Quand ils eurent trouvé Sucharipa à l'usine, le sergent le considéra avec une sympathie non déguisée. Il travaillait sur la tourelle basse d'un tank dans lequel d'autres installaient un canon de marine, et cela jeta Pudil dans des transports d'enthousiasme tels qu'il laissa Boruvka poser toutes les questions.

« C'était pas juste, dit le géant en désignant sa cicatrice d'un rouge flamboyant. Je parierais qu'il portait un coup-de-poing américain.

— Apparemment, il vous a poché les deux yeux, dit le lieutenant. Était-ce aussi avec des coups-de-poing américains ?

— C'était pas juste non plus. Un boxeur a toujours l'avantage sur un lutteur qui pratique la lutte gréco-romaine, et il se battait pas propre. Il m'a donné un droite-gauche sur les sourcils, il m'a aveuglé des deux côtés, et puis, comme je voyais rien à cause du sang, c'est sûrement là qu'il a passé ses machins.

— Et vous ne l'avez pas vu depuis qu'il vous a attaqué, camarade ? » demanda enfin le sergent, qui était parvenu à maîtriser sa fascination pour la tourelle aplatie de la canonnière.

— Non. Mais il a eu le culot de m'appeler.

— Quand ça ? demanda le détective.

— La même nuit qu'il y est passé. Pouvait être après dix heures. Je regardais les nouvelles.

— Que voulait-il ?

— Pas moi, ça, c'est sûr. Ce stupide bâtard a demandé à parler à Lida. »

Le lieutenant leva les yeux. Il se rappela soudain qu'il avait oublié de demander à l'épouse du géant pourquoi elle ne s'était pas trouvée avec son amant cette nuit-là. Après tout, c'était un mercredi. Il dit : « L'avez-vous appelée au téléphone ?

— Vous blaguez, grogna le géant. Bien sûr que non. Je lui ai dit que s'il essayait encore de téléphoner, je lui péterais la gueule. Et puis, Lida n'était pas à la maison, de toute façon. Elle va voir sa mère, les mercredis.

— Vous le croyez, hein ? » dit Malek.

Le géant se tourna vers lui, avec un soupçon grandissant dans le regard : « C'est ce que sa mère dit.

— Oui, hein ? insista Malek. Nous avons établi que votre femme rencontrait Krasa tous les mercredis soir. Et votre belle-mère les couvrait. » Il cria soudain : « Et ne me dites pas que vous ne le saviez pas ! Où étiez-vous mercredi soir ? »

Mais le cri de Malek fut noyé par l'explosion du géant : « Cette putain de sorcière ? Et je l'ai foutrement crue !? Je vais… je vais…

— Détends-toi, camarade, dit Malek, pris au dépourvu, détends-toi… »

◆

« Il ne m'a guère l'air d'un assassin, admit Malek quand ils furent revenus dans la voiture. Plutôt un crétin. D'un autre côté, il lui en voulait. Et il avait deux bonnes raisons. Et en plus, il n'a pas d'alibi.

— Que voulez-vous dire, pas d'alibi ? rétorqua Pudil. Il regardait les nouvelles à la télé.

— Tout seul, souligna Malek. Il lui aurait fallu un témoin.

— Il se rappelait ce que disaient les nouvelles. Pas très en détail, mais il savait qu'on a montré une délégation et un haut-fourneau. Et un discours par un camarade, dans une coopérative agricole ou dans les mines. C'est juste qu'il ne pouvait pas se rappeler si le camarade était Bilak ou Indra ou quelqu'un d'autre. Et à part ça, il se rappelait la météo. Pas ce que c'était, mais qu'il y avait la météo. » La voix de Pudil se perdit dans le silence.

Le lieutenant se dit qu'écouter la télé seul était peut-être l'alibi le plus répandu en Tchécoslovaquie. Et à moins qu'un Kennedy ne se fasse assassiner ce jour-là…

Malek vint au secours du sergent : « Si nous pouvons prouver que Krasa l'a vraiment appelé…

— C'est ça, camarade ! Le coup de téléphone. On peut vérifier ça au central…

— Il n'y a pas de moyen de retracer un appel local », dit le lieutenant, sans pouvoir résister à un autre commentaire sarcastique. « Je veux dire, à moins que les camarades de l'Intérieur n'aient une écoute sur la ligne de Sucharipa.

— Sûrement pas, dit Pudil en secouant la tête. Sucharipa est un camarade fiable. Il n'y aurait aucune raison de le mettre sur écoute.

— Mais on peut essayer de poser la question à la taverne *La Sirène* », dit le vieux détective.

◆

« Je ne pourrais pas dire avec certitude, Messieurs, dit le gérant de l'établissement en secouant la tête. Peut-être qu'il a téléphoné. C'était un habitué – quand ils appellent, ils jettent simplement l'argent dans une boîte près de l'appareil. Ils ne me demandent jamais d'abord. À ce que j'en sais, personne n'a jamais triché. »

Le tenancier jetait autour de lui des regards nerveux. C'était le début de l'après-midi, un jour de semaine, et la taverne bourdonnait d'activité. Une serveuse se hâtait entre les tables, deux pichets d'un demi-litre en main, et un serveur à la chemise blanche toute tachée distribuait des bols de soupe aux tripes et des assiettes de saucisses et d'oignons. Les eaux de la Vltava scintillaient au soleil de l'autre côté des fenêtres. Le lieutenant ne serait pas arrivé à se concentrer, même si sa vie en avait dépendu.

« Pour autant que je sache, y a que Nebesky qui a appelé, était en train de dire le tenancier. Je me rappelle qu'il était près du téléphone. Mais vous savez, la taverne n'est pas aussi calme en soirée qu'elle l'est maintenant.

— À quel moment l'avez-vous vu appeler ?

— Oh, ça devait être juste avant que Krasa paie et s'apprête à partir.

— Avez-vous entendu ce que Nebesky a dit ? Ou savez-vous qui il a appelé ?

— Vous plaisantez ? Dans ce boucan ?

— Et le type avec qui buvait Krasa ? Ils faisaient quoi ? Ils jouaient aux cartes ?

— Non, ils buvaient, c'est tout. Et ils se disputaient pour quelque chose.

JOSEF SKVORECKY ————————————— 107

— Quoi ?

— Aucune idée. Y a des soirs, je ne sais pas où est ma propre tête. On a les mains pleines, pas comme maintenant. On n'a pas l'occasion de s'asseoir et de bavarder avec les clients. »

La serveuse hagarde passa à toute allure près de leur table avec vingt chopes débordantes. Malek reprit : « Ils se disputaient ?

— J'en suis sûr. Krasa a fini par perdre son sang-froid, enfin, c'est l'impression que j'ai eue. Et puis il est parti. D'habitude, il restait plus longtemps. »

◆

« Eh bien, eh bien, remarqua Malek une fois dans la voiture. Notre petit ange a eu une dispute.

— Ne pas dire du mal des morts, dit le sergent. C'est pour ça que les camarades ont fait semblant d'offrir un front uni. Évidemment. Je leur en ai fait la critique. Dans le cas de Schœnfeld, leur solidarité était nettement mal placée. »

◆

La question n'embarrassa pas l'épouse du lutteur. « On s'était arrangés pour ne pas se rencontrer ce soir-là. J'avais promis à ma mère que j'irais avec elle rendre visite à ma tante. Elle est malade et toute seule chez elle.

— Naturellement, votre mère et votre tante le confirmeront ? demanda le sergent.

— Mais certainement. » La jeune femme semblait surprise, et le sergent, les yeux plissés, glissa un regard significatif à Boruvka, puis à Malek. Il rencontra deux expressions de sphinx et fronça les sourcils.

« Est-ce que Schœnfeld, je veux dire Krasa, s'est jamais plaint de ses conditions de travail ? »

Lida hésita : « Eh bien… le fait est qu'il n'était pas très heureux de travailler à Humbug.

— Où ça ?

— Je veux dire… aux Bonbons & Sucreries. Il appelait la coopérative "humbug", La Fumisterie. Ça veut aussi dire bonbons à la menthe en anglais. Ondra a… avait le sens de l'humour… » La jeune femme dut se taire pour essuyer une fois de plus ses larmes.

« Qu'est-ce qu'il n'aimait pas ? » demanda le lieutenant Boruvka.

Lida luttait contre ses émotions et ne lui répondit pas tout de suite. Le sergent dit à sa place : « Le travail était trop dur pour lui, hein ? Ce n'est pas un lit de roses, charger et décharger toute la journée, traîner ces boîtes dans les magasins. Les camarades chauffeurs m'ont dit comme c'était dur.

— Oh, non, il ne se plaignait jamais de ça, dit vivement la jeune femme. Il avait l'habitude de travailler fort.

— Il a aussi obtenu un bonus récemment. Deux cents couronnes, pour avoir été un travailleur exemplaire, interjeta bravement Malek.

— Ce n'était pas la première fois, dit la jeune femme. Mais c'était autre chose. Il disait que l'équipe avec qui il travaillait… eh bien, ce n'était pas une bonne équipe, si vous voyez ce que je veux dire. »

Un sourire presque sardonique apparut sur le visage du président des Jeunesses SS. Malek intervint rapidement : « Mais ses copains nous ont dit qu'il s'est toujours tenu les coudes avec eux.

— Eh bien, c'est… » La jeune femme avala sa salive. « Il avait, vous savez, des standards très élevés… Je veux dire, pour l'honneur et les choses comme ça.

Ça lui venait d'avoir passé tellement d'années dans… » Et elle jeta un coup d'œil embarrassé au sergent qui ricanait. « … dans cette institution de correction. Il disait que là-bas, ils se tenaient les coudes.

— Mais ici, ses camarades ne le faisaient pas, c'est ce que vous essayez de dire ?

— Je ne sais pas. Seulement que… j'avais l'impression qu'Ondra n'aimait pas beaucoup… les autres chauffeurs.

— Peut-être qu'ils ne l'aimaient pas beaucoup non plus, eh ? dit le sergent.

— Je ne sais pas. Il ne m'en a jamais beaucoup parlé. Il disait seulement que, à part le fait d'être en prison, il était mieux à purger sa peine qu'à travailler pour Humbug. »

◆

« Pourquoi diantre devraient-ils l'aimer ? dit Pudil avec irritation dans la voiture. Ce sont tous de véritables travailleurs, pas un bourgeois prolétarisé sorti de la lutte de classes des années cinquante comme lui. Et un sioniste, en plus ! Bien sûr qu'il s'adaptait mal à l'équipe.

— Ils prétendent le contraire.

— Ils sont trop polis. Ils n'ont pas la dureté léniniste. Il y a encore des reliques du passé, même parmi les travailleurs. "Ne pas dire du mal des morts" ! Mais quand le mort est quelqu'un comme Schœnfeld, "pas de mal", ça veut dire un mensonge ou une fantaisie. Bien sûr que c'était un travailleur exemplaire. Comment sinon aurait-il pu infiltrer leur collectif ? C'est la seule façon qu'a l'ennemi de s'introduire parmi nous !

— Et après tout, remarqua le lieutenant, tout le collectif est exemplaire. Nous avons découvert qu'ils ont tous reçu des bonus. Pourquoi Krasa aurait-il été impopulaire parce qu'il était exemplaire aussi ? »

Le sergent lui jeta un regard offensé. « Vous ne comprenez pas, camarade ? »

Le lieutenant se contenta de hausser les épaules.

« C'est sans doute autre chose qui a gâté leurs relations. Probablement en rapport avec sa vision du monde, si vous voulez mon avis. »

Le vieux détective réfléchit une minute puis dit tout bas : « Vous avez peut-être raison, camarade. »

◆

« Une dispute ? Avec Ondra ? déclara Jindra Nebesky, ahuri.

— C'est ce qu'a dit le tenancier de la taverne.

— Pourquoi on se serait disputés ? On était de très bons amis. Et puis, Ondra était doux comme un agneau.

— Le tenancier a dit que Krasa a quitté la taverne tôt à cause d'une dispute entre vous.

— Qu'est-ce que vous voulez que je vous dise ? » Nebesky secouait la tête.

Kudelka murmura soudain : « Jindra… » Il semblait nerveux au lieutenant. Ils se trouvaient dans le garage avec la petite équipe de chauffeurs depuis seulement quelques minutes, et Kudelka avait déjà fumé deux cigarettes, la troisième étant bien entamée. « À moins que ce n'ait été…

— Été quoi ? demanda la détective.

— Vous savez… Lida. »

L'ouïe expérimentée du lieutenant pouvait fort bien reconnaître la voix d'un souffleur. Mais pendant un long moment Nebesky resta silencieux, et le vieux détective n'essaya pas de rompre le silence. Finalement, le chauffeur dit : « Oh, ça !

— Quoi ? aboya Malek.

— Ce n'était rien, dit Kudelka. On se moquait de lui, mais amicalement. Sans malice.

— Et il s'est fâché quand même ?

— Eh bien, un peu. On lui envoyait des piques parce que… eh bien, on ne savait pas qu'il viendrait à la taverne cette nuit-là… je veux dire, on ne s'attendait pas à le voir.

— Pourquoi pas ? demanda le lieutenant.

— Parce qu'il la voyait tous les mercredis soir. Lida, je veux dire.

— Alors qu'est-ce qu'il faisait à la taverne ce mercredi-là ? »

La question sembla ranimer de nouveau Nebesky : « On lui a demandé, justement. Il a dit que Lida était partie rendre visite à une tante malade. Alors, je lui dis : "Comment tu sais que c'est pas un oncle malade, et comment tu sais que c'est juste un oncle ?" Des trucs idiots de ce genre. Et il s'est fâché.

— Et c'était tout ?

— Eh bien, on y est allés un peu fort, je suppose. Vous savez, lui conseiller de la laisser tomber, tout ça. On disait qu'elle l'avait pas attendu la fois précédente et qu'elle le lâcherait encore une fois mariés, des trucs comme ça. Des idioties, je l'admets. Le pauvre type, on lui a rendu sa dernière nuit bien désagréable.

— Ce n'est pas votre faute, camarades, dit le sergent. Ça lui pendait au nez, après avoir séduit la femme d'un autre camarade.

— Au fait, interrompit le lieutenant en se tournant vers Nebesky, qui avez-vous appelé juste avant que Krasa quitte la taverne ? »

Le chauffeur ne s'attendait évidemment pas à cette question. Il toussa puis se racla la gorge.

« J'ai appelé Olda, dit-il, et il se racla de nouveau la gorge. Je voulais qu'il… lui apporter son… ensemble de clés pour le travail du lendemain.

— Olda ?

— C'est moi. » Un type au visage pâle se leva d'un des bancs. « Olda Huml. Mais je n'étais pas chez moi. »

Malek jeta un regard pénétrant autour de lui puis se retourna vers Nebesky. « Et vous n'avez donc pas de témoins de ce coup de téléphone ? » Pour ajouter aussitôt, se parlant vivement à lui-même : « Repos ! Il y a le tenancier de la taverne. » Il fit volte-face pour s'adresser plutôt à Huml : « Mais vous, rugit-il, vous n'avez pas d'alibi !

— Mon père était la maison, dit Huml. Il a dit à Nebesky que j'étais chez Karel Bousek. Et Jindra m'a rappelé là.

— Et vous faisiez quoi chez Bousek ? fit Malek, embarrassé de sa sortie.

— On jouait aux cartes avec Zbynek – je veux dire, Cespiva », répliqua Huml en jetant un coup d'œil autour de lui dans le garage. « Karel n'est pas encore là, mais vous pouvez lui demander. Il habite dans la tour d'habitation de la Colline.

— C'est un édifice coopératif ? » s'enquit le lieutenant.

Il y eut un moment de silence, puis Nebesky répondit : « Non, des appartements neufs qu'on a mis directement sur le marché privé. Karel a un trois-pièces… » La voix de Nebesky s'éteignit et le silence retomba.

« Qui a le trajet de Krasa, maintenant ? demanda le lieutenant.

— Moi », dit Kudelka.

◆

Au bureau de Bonbons & Sucreries, le lieutenant demanda une liste des magasins que le chauffeur défunt avait desservis. On lui en donna plusieurs – de toute évidence Krasa avait souvent été transféré. Parce que c'était un travailleur si exemplaire, peut-être. Peut-être parce qu'il voulait infiltrer le collectif.

Le vieux lieutenant se posait des questions.

◆

« Bon sang, j'ai vraiment mis les pieds dedans avec ces appels téléphoniques, se lamenta Małek dans la voiture. Je savais que le tenancier l'avait vu et je lui demande des témoins ! Et Huml n'est même pas un suspect. Il n'a pas de motif, et…

— Vous n'avez pas du tout mis les pieds dedans, Pavel, dit le lieutenant. Vous aviez le droit de le demander. Il y en a un peu trop, de ces coups de téléphone, et il y a un peu trop de témoins, et ils sont un peu trop fiables.

— Que voulez-vous dire par là, camarade premier lieutenant ? fit Pudil, irrité. Suggérez-vous que des travailleurs pourraient mentir ?

— Les gens mentent bel et bien, dit sombrement le lieutenant. Après tout, vous ne considérez pas la mère et la tante de Lida Sucharipa comme des témoins fiables.

— Mais c'est complètement autre chose. Nous savons que la mère faisait partie de la conspiration…

— Qu'avez-vous dit, camarade, fit le lieutenant avec intérêt, une conspiration ?

— Eh bien, bon, ce n'est peut-être pas le bon mot. Je veux dire, elle a été volontairement complice de leurs rencontres illicites.

— Mais c'est peut-être bien le bon mot », reprit le lieutenant. Malek lui adressa un regard surpris.

« Quoique probablement pas pour des activités menant à un divorce », ajouta le lieutenant.

◆

Cette nuit-là, comme d'habitude depuis les dernières années, le vieux détective eut du mal à dormir. Par la fenêtre ouverte de la chambre, le parfum des fleurs flottait depuis Mala Strana, avec la mélodie lointaine de *Eine Kleine Nachtmusik* que jouait un orchestre à cordes dans les jardins de Ledeburske. Mais il pouvait entendre une autre mélodie qui doublait les violons. En provenance de la chambre de Zuzana, un disque qu'elle faisait jouer souvent. Le son en était étouffé mais pourtant assez clair pour l'oreille attentive du lieutenant :

Help me, Information
Get in touch with my Marie,
She's the only one who'd phone me here
From Memphis, Tennessee…

Le lieutenant n'arrivait pas à dormir. En esprit, il imaginait le grand jeune homme efflanqué en blue jeans qui était maintenant son beau-fils, dans une ville qu'il n'avait jamais vue et ne verrait jamais de sa vie, une ville qui portait le nom d'une marque de cigarettes célèbre avant-guerre. Une fois, dans un accès de sainte indignation, le vénérable Père Meloun lui en avait confisqué un paquet. Puis l'habituelle procession fantomatique de vieilles affaires passa dans l'esprit troublé du vieux détective – toutes élucidées et pourtant non résolues à cause des errances de la Justice. Ou plutôt de la justice de classe. La procession était conduite par un danseur d'une blancheur crayeuse, suivi d'un crâne auquel manquaient plusieurs dents, puis par des jambes et des bras de femmes disposés de façon presque artistique… Le lieutenant craignit soudain de devenir fou, ou de faire quelque chose qui…

Marie, she's so very young,
So Information, please,
Try to put me through to her
In Memphis, Tennessee…

Le cœur du lieutenant Boruvka cessa presque de battre sous le terrible fardeau de son chagrin.

◆

« Je voudrais cent grammes de mélange italien », dit-il le matin suivant à la dame aux cheveux blancs qui se tenait derrière le comptoir d'une petite confiserie rococo dans Mala Strana – 8 h 30, et il était le premier client.

« Cent grammes de mélange italien, oui monsieur », chantonna la vieille dame d'une voix un peu hésitante, en plongeant sa pelle chromée dans un bocal pour y prendre les bonbons. Elle les laissa tomber dans un sac en papier posé sur sa balance puis, du petit doigt – le lieutenant en remarqua l'ongle noirci –, elle poussa de petits morceaux de chocolat dans le sac jusqu'à ce que l'aiguille de la balance s'arrête sur le chiffre cent.

Elle s'assura que c'était bien cent grammes, peut-être parce que ce client l'observait avec une attention marquée.

« Ça fera trois et quatre-vingt-dix, s'il vous plaît. » Elle souriait au vieux détective.

Il ne lui rendit pas son sourire. Il fouilla dans une poche et, à la place de l'argent, en sortit un poids de cent grammes. Il ôta le sac de la balance et le remplaça par son poids.

« Monsieur, qu'est-ce que… » La vieille dame protestait faiblement, mais son air coupable était trop évident. Le détective repoussa doucement la main ridée qui se tendait vers le poids. L'aiguille de la balance s'arrêta sur 120 et la vieille dame devint livide.

Le lieutenant lui adressa un regard plein de reproches. Il tira son insigne de sa poche et le lui fit bien voir. Mais les yeux de la vieille dame se fermèrent et il réussit tout juste à l'attraper avant qu'elle ne touche le plancher. Il la porta dans le petit magasin à l'arrière de la boutique et la maintint assise sur une chaise jusqu'à ce qu'elle ait repris conscience.

« Chaque fois qu'ils viennent, dit-elle, ils disent toujours "je suis très pressé aujourd'hui, madame, j'ai encore dix magasins à faire avant la fermeture !" Et puis ils se mettent à balancer les boîtes dans la réserve et je n'ai pas le temps de les compter, et alors ils me donnent le reçu à signer en disant : "Allez, ma petite dame, ne nous faites pas lanterner, comptez-les plus tard. S'il manque quelque chose, dites-nous-le la semaine prochaine." Et il y a toujours quelque chose qui manque. »

La vieille dame se mit à pleurer.

« Et vous le leur dites ?

— Oui, bien sûr. Alors ils se moquent de moi, ils disent que je suis une vieille femme et que j'ai la vue basse. Une fois, ils ont compté les boîtes, et le chiffre était juste, mais quand je les ai pesées, elles étaient toutes en dessous du poids.

— Pourquoi ne l'avez-vous pas rapporté au bureau central ?

— C'est ce que je fais, mais on m'envoie toujours au diable en me disant que je devrai prouver que les livreurs sont responsables. Une fois, je leur ai dit d'envoyer quelqu'un pour vérifier, et vous savez quoi ? Le lendemain, ils ont envoyé un camarade du bureau central qui s'est caché devant quand ils sont venus, et ce jour-là, tout était correct. »

Le lieutenant hocha tristement la tête. « Et alors vous avez commencé à voler les clients.

— Oh, mon Dieu, monsieur, il fallait bien. Je dois donner tout l'argent que nous recevons et il faut que le total soit correct, jusqu'au dernier sou. Tout ce qui manque, je dois le payer sur mon salaire – et avec ce que je gagne, ça prendrait la moitié de ma paie pour combler la différence. »

Elle fut submergée par une nouvelle crise de sanglots.

« Et M. Krasa, vous vous êtes plainte à lui aussi ? »

La vieille dame s'essuya les yeux pour contempler la face de lune du lieutenant. « Je le lui ai dit, oui. Parce que, après qu'il a commencé à faire les livraisons, ça s'est arrêté. Il avait l'air d'un jeune homme correct, alors je lui ai dit ce qui se passait et il m'a promis d'y voir. Et environ une semaine après, il a été transféré sur un autre circuit, et ça a recommencé. Peut-être que c'était juste une phrase en l'air, ou bien il ne pouvait rien y faire. Ce n'est pas facile de tenir tête à ces bandits…

— Alors vous avez trafiqué la balance et recommencé à tricher.

— Je vous en prie, monsieur, ne me dénoncez pas. J'essaierai de compenser les clients, même si je dois mourir de faim. Je connais presque tous mes clients en personne.

— Inutile de vous en faire, dit le lieutenant. Je vous garantis que tout ceci sera réglé très bientôt. » Il ajouta, après une brève hésitation : « Il y a plus en jeu que quelques grammes de mélange italien. »

◆

Depuis la division, il appela le bureau d'état des inspections, et leur donna plusieurs instructions très claires. Ensuite, il ordonna à Malek et à Pudil d'aller au Bureau de contrôle des prix et de s'assurer en personne que ses ordres avaient été bien exécutés. Puis il se rendit au garage de la police, signa pour sortir une Skoda MB banalisée et se rendit en ville.

Sur le siège à côté de lui, il y avait la carte d'un autre itinéraire, celle qu'il avait obtenue la veille au bureau de Bonbons & Sucreries. Après avoir consulté sa montre, il se rendit à la confiserie de la rue Konev et se stationna à quelque distance. Environ un quart d'heure plus tard, le camion de livraison s'arrêta devant le magasin ; sur ses flancs étaient peints de façon grossière des barres de crème glacée, des chocolats et des gâteaux. Un chauffeur au physique nerveux en descendit, ouvrit les portes arrière du véhicule, prit une brassée de boîtes à l'intérieur et disparut dans la boutique. Quand il la retraversa pour revenir à son camion, le lieutenant se tenait au comptoir, en train de commander cent grammes de bonbons à la menthe. Il adressa un regard sombre au chauffeur, qui le reconnut immédiatement.

« Oh, bonjour, lieutenant », dit le chauffeur en pâlissant légèrement. Puis il ajouta sur le ton de la conversation – même si cela ne sonnait pas comme une conversation : « Comment vont les choses ? »

— Très bien, dit le lieutenant, toujours sombre.

— Eh bien, je… excusez-moi, lieutenant, mais je suis terriblement pressé. J'ai encore huit magasins à faire aujourd'hui », dit Svata Kudelka, embarrassé, en se précipitant vers la sortie.

« Ne faites pas attention à moi », dit le lieutenant, aussi menaçant qu'une nuée d'orage.

Puis il paya les bonbons, remonta dans la Skoda MB, consulta la carte sur le siège voisin et se rendit, à la vitesse légale la plus élevée possible, jusqu'à la rue Zukov.

◆

Quand Svata Kudelka vit le lieutenant dans la boutique de la rue Zukov, qui regardait d'un air sombre le vendeur lui peser cent grammes de bonbons à la menthe, il devint livide.

« Quelle coïncidence… hein ? dit-il

— Ça oui, acquiesça le détective. Vous avez intérêt à vous dépêcher si vous voulez livrer à tous les autres magasins – il en reste combien, au fait, sept ? »

Kudelka essaya de trouver une répartie, en vain, et quitta la boutique tel un fantôme ambulant.

◆

Dans la boutique de la rue Tolbuchin, le chauffeur vacilla, s'appuya au comptoir et regarda fixement le lieutenant sans même faire un effort pour dire quelque chose. Aussi fut-ce Boruvka qui parla le premier.

« On y va ? » demanda-t-il. Il paya ses cent grammes de bonbons à la menthe et conduisit le chauffeur, maintenant ruisselant de sueur, jusqu'à la Skoda. Ils laissèrent le camion de livraison stationné dans la rue. Le lieutenant remarqua que, sous la barre de crème glacée mal peinte, quelqu'un avait écrit à la craie un mot à demi effacé : HUMBUG.

C'était comme une épitaphe.

◆

«Il leur a simplement livré un ultimatum», expliqua Boruvka ce soir-là à Malek et à Pudil. «Il avait purgé sa peine avec des criminels et des assassins. Comme vous le savez, dans nos institutions correctionnelles, on ne sépare pas les gens comme Krasa des criminels endurcis. » Le sergent était évidemment prêt à intervenir, et le détective se hâta de terminer sa démonstration. «Peut-être est-ce démocratique, mais cela a donné à Krasa une haine… ou plutôt le désir de ne jamais plus avoir rien à faire avec ce genre de personnes. Et ensuite il a été engagé à Humbug et s'est rendu compte que ses collègues étaient exactement comme ceux qu'il avait appris à haïr en prison. Selon Kudelka, quand la vieille Mme Souckova s'est plainte à lui, il est allé trouver les autres livreurs, et leur a donné un ultimatum. Il leur a dit : "Si vous voliez l'État, je ne dirais peut-être rien. Mais vous volez une vieille femme…"

— Là, vous voyez, camarade ? Voler l'État, ce qui signifie nous voler tous… ça ne l'aurait pas dérangé.

— En effet, admit le lieutenant. Idéologiquement, ce n'était pas tout à fait l'attitude correcte. Mais après tout, comme vous le savez, c'était un bourgeois prolétarisé. En tout cas, il leur a donné cet ultimatum. Ils ont essayé de l'acheter, mais il a refusé.

— Parce qu'il avait peur ! s'exclama Pudil. Pas parce qu'il était une espèce d'ange plus saint que tout le monde ! Il savait que nos institutions correctionnelles ne sont pas des camps de vacances !

— Les motivations subjectives – vous en conviendrez certainement, camarade – ne sauraient compter, dit le lieutenant. Ce qui compte, ce sont les actes. »

Pudil renifla avec bruit, mais son marxisme lui faisait soudain défaut.

« Les autres chauffeurs l'ont même invité à se joindre à leur... » Il hésita puis poursuivit : « ... leur gang. Nombre de gérants de magasins étaient complices – ils recevaient les marchandises volées aux autres magasins. Ensuite, ils partageaient les profits. » Il fit une pause et, malgré lui, ajouta : « En Amérique, on appelle ça un racket. »

Il se tut de nouveau, attendant la réaction de Pudil. Mais le président des Jeunesses SS se contenta de faire une moue renfrognée.

« En tout cas, il leur a donné son ultimatum, reprit Boruvka. Et ils ont décidé de se débarrasser de lui. C'est Bousek qui s'en est chargé. Au fait, c'est ce qui m'a mis sur la bonne piste : un livreur qui peut se payer un appartement sur le marché libre ? Et un trois-pièces, en plus ? Un appartement de ce genre vaut au moins cent mille. Probablement plus.

— Pourquoi un chauffeur ne pourrait-il s'offrir un appartement ? maugréa Pudil. Nous ne les construisons sûrement pas pour les bourgeois !

— Et vous, vous pourriez vous en payer un ? » laissa échapper Malek avec une amertume inhabituelle. Comme beaucoup d'autres, il n'avait pas eu la chance du lieutenant : il se trouvait au mauvais bout d'une longue liste d'attente pour un appartement dans une coopérative d'habitation. «Ou moi? ajouta-t-il. Et je ne suis pas un bourgeois non plus. Mon père était un cordonnier qui a été ruiné par la Dépression à cause de la compétition de la compagnie Bata.»

Le président des Jeunesses SS resta silencieux. C'était un diplômé de plusieurs cours, mais tous avaient été des cours accélérés, et le cas présent, d'un point de vue de classe, était de toute évidence bien trop compliqué pour lui.

Le lieutenant continua: «Ils savaient que chaque mercredi Krasa raccompagnait Lida chez elle avant onze heures. Bousek allait l'attendre près de l'endroit où vit Sucharipa. Ils étaient censés jouer aux cartes – pour donner un alibi à Bousek –, chez Huml, mais le père de Huml s'est pointé pour une visite inattendue. Alors ils sont partis chez Bousek, mais ils n'ont pas eu le temps de le dire aux deux autres qui étaient en train d'établir leur alibi à *La Sirène*. Il y a eu ensuite un autre imprévu: Krasa est arrivé à la taverne à huit heures. C'est pour ça que Nebesky a téléphoné, d'abord chez Huml, puis le père de Huml lui a dit qu'ils étaient chez Bousek. Ils ont rapidement modifié leur plan et l'un d'eux est allé en voiture à la rue où habite Sucharipa pour prendre Bousek qui attendait. Il l'a emmené aux jardins de Nusle, parce que c'était le chemin que prendrait Krasa pour revenir de la taverne.»

Le lieutenant alluma un cigare. Pudil n'avait toujours pas réagi.

«Ce n'était donc pas à propos de Lida qu'ils se disputaient, dit le détective. C'était l'ultimatum de Krasa. Et ce n'est pas Krasa qui a appelé Sucharipa, mais Nebesky. Il avait seulement à déguiser un peu sa voix. Sucharipa n'est pas ce qu'on pourrait considérer comme un type bien malin. Mais ils devaient s'assurer que Lida n'était pas déjà rentrée, parce qu'ils avaient eu une idée. Ils savaient que Sucharipa était jaloux de Krasa et que Krasa lui avait flanqué une volée. Ça tombait bien pour leur plan : Sucharipa n'aurait pas d'alibi, puisqu'il était seul chez lui, mais il avait un motif, et c'était un métallurgiste. Et ils avaient eu l'intention de tuer Krasa avec un marteau. »

Cinq heures sonnèrent à un clocher voisin. Le lieutenant regarda par la fenêtre. Dans un nid installé sur la tête d'un saint peu connu, deux jeunes pigeons se préparaient pour leur première envolée.

« Très bien, dit Pudil, d'un ton agacé. Ces types sont un tas de crétins et un embarras pour la classe ouvrière. Et ils doivent recevoir un châtiment juste mais sévère. »

Le lieutenant contempla le visage étroit et morose de l'idéaliste confondu.

« Si ça peut vous aider, camarade, dit-il, dévaliser des vieilles dames n'était qu'un à-côté pour eux. La véritable opération était bien plus importante. Le directeur de la compagnie lui-même était impliqué. Et même… » Il jeta au sergent un coup d'œil à la dérobée et se sentit presque de la sympathie pour lui ; aussi décida-t-il de lui remonter un peu le moral : « … même le camarade Roth, le secrétaire du Parti. Par exemple, un wagon entier de cacao s'est perdu et… »

Le sergent devint soudain écarlate et fut secoué d'une furieuse explosion de haine, sans aucun doute de la variété haine-de-classe. « Mais quel foutu bordel ! s'écria-t-il. Ils ont transformé le pays en porcherie en seulement neuf mois, ces salauds de dubcékistes ! Tous des révisionnistes ! Ça va prendre des années pour tout remettre d'aplomb ! »

◆

Cette fois, les petits poissons de la rivière Parana
étaient satisfaits : la conscience du lieutenant était
calme, et personne d'autre ne se joignit à la pâle procession de ses rêves nocturnes. Et pourtant, il eut du
mal à dormir. Dans la nuit d'août, son oreille intérieure
lui faisait entendre (ou bien cela provenait-il de la
chambre de sa fille ?) un jeune homme en blue jeans,
qui appelait à travers d'immenses distances depuis
une ville dont le nom sentait les cigarettes autrefois
confisquées par le vénérable Père Meloun…

Help me, Information
Can't ask for more, but please !
You don't know how I miss her
In Memphis, Tennessee…

Le vieux détective avait le sentiment infiniment
déprimant que le jeune homme appelait en vain.

Parution originale : Humbug,
The End of Lieutenant Boruvka.

Prix Arthur-Ellis 1991

INNOCENCE

PETER ROBINSON

Francis doit être en retard, sûrement, pensait Reed, sur le pont proche de la gare où il attendait. Il commençait à se sentir énervé et mal à l'aise ; les poignées de son fourre-tout lui rentraient dans les paumes et il remarqua que la pluie promise par la météo matinale avait déjà commencé à tomber.

Splendide ! Et il était là, à deux cent cinquante kilomètres de chez lui, et Francis ne s'était même pas pointé. Mais Reed ne pouvait en être certain. C'était peut-être lui qui était en avance. Ils s'étaient arrangés ainsi trois ou quatre fois déjà pendant les cinq dernières années, et si sa vie en avait dépendu, Reed n'aurait pu dire à quelle heure exacte ils s'étaient chaque fois rencontrés.

Il se retourna et remarqua une femme grassouillette vêtue d'un caban bleu élimé, qui arrivait en luttant contre le vent sur le pont, dans sa direction, avec une grosse poussette où deux bébés se bagarraient en piaillant.

« Excusez-moi, lui dit-il quand elle arriva à sa hauteur, pouvez-vous me dire à quelle heure se termine l'école ? »

La femme lui jeta un regard bizarre – étonnement ou irritation, impossible à décider – et répondit avec l'accent nasal et cassant propre aux Midlands : « À trois heures et demie. » Puis elle s'éloigna à pas rapides, en faisant un large détour pour éviter Reed.

Il s'était trompé. Pour une raison quelconque, il s'était persuadé que Francis finissait d'enseigner à trois heures. Il était seulement deux heures vingt-cinq, il aurait encore au moins quarante autres minutes à attendre avant de voir arriver la familière Ford Escort rouge.

La pluie s'aggravait et le vent lui fouettait durement le visage. À quelques mètres du pont, sur la route, se trouvait la gare centrale des autobus, adjacente à un vaste et moderne centre commercial, tout en verre et escaliers roulants. Il pouvait se tenir dans l'entrée, juste à l'intérieur des portes, au chaud et au sec, et surveiller quand même l'arrivée de Francis.

À environ quatre heures moins vingt, les écoliers arrivèrent à la course par le pont pour s'engouffrer dans la station d'autobus, en balançant leurs sacs avec des cris que la liberté rendait aigus et bruyants. La pluie ne semblait pas les déranger, remarqua Reed : cheveux plaqués sur les crânes, gouttes de pluie suspendues au bout des nez. La cravate de la plupart des garçons était de travers, leurs chaussettes boudinées sur leurs chevilles et leurs lacets de souliers traînaient par terre. Un miracle qu'ils ne se cassent pas la figure. Reed sourit au souvenir de son propre temps d'écolier.

Et comme les filles étaient aguichantes, alors qu'elles couraient en riant ou en souriant pour échapper à la pluie et se réfugier dans le mail. Pas les très jeunes, celles qui n'étaient pas encore formées, mais les plus âgées, les filles aux longues jambes, récemment conscientes de leurs seins et de la courbe de leurs hanches. Elles portaient leurs vêtements sans façon : blouses ouvertes, collants de laine noire tout tortillés ou déchirés aux genoux. Pour Reed, il y avait quelque chose d'impudique dans leur désordre.

Par les temps qui couraient, elles devaient toutes savoir à quoi s'en tenir, probablement, mais Reed ne pouvait s'empêcher de penser qu'elles possédaient aussi une certaine innocence, une grâce naïve, insouciante dans leurs mouvements, et une liberté désinvolte dans leurs rires et leurs gestes. La vie ne les avait pas encore flétries, elles n'en avaient pas encore senti le poids, ni vu la noirceur qui en habite le cœur.

Du calme, se dit Reed en souriant. C'était correct de plaisanter avec Bill, au bureau, sur le côté sexy des écolières qui passaient sous leurs fenêtres tous les jours, mais c'était positivement malsain d'y penser de façon sérieuse, ou encore (à Dieu ne plaise !) d'essayer de passer à l'acte. Il ne pouvait pas être en train de tourner au vieux cochon à trente-cinq ans, quand même ? Parfois, la puissance et la violence de ses fantaisies l'inquiétaient, mais tout le monde avait peut-être les mêmes. Ce n'était pas un sujet de conversation pour le bureau. Il ne pensait pas vraiment être anormal. Après tout, il n'était jamais passé à l'acte, et on ne peut pas se faire arrêter pour ses fantasmes, n'est-ce pas ?

Où diable était Francis ? Reed scruta l'extérieur à travers la vitre. La pluie fouettée par le vent frappait les grands panneaux de verre, distordant le monde extérieur. La scène ressemblait à une peinture impressionniste. Tous les détails étaient oblitérés au profit d'une ambiance générale lugubrement onirique, dans les tons de gris.

Reed consulta une fois de plus sa montre. Plus de quatre heures. Les seuls écoliers qui restaient étaient des traînards, ceux qui habitaient non loin de là et n'avaient pas à se dépêcher pour attraper leur autobus. Ils flânaient sur le pont en se donnant des bourrades, jouant à chat et sautant à cloche-pied par-dessus les craquelures du trottoir, indifférents à la pluie et au vent qui la poussait.

Francis aurait dû être là depuis longtemps. Préoccupé, Reed passa mentalement en revue leurs arrangements. Il savait qu'il les avait pris correctement, car il les avait notés dans son agenda. Il avait essayé d'appeler la veille au soir pour confirmer, mais personne n'avait répondu. Si Francis avait essayé d'entrer en contact avec lui au travail ou à la maison, il n'aurait pas été chanceux. Reed était allé rendre visite à un autre vieil ami – à Exeter, celui-là – et on pouvait difficilement se fier à Elsie, la réceptionniste du bureau, pour noter correctement son propre nom.

Quand il fut passé cinq heures, toujours sans signe de Francis, Reed reprit son fourre-tout et retourna à la gare. Il continuait de pleuvoir, mais avec moins de force, et le vent était tombé. Le seul train qui retournait chez lui cette nuit-là quittait Birmingham à dix heures moins vingt, et n'arrivait pas à Carlisle avant minuit passé, et de loin. À cette heure-là, les autobus locaux auraient tous fini leur journée, et il devrait prendre un taxi. Cela en valait-il la peine ?

Il n'avait guère le choix, en fait. Un hôtel coûterait trop cher. Pourtant, l'idée en était attrayante : une pièce chaude, avec un lit douillet, une douche, la télévision en couleurs et peut-être même un bar au rez-de-chaussée, où il pourrait rencontrer une fille. Il devrait simplement en décider plus tard. De toute façon, s'il voulait attraper le train, il devrait prendre celui de neuf heures moins cinq à Redditch pour arriver à temps à Birmingham. Cela lui laissait trois heures et cinquante minutes à tuer.

En traversant le pont pour monter vers le centre de la ville dans la soirée qui s'assombrissait, il remarqua deux écolières qui marchaient devant lui. Elles devaient avoir été en retenue ou peut-être venaient-elles seulement de finir une pratique de sport. Elles s'entraînaient sûrement, même s'il pleuvait. L'une d'elles, vue de dos, avait l'air boulotte, mais l'autre était un rêve : des vagues de longs cheveux retombant en désordre sur ses épaules, une minijupe qui découvrait à chaque pas ses longues cuisses minces, des chaussettes blanches retombées sur les chevilles, laissant nus des mollets bien tournés. Reed observa la flexion des tendons au creux des genoux de l'adolescente, tandis qu'elle marchait, et l'imagina en train de se débattre sous lui, ses mains à lui sur cette gorge tendre. Elles tournèrent à un embranchement et Reed continua son chemin en écartant sa fantaisie.

Francis pouvait-il s'être retrouvé chargé des retenues ou du sport ? Ou peut-être était-il passé sans même remarquer Reed qui s'abritait de la pluie. Il ne savait pas où se trouvait l'école de Francis, ni même comment elle s'appelait. Pour une raison quelconque, le sujet n'avait jamais été abordé. Et puis, le village où habitait Francis était à une dizaine de kilomètres de Redditch et le service local d'autobus était terrible. Il pouvait quand même téléphoner. Si Francis était chez lui, il ressortirait pour venir le chercher.

Après avoir appelé, sans obtenir de réponse, Reed se promena un long moment dans la ville en examinant les devantures et en se demandant comment se sortir de ce guêpier. Son fourre-tout lui semblait bien lourd. En fin de compte, la faim le fit échapper à la pluie légère pour entrer au *Tandoori Palace*. Il était

encore tôt, à peine six heures, et l'endroit était désert,
à part un couple de jeunes gens absorbés l'un par
l'autre dans un coin sombre. Reed bénéficiait de l'attention totale du serveur. Il commanda des pakoras,
du tandoori et du dhal. La nourriture était excellente,
et il la mangea trop vite.

Après le thé épicé, il sortit son portefeuille pour
payer. Il avait un peu d'argent comptant, mais il avait
décidé de se payer une ou deux pintes de bière, et il
pourrait devoir prendre un taxi pour revenir de la
gare. Il valait mieux garder ses billets. Le serveur ne
semblait pas avoir d'objection à une carte de crédit,
même pour une somme aussi minime, et Reed l'en
récompensa d'un généreux pourboire.

Il essaya ensuite d'appeler encore Francis, mais
le téléphone sonnait sans discontinuer. Pourquoi ce
connard n'investissait-il pas dans un répondeur automatique ? Reed poussa un juron. Puis il se rappela
qu'il n'en avait pas lui-même, qu'il détestait ces
machins-là. Francis éprouvait certainement le même
sentiment. Si on était sorti, eh bien, pas de bol, on
était sorti, et ça finissait là.

Dehors, les lampadaires reflétaient leur lumière
en mares huileuses dans les rues et sur les trottoirs.
Après avoir marché pendant une demi-heure pour
venir à bout de ses brûlures d'estomac, complètement
trempé et à bout de souffle, Reed se précipita dans le
premier pub venu. Les habitués lui jetèrent un regard
soupçonneux, puis l'ignorèrent pour revenir à leur
boisson.

« Une pinte de bière, s'il vous plaît, dit-il en se
frottant les mains. Dans un grand verre, si vous en
avez.

— Désolé, monsieur, dit le propriétaire en allant
chercher une chope. Les habitués apportent les leurs.

— Oh. Très bien.

— Sale nuit.

— Oui, vraiment.

— Z'êtes d'ici ?

— Non, je visite.

— Ah. » Le propriétaire lui passa une chope d'une pinte couronnée de mousse, prit son argent et retourna à sa conversation avec un homme au visage rond vêtu d'un costume à fines rayures. Reed empoigna sa chope et alla s'asseoir à une table.

Pendant l'heure et demie qui suivit, il téléphona quatre fois encore à Francis, toujours sans obtenir de réponse. Il changea aussi de pub après chaque nouvelle pinte de bière, mais ne trouva pas grand-chose en guise d'accueil convivial. Finalement, à environ neuf heures moins vingt, conscient qu'il ne pourrait pas supporter de se réveiller dans une ville aussi lamentable même s'il pouvait s'offrir l'hôtel, il retourna à la gare et prit le train pour retourner chez lui.

◆

À cause de la visite qu'il avait prévue faire à Francis, Reed n'avait pas de projet particulier chez lui pour la fin de semaine. Le temps était épouvantable, de toute façon, aussi passa-t-il presque tout son temps à l'intérieur à lire et à regarder la télévision, ou au pub local. Il essaya le numéro de Francis quelques fois de plus, mais toujours sans réponse. Il appela aussi Camille, espérant que son corps souple et chaud et son goût pour les expériences pourraient illuminer son samedi soir et son dimanche matin. Mais tout ce qu'il trouva, ce fut le répondeur automatique.

Dans la soirée du lundi, au moment où il allait se coucher après une longue journée passée à se rattraper dans les ennuyeuses paperasseries de son travail, le téléphone sonna. De mauvaise humeur, il prit le récepteur : « Oui ?

— Terry ?

— Oui.

— C'est Francis.

— Où diable…

— T'es venu vendredi ?

— Évidemment, que je suis venu, bon Dieu ! Je pensais que nous étions d'accord…

— Oh, seigneur. Écoute, je suis désolé, mon vieux, vraiment. J'ai essayé de t'appeler. Cette bonne femme à ton bureau – c'est quoi son nom déjà ?

— Elsie ?

— Oui, celle-là. Elle m'a dit qu'elle te ferait le message. Je dois admettre qu'elle n'avait pas l'air d'avoir toutes ses billes, mais je n'avais pas le choix. »

Reed se radoucit un peu : « Qu'est-ce qui est arrivé ?

— Ma mère. Tu savais qu'elle était malade depuis longtemps ?

— Oui.

— Eh bien, elle est morte mercredi. J'ai dû foncer à Manchester. Écoute, je suis vraiment désolé, mais tu te rends bien compte que je n'y pouvais rien, n'est-ce pas ?

— C'est moi qui devrais être désolé, dit Reed. Pour ta mère, je veux dire.

— Oui. Eh bien, au moins elle ne souffre plus. On pourrait peut-être se voir d'ici quelques semaines ?

— Bien sûr. Dis-moi simplement quand.

— Très bien. J'ai encore des trucs à faire, tu sais, à organiser. Et si je t'appelais dans quinze jours ?

— Parfait. Ça me fera plaisir. Au revoir.

— Au revoir. Et je suis désolé Terry, vraiment. »

Reed reposa le combiné et alla se coucher. C'était donc ça. Mystère résolu.

◆

Le soir suivant, juste comme il venait d'arriver du bureau, Reed entendit qu'on frappait fort à sa porte. Quand il ouvrit, il vit deux étrangers qui se tenaient là. Il pensa d'abord que c'étaient des Témoins de Jéhovah – qui vient frapper à deux chez vous, et en portant un costume ? – mais ce n'était pas tout à fait ça. L'un d'eux avait certainement l'air d'un vendeur de bibles, – dodu, avec une expression à la fois sérieuse et animée, le visage encadré par une barbe noire bien taillée ; mais l'autre, d'une maigreur pénible, et à la longue face grêlée, ressemblait davantage à un croque-mort, excepté la façon dont ses yeux bleus au regard perçant étincelaient d'intelligence et de soupçon.

« Monsieur Reed ? Terence J. Reed ? » dit l'homme cadavérique, d'une voix profonde et calme, exactement comme Reed l'imaginait d'un employé des pompes funèbres. Et n'y avait-il pas une trace d'accent nasillard des Midlands dans la façon dont il mâchait ses voyelles ?

« Oui, je suis Terry Reed. Qu'est-ce que c'est ? Que voulez-vous ? » Il pouvait déjà voir, par-dessus leurs épaules, les voisins qui épiaient depuis leurs fenêtres : des petits coins de rideaux de dentelles qui se soulevaient pour permettre une meilleure vision.

« Nous sommes des policiers, monsieur. Ça vous dérange si on entre un moment ? » Ils lui montrèrent leurs papiers, mais les rangèrent avant qu'il n'ait eu le temps de voir ce qui y était écrit. Il recula dans le corridor et ils en profitèrent pour entrer. Dès qu'ils eurent fermé la porte derrière eux, Reed remarqua que, tandis que l'autre occupait son attention, le barbu avait commencé à jeter des coups d'œil autour de lui, examinant tout en détail. Finalement, Reed tourna les talons et les conduisit dans la salle de séjour. Il les sentit échanger une sorte de signal derrière son dos.

«Joli appartement», dit le maigre tandis que l'autre rôdait dans la pièce, prenant des vases pour regarder à l'intérieur, ouvrant des tiroirs de quelques centimètres puis les refermant.

«Dites donc, c'est quoi, ça? demanda Reed. Est-il censé fouiller dans mes affaires? Je veux dire, vous avez un mandat de perquisition ou quelque chose?

— Oh, ne faites pas attention à lui, dit le grand maigre. Il est comme ça, c'est tout. Une curiosité insatiable. Au fait, mon nom est Bentley. Commissaire Bentley. Mon collègue, là, est connu sous le nom d'inspecteur Rodmoor. Nous appartenons à la Division criminelle des Midlands.» Il observait les réactions de Reed, mais Reed essaya de n'en manifester aucune.

«Je ne vois toujours pas ce que vous me voulez, dit-il.

— C'est seulement la routine, fit Bentley. Je peux m'asseoir?

— Je vous en prie.»

Bentley s'assit dans un fauteuil à bascule près de la cheminée, et Reed en fit autant en face de lui sur le sofa. Une tasse à moitié vide de café se trouvait entre eux sur la table recouverte de verre, avec deux factures impayées et la dernière édition de *Radio Times*.

«Aimeriez-vous boire quelque chose?» offrit Reed.

Bentley secoua la tête.

«Et lui?» Reed jetait un regard nerveux vers l'inspecteur Rodmoor, lequel examinait sa bibliothèque en tirant les volumes qui retenaient son attention et en les feuilletant.

Bentley croisa les mains sur ses genoux. «Essayez simplement d'oublier qu'il est là.»

Mais Reed en était incapable. Il ne cessait de jeter des coups d'œil nerveux de l'un à l'autre, constamment préoccupé de la prochaine action de Rodmoor.

« M. Reed, poursuivit Bentley. Étiez-vous à Redditch le soir du 9 novembre? C'est-à-dire vendredi dernier?»

Reed passa sa main sur son front en sueur. «Laissez-moi y penser… Oui, oui, je crois bien.

— Pourquoi?

— Quoi? Excusez-moi, mais…

— J'ai demandé pourquoi. Pourquoi étiez-vous à Redditch? Quel était le but de votre visite?»

Sa voix avait l'intonation de celle d'un officier de l'immigration dans un aéroport, se dit Reed. «J'allais rencontrer un vieil ami d'université. Je vais passer une fin de semaine par an là-bas, depuis qu'il y a déménagé.

— Et vous l'avez rencontré?

— En fait, non. » Reed expliqua l'imbroglio des communications interrompues avec Francis.

Bentley haussa un sourcil. Rodmoor fouillait dans le porte-revues près de la cheminée.

« Mais vous y êtes allé quand même? » insista Bentley.

« Eh bien oui, je vous l'ai dit. Je ne savais pas qu'il était parti. Écoutez, ça ne vous ferait rien de me dire de quoi il s'agit? Je pense que j'ai le droit de le savoir!»

Rodmoor pêcha une copie de *Mayfair* dans le porte-revues et la montra à Bentley, qui fronça les sourcils et tendit la main pour la prendre. La couverture montrait une belle blonde en minuscules panties de dentelle rose, avec une nuisette, des bas et des jarretières. À genoux sur un sofa, elle présentait au spectateur ses fesses bien rondes ; son visage était également tourné vers la caméra, et elle semblait juste venir de passer sa langue sur ses lèvres bien rouge. La mince bretelle de sa nuisette avait glissé sur son bras.

« Joli, dit Bentley. Elle a l'air un peu jeune, quand même, vous ne croyez pas ? »

Reed haussa les épaules. Il se sentait embarrassé et ne savait que dire.

Bentley feuilleta le reste du magazine, en s'arrêtant sur les dépliants en couleurs de femmes nues aux poses aguichantes.

« Ce n'est pas illégal, vous savez, laissa soudain échapper Reed. On peut acheter ça dans n'importe quel magasin de journaux. Ce n'est pas de la pornographie.

— Question d'opinion, n'est-ce pas, monsieur », dit l'inspecteur Rodmoor en reprenant le magazine à son patron pour le remettre en place.

Bentley sourit : « Ne faites pas attention, mon garçon, dit-il. C'est un méthodiste. Bon, où en étions-nous ? »

Reed secoua la tête.

« Avez-vous une voiture ? demanda Bentley.

— Non.

— Vous vivez seul ici ?

— Oui.

— Jamais été marié ?

— Non.

— Des petites amies ?

— Quelques-unes.

— Mais pas pour vivre avec ?

— Non.

« — Les magazines vous suffisent, hein ?

— Dites donc, un instant, là !

— Désolé, dit Bentley en levant une main sque-
lettique. C'était plutôt de mauvais goût de ma part.
Je n'aurais pas dû. »

Pourquoi Reed ne pouvait-il tout à fait croire en
la sincérité de ses excuses ? Il avait un sentiment aigu
que Bentley avait fait cette remarque exprès, pour
voir sa réaction. Il espérait avoir passé le test. « Vous
alliez me dire de quoi il s'agissait…

— Vraiment ? Pourquoi ne me diriez-vous pas ce
que vous faisiez à Redditch vendredi dernier dans la
soirée, pour commencer ? L'inspecteur Rodmoor va
nous rejoindre à cette table et prendre des notes. Ne
vous pressez pas. Prenez votre temps. »

Reed le leur décrivit, lentement, en essayant de se
rappeler tous les détails de cette misérable soirée
perdue, cinq jours plus tôt. À un moment donné,
Bentley lui demanda ce qu'il portait, et l'inspecteur
Rodmoor demanda à jeter un coup d'œil à son imperméable et à son fourre-tout. Quand Reed eut terminé,
le lourd silence s'étira encore pendant des secondes.
Que pensaient-ils ? Essayaient-ils de se décider à son
sujet ? Qu'est-ce qu'il était censé avoir fait ?

Finalement, après lui avoir demandé de revenir sur
un ou deux points apparemment choisis au hasard,
Rodmoor referma son carnet et Bentley se leva. « Ce
sera tout pour le moment, monsieur.

— Pour le moment ?

— Il se pourrait que nous désirions de nouveau vous
parler. Je ne sais pas. Nous devons vérifier quelques
détails d'abord. Nous allons seulement prendre l'imperméable et le fourre-tout, si ça ne vous fait rien,
monsieur. L'inspecteur Rodmoor vous donnera un
reçu. Soyez disponible, s'il vous plaît ? »

Dans son émoi, Reed accepta le morceau de papier de Rodmoor et ne fit rien pour les empêcher de prendre ses affaires. «Je n'ai pas de projets de voyage, si c'est ce que vous voulez dire.»

Bentley sourit. Il ressemblait vraiment à un croque-mort en train de consoler des affligés. «Bien. Bon, nous partons, alors.» Et il se dirigea vers la porte.

«Vous n'allez pas me dire de quoi il s'agit?» demanda de nouveau Reed alors qu'il leur ouvrait la porte. Ils s'éloignèrent dans le chemin, et ce fut l'inspecteur Rodmoor qui se retourna avec un froncement de sourcils : «C'est ce qui est vraiment bizarre, monsieur, dit-il, c'est que vous ne sembliez pas être au courant.

— Croyez-moi, c'est le cas.»

Rodmoor secoua la tête avec lenteur : «On pourrait penser que vous ne lisez pas vos journaux.» Et les deux hommes s'éloignèrent vers leur Rover.

Reed resta encore quelques moments à regarder les rideaux de ses voisins, toujours agités par des mains invisibles, en se demandant ce que Rodmoor avait bien pu vouloir dire. Puis il se rendit compte que les journaux devaient avoir été livrés comme d'habitude les derniers jours et devaient s'être trouvés avec les magazines dans le porte-revues, mais son désintérêt avait été trop grand, comme sa fatigue, ou bien il avait été trop occupé pour les lire. Il se sentait souvent ainsi. Les nouvelles étaient le plus souvent déprimantes, la dernière chose dont on avait besoin pendant une fin de semaine pluvieuse à Carlisle. Il se hâta de fermer la porte sur les voisins trop curieux et se hâta vers le porte-revues.

Il n'eut pas à chercher bien loin. La nouvelle était en première page, sous le titre MEURTRE HORRIBLE DANS LES MIDLANDS :

"Redditch, une ville tranquille des Midlands, est encore sous le choc après le meurtre brutal de la jeune Debbie Harrison. Debbie, 15 ans, n'était pas rentrée chez elle après une pratique de hockey tardive, le vendredi soir. La police a trouvé son corps à moitié dévêtu dans un entrepôt abandonné proche du centre-ville le samedi matin. Le commissaire Bentley, qui est chargé de l'enquête, a confié à notre reporter que la police poursuit plusieurs pistes prometteuses. Ils aimeraient en particulier communiquer avec quiconque s'est trouvé dans la zone de la station d'autobus et aurait remarqué un homme bizarre dans le voisinage tard cet après-midi-là. La description est pour le moment vague, mais l'homme était vêtu d'un léger imperméable brun et portait un fourre-tout bleu."

Il lut et relut l'article, horrifié, mais ce qui était encore pire que le texte, c'était la photographie qui l'accompagnait. Il ne pouvait être absolument certain, parce que c'était une mauvaise photo, mais il lui semblait que c'était l'écolière aux longs cheveux ondulés et aux chaussettes tombant sur les chevilles, celle qui avait marché devant lui avec son amie boulotte.

L'explication la plus acceptable de la visite des policiers, c'était qu'ils avaient besoin de lui comme témoin possible, mais la vérité, c'était que "un homme bizarre dans le voisinage", vêtu d'"un léger imperméable brun" et portant un "fourre-tout bleu", ce ne pouvait être que lui, Terence J. Reed. Mais comment savaient-ils qu'il s'était trouvé là ?

◆

La deuxième fois que la police se présenta, Reed était au bureau. Ils s'amenèrent avec le plus grand des culots et lui demandèrent s'il pouvait leur consacrer un peu de temps pour leur parler au poste. Bill se contenta de leur adresser un regard curieux, mais Frank, le patron, avait du mal à dissimuler son irritation. Reed n'était pas son employé favori, de toute façon : il n'avait pas suscité assez de profits ces derniers temps.

Personne ne dit un mot pendant le trajet, et quand ils furent arrivés au poste, l'un des policiers dirigea Bentley vers une salle d'interrogatoire libre. C'était un endroit dépouillé : un bureau de métal gris, un cendrier, trois chaises. Bentley s'assit en face de Reed et l'inspecteur Rodmoor s'installa dans un coin, là où Reed ne pouvait pas le voir.

Bentley posa sur le bureau la chemise chamois qu'il avait apportée et arbora son sourire de croquemort. « Juste quelques petites questions supplémentaires, Terry. J'espère que je n'aurai pas à vous retenir trop longtemps.

— Moi aussi, dit Reed. Dites donc, je ne sais pas ce qui se passe, mais je ne devrais pas appeler mon avocat, ou quelque chose de ce genre ?

— Oh, je ne pense pas. Ce n'est pas comme si nous vous avions accusé de quoi que ce soit. Vous nous aidez simplement dans notre enquête, non ? D'ailleurs, avez-vous vraiment un avocat ? La plupart des gens n'en ont pas. »

À bien y penser, Reed n'en avait pas. Il en connaissait un, cependant. Un autre vieux copain d'université qui avait choisi la profession juridique et possédait un cabinet dans les environs. Reed n'arrivait pas à se rappeler quelle était sa spécialité.

« Laissez-moi jouer cartes sur table, en quelque sorte », dit Bentley en écartant ses mains sur le bureau. « Vous admettez que vous étiez à Redditch vendredi soir dernier pour rendre visite à votre ami. Nous l'avons contacté, au fait, et il confirme votre histoire.

Ce qui nous intrigue, c'est ce que vous avez fait, disons, entre quatre heures et huit heures et demie. Plusieurs personnes vous ont vu à divers moments, mais il y a au moins une heure ou plus, en tout, dont nous ne pouvons rendre compte.

— Je vous ai déjà décrit ce que j'ai fait. »

Bentley consulta le dossier posé sur le bureau. « Vous avez dîné à environ six heures, n'est-ce pas ?

— À peu près, oui.

— Alors vous vous êtes promené dans Redditch entre cinq et six, et ensuite entre six heures trente et sept heures ? Pas exactement une expérience esthétique agréable, je dirais.

— Je vous l'ai expliqué, je réfléchissais à ce que j'allais faire. Je regardais les devantures, je me suis perdu une ou deux fois...

— Vous seriez-vous perdu dans le voisinage de la rue Simmons ?

— Je ne sais pas le nom des rues.

— Bien sûr. Pas vraiment une rue, en fait, plutôt une allée. Elle passe près de plusieurs entrepôts désaffectés...

— Attendez voir un peu ! Si vous essayez de me connecter avec le meurtre de cette fille, vous êtes complètement dans les patates. Je ferais peut-être mieux d'appeler un avocat, en fin de compte.

— Ah, dit Bentley en jetant un coup d'œil à Rodmoor. Alors vous lisez les journaux ?

— Je les ai lus. Après votre départ. Évidemment que je les ai lus.

— Mais pas avant ?

— Je ne savais pas ce que vous vouliez, non ? Et pendant qu'on y est, comment diable avez-vous découvert que j'étais à Redditch ce soir-là ?

— Vous vous êtes servi de votre carte de crédit au *Tandoori Palace*, dit Bentley. Le garçon s'est souvenu de vous et a vérifié dans ses registres. »

Reed asséna une claque sur le bureau : « Voilà ! La preuve ! Si j'avais fait ce que vous m'accusez d'avoir fait, je n'aurais pas été stupide au point de laisser ma carte de visite, non ? »

Bentley haussa les épaules. « Les criminels font des erreurs comme tout le monde. Ou, sinon, nous n'en attraperions jamais. Et je ne vous ai accusé de rien pour le moment. Mais vous voyez la nature de notre problème, n'est-ce pas ? Votre histoire semble très, très mince.

— Je n'y peux rien. C'est la vérité.

— Dans quel état étiez-vous quand vous êtes entré au *Tandoori Palace* ?

— Quel état ?

— Oui, dans quelle condition. »

Reed haussa les épaules : « J'étais mouillé. je suppose. Et j'en avais plutôt marre. Je n'avais pas réussi à joindre Francis. Et j'avais faim, aussi.

— Diriez-vous que vous étiez agité ?

— Pas vraiment, non.

— Mais quelqu'un qui ne vous connaissait pas aurait pu supposer que vous l'étiez.

— Je ne sais pas. Peut-être. J'étais essoufflé.

— Oh ? Pourquoi ?

— Eh bien, j'avais marché pendant un bon moment en portant mon sac. Il était plutôt lourd.

— Oui, bien sûr. Vous étiez donc mouillé, et à bout de souffle quand vous êtes entré dans le restaurant. Et le pub où vous êtes allé juste après sept heures ?

— Quoi, le pub ?

— Êtes-vous resté là longtemps ?

— Je ne vois pas ce que vous voulez dire.

— Vous êtes-vous seulement assis pour siroter votre bière, un bon petit moment de repos après un lourd repas et une longue promenade ?

— Eh bien, j'ai dû aller aux toilettes, évidemment. Et j'ai essayé de téléphoner à Francis plusieurs autres fois.

— Alors vous n'arrêtiez pas de vous lever et de vous rasseoir, un peu comme un yoyo, hein ?

— Mais j'avais de bonnes raisons pour ça ! J'étais échoué là, je voulais désespérément joindre mon copain !

— Oui, bien sûr. Reportez-vous en esprit un peu plus tôt dans l'après-midi. À environ deux heures vingt, vous avez demandé à une femme quand les écoles fermaient ?

— Oui, je… je n'arrivais pas à me rappeler. Francis est enseignant, alors, naturellement, je voulais savoir si j'étais en avance ou en retard. Il commençait à pleuvoir.

— Mais vous lui avez rendu visite à plusieurs reprises. Vous nous l'avez dit. Il venait vous prendre au même endroit chaque fois.

— Je sais. Je ne pouvais tout simplement pas me rappeler si c'était trois heures ou quatre heures. Je sais que ça a l'air idiot, mais c'est vrai. Ça ne vous arrive jamais d'oublier des petits trucs comme ça ?

— Alors vous avez demandé à la femme sur le pont ? C'était vous ?

— Oui. Écoutez, je n'aurais vraiment pas fait ça, non, si… je veux dire, comme pour la carte de crédit. Je n'aurais vraiment pas clamé mes intentions si j'allais… vous savez… »

Bentley haussa un sourcil très fourni : « Si vous alliez quoi, Terry ? »

Reed se passa les mains dans les cheveux et posa les coudes sur le bureau. « Ça n'a pas d'importance. Tout ceci est absurde. Je n'ai rien fait. Je suis innocent.

— Vous ne trouvez pas les écolières séduisantes ? » reprit Bentley d'une voix douce. Après tout, ce serait juste normal, hein ? Ce sont parfois de vraies beautés, à quinze ou seize ans, n'est-ce pas ? Des petites tentatrices, voilà ce qu'elles sont, certaines d'entre elles. Des agace-pissette. Pensez-y seulement – avec leurs minijupes, leurs jambes nues, leurs petits seins fermes. Ça ne vous excite pas, Terry ? Ça ne vous fait pas bander juste d'y penser ?

— Non, dit Reed, les dents serrées. Je ne suis pas un pervers. »

Bentley se mit à rire : « Personne ne suggère que vous en êtes un. Moi, ça m'excite, je l'admets, ça ne me dérange pas. Parfaitement normal, je dirais, de trouver sexy une petite écolière de quinze ans. Mon inspecteur méthodiste ne serait pas d'accord, mais vous et moi, Terry, nous savons ce qu'il en est, n'est-ce pas ? Toute cette délicieuse innocence dans ce jeune corps doux et désirable… Ça ne vous fait pas bouillir les sangs ? Et ce serait facile, non, de se laisser emporter un peu si elle résistait, de lui mettre les mains autour de la gorge… ?

— Non », répéta Reed, conscient de ses joues enflammées.

« Et ces femmes dans les magazines, Terry ? Celui que nous avons trouvé chez vous ?

— C'est différent.

— Ne me dites pas que vous les achetez juste pour les articles.

— Je n'ai pas dit ça. Je suis normal. J'aime regarder des femmes nues, comme n'importe quel autre homme.

— Il y en a qui me semblaient plutôt jeunes.

— Pour l'amour du ciel, ce sont des modèles, on les paie pour poser comme ça! Je vous l'ai déjà dit, ce magazine est en vente libre. Ça n'a rien d'illégal. » Reed regarda par-dessus son épaule l'inspecteur Rodmoor qui gardait impassiblement la tête baissée sur son carnet de notes.

«Et vous aimez aussi les vidéos, hein? Nous avons eu une petite conversation avec M. Hakim, au magasin de votre coin. Il nous a parlé d'un vidéo en particulier que vous avez loué récemment. De la porno douce, vous diriez, je suppose. Rien d'illégal, c'est vrai, mais un peu limite. Je me poserais des questions sur un type qui regarde ce genre de truc.

— C'est un pays libre. Je suis un célibataire normal. J'ai le droit de regarder les vidéos que je veux.

— *L'École est finie*, dit tranquillement Bentley. Un peu extrême, vous ne trouvez pas?

— Mais ce ne sont pas de vraies écolières. La vedette avait trente ans, au moins. Et puis, je ne l'ai loué que par curiosité. Je pensais que ce serait peut-être drôle.

— Et ça l'était?

— Je ne me rappelle pas.

— Mais vous voyez ce que je veux dire, n'est-ce pas? Ça la fout mal: le sujet du film, les images… Tout ça fait un peu bizarre. Pas net.

— Eh bien, non, je ne trouve pas. Je suis parfaitement innocent, et c'est la vérité. »

Bentley se leva brusquement et Rodmoor se glissa hors de la salle. « Vous pouvez partir, dit le commissaire. C'était bien de pouvoir parler comme ça.

— C'est tout?

— Pour le moment, oui.

— Mais ne quittez pas la ville? »

Bentley se mit à rire : « Vous devriez vraiment arrêter de regarder ces séries policières américaines. Même si c'est étonnant que vous trouviez le temps d'en regarder avec tous ces vilains vidéos que vous louez. Ça vous déforme le sens de la réalité – les séries de flics et les films de cul. La vie n'est pas comme ça du tout.

— Merci. Je m'en souviendrai, dit Reed. Si je comprends bien, je suis libre de m'en aller ?

— Bien sûr », dit Bentley en désignant la porte du bras.

Reed s'en alla. Il tremblait quand il se retrouva dans la rue glaciale et humide. Dieu merci, les pubs étaient encore ouverts. Il entra dans le premier qui se présenta et commanda un double scotch. D'habitude, il ne buvait pas tellement d'alcool, mais là, se rappelat-il tandis que le whisky brûlant lui réchauffait les entrailles, c'étaient des circonstances inhabituelles. Il savait qu'il aurait dû retourner au bureau, mais il ne pouvait s'y résoudre : les questions de Bill, l'évidente désapprobation de Frank… Non. Il commanda un deuxième double et, après l'avoir terminé, il retourna chez lui pour le reste de l'après-midi. La première chose qu'il fit en rentrant fut de déchirer son exemplaire de *Mayfair* et de le brûler page par page dans la cheminée. Ensuite, il déchira sa carte du club vidéo et la brûla aussi. Maudit Hakim !

◆

« Terence J. Reed, il est de mon devoir de vous arrêter pour le meurtre de Deborah Susan Harrison… »

Reed n'arrivait pas à y croire. Ça ne pouvait pas lui arriver à lui. Le monde se mit à trembler et à s'éteindre devant ses yeux, et lorsqu'il reprit conscience, ce fut pour trouver Rodmoor penché sur lui avec un verre d'eau, un sourire bienveillant sur son visage de vendeur de bibles.

Les quelques jours suivants furent un cauchemar. Reed fut formellement inculpé et emprisonné jusqu'à la détermination de la date de son procès. Compte tenu de la gravité de son crime supposé, il n'était pas question de liberté sous caution. Il n'avait pas d'argent, de toute façon, et pas de famille proche pour l'aider. Il ne s'était jamais senti aussi seul de sa vie que pendant ces longues nuits sans lumière dans sa cellule. Il ne lui arriva rien de terrible. Rien de ce qu'il avait vu ou entendu raconter dans des films ou des documentaires. Il ne fut point sodomisé; il ne fut pas contraint de sucer un autre prisonnier sous la menace d'un couteau; il ne fut même pas battu. Essentiellement, on le laissa tout seul dans le noir avec ses terreurs. Il pouvait sentir toutes les certitudes de son existence lui glisser entre les doigts, au point presque de ne même plus être sûr de la vérité: coupable ou innocent? Plus il clamait son innocence, moins on semblait le croire. Avait-il commis ce crime? Peut-être que oui, après tout.

Il se sentait comme une poupée gonflable, rempli seulement d'air, placé dans des positions impossibles et manipulé par des forces sur lesquelles il ne pouvait rien. Il n'avait plus aucun contrôle sur sa propre vie. Non seulement n'avait-il aucune liberté de mouvement, mais il ne pouvait même plus penser par lui-même. Les avocats et les policiers le faisaient pour lui. Et dans sa cellule, dans le noir, l'espace semblait se refermer sur lui; il y avait des nuits où il devait lutter pour respirer.

Quand arriva enfin la date du procès, il en ressentit un véritable soulagement. Enfin il pouvait respirer dans de vastes salles bien aérées, et tout serait bientôt terminé, d'une façon ou d'une autre.

Dans la salle bondée, il resta aussi immobile qu'un bloc de pierre, assis au banc des accusés, en mâchouillant continuellement les bords de sa barbe nouvellement poussée. Il entendit les preuves réunies contre lui – toutes circonstancielles, toutes accablantes.

Si le médecin légiste avait trouvé des traces de sperme dans la victime, expliqua un expert, on aurait pu essayer d'établir une concordance génétique avec l'ADN de l'accusé, ce qui aurait établi la culpabilité ou l'innocence de Reed une bonne fois pour toutes. Mais dans ce cas, ce n'était pas si simple : aucun fluide séminal n'avait été trouvé sur l'adolescente. Les experts légistes spéculaient que, d'après l'état du corps, l'assassin avait essayé de la violer, s'était trouvé impuissant et l'avait étranglée dans sa rage subséquente.

Une femme appelée Maggie, avec qui Reed avait eu une brève aventure environ une année plus tôt, fut appelée à témoigner. L'accusé avait été impuissant avec elle, établit-on, à plusieurs occasions, vers la fin de leur relation ; il en avait manifesté de la colère plus d'une fois, ayant recours à des moyens de plus en plus violents pour obtenir une satisfaction sexuelle. Une fois, il était allé jusqu'à serrer la gorge de la femme.

Eh bien, oui, c'était vrai. Il avait été inquiet. Pendant le temps qu'il avait passé avec Maggie, il subissait un stress intense au bureau, il buvait trop, aussi, et il n'avait pas été capable de bander. Et alors ? Ça arrive à tout le monde. Et elle avait voulu du sexe brutal. Les mains autour de la gorge, ça avait été son idée, un truc qu'elle avait trouvé dans un livre de cul, et il avait accepté parce qu'elle lui avait dit que ça pourrait régler son problème d'impuissance. Et maintenant, à la façon dont elle en parlait, tout ce sordide épisode semblait encore pire qu'il ne l'avait été. Elle admit aussi qu'elle avait eu juste dix-huit ans à l'époque – selon ses souvenirs à lui, elle lui avait dit qu'elle en avait vingt-trois.

Et puis, il n'avait été impuissant et violent qu'avec Maggie. On aurait pu faire témoigner une kyrielle d'autres femmes pour témoigner de sa douceur et de sa virilité, sauf que, si on l'avait fait, on aurait interprété cela comme de la promiscuité et ça aurait joué contre lui. Que devait-il donc faire pour paraître aussi normal qu'il en avait besoin, qu'il avait autrefois pensé l'être ?

Les témoins de l'accusation se levèrent tous pour témoigner contre lui, comme les esprits du monde des morts dans Virgile. Ils étaient bien vivants, mais ils lui semblaient être des fantômes : dépourvus de substance, irréels. La femme du pont l'identifia comme l'individu à l'air louche qui lui avait demandé à quelle heure finissaient les écoles ; le serveur hindou et le tenancier du pub racontèrent comme Reed avait paru agité ce soir-là ; d'autres l'avaient remarqué dans la rue, apparemment en train de suivre l'adolescente assassinée et son amie. M. Hakim était là pour dire à la cour quel genre de vidéos Reed avait loués récemment – dont *L'École est finie* – et même Bill raconta comment son collègue avait coutume de faire des remarques sur les écolières qui passaient : « Vous savez, il était tout excité quand il voyait un petit bout de panties noirs, quand le vent leur remontait les jupes. Ça avait l'air tout à fait inoffensif. Je n'y ai pas pensé deux fois. » Puis il haussa les épaules et lança un regard de pitié à Reed. Et comme si ce n'avait pas été suffisant, il y avait Maggie, cette Didon de pacotille, qui refusait de le regarder tout en racontant à la cour la façon dont il avait abusé d'elle pour l'abandonner ensuite.

Vers la fin de l'argument de l'accusation, même l'avocat de Reed commençait à avoir l'air déprimé. Il fit de son mieux pendant les contre-interrogatoires, mais le plus fou de l'affaire, c'était qu'ils disaient tous la vérité, ou leur version de la vérité. Oui, admit M. Hakim, d'autres clients avaient loué les mêmes vidéos. Oui, il en avait peut-être même regardé lui-même quelques-uns. Mais le fait était néanmoins que c'était Terence J. Reed qui se trouvait au banc des accusés, et Reed avait récemment loué un vidéo intitulé *L'École est finie*, le genre de choses, mesdames et messieurs les jurés, que vous ne voudriez pas surprendre votre mari ou vos fils en train de visionner.

Reed pouvait comprendre que les membres de la communauté à laquelle appartenait la victime viennent témoigner contre lui, et il pouvait même comprendre l'orgueil blessé de Maggie. Mais pourquoi Hakim et Bill ? Que leur avait-il fait ? N'avaient-ils donc jamais eu vraiment de sympathie pour lui ? Ça n'en finissait pas, ces témoignages, un cauchemar de vérité distordue. Reed avait l'impression d'avoir été placé en face d'un miroir déformant, et tous les jurés pouvaient voir son reflet difforme. Je suis innocent, ne cessait-il de se dire en agrippant le rebord du banc des accusés, mais ses jointures blanchissaient de plus en plus, et sa voix devenait de plus en plus faible.

Bill n'avait-il donc pas fait chorus à ses remarques au sujet des écolières ? N'avait-ce pas toujours été une simple plaisanterie ? Mais ce n'était pas Bill l'accusé. C'était Terence J. Reed, qui était accusé d'avoir assassiné une innocente écolière de quinze ans. Il s'était trouvé au bon endroit au bon moment, et il avait lancé des remarques sur les seins naissants et les cuisses laiteuses des filles qui avaient traversé la rue devant leur bureau, tous les jours.

Puis, le matin précédant la démonstration de la défense – Reed lui-même devait témoigner, et n'était plus du tout certain de la vérité, désormais – il arriva une chose étrange.

Bentley et Rodmoor entrèrent sans bruit dans la salle du procès, allèrent trouver le juge sur la pointe des pieds et commencèrent à chuchoter. Puis le juge sembla leur poser des questions. Ils hochèrent la tête. Rodmoor regarda dans la direction de Reed. Après quelques minutes ainsi, les deux hommes allèrent s'asseoir et le juge déclara annulées toutes les charges contre l'accusé. Un pandémonium éclata dans la salle; les journalistes se précipitèrent vers les téléphones, et la galerie des spectateurs bourdonnait de spéculations. Au milieu de tout cela, Terry Reed se leva, comprit ce qui s'était passé, sinon comment c'était arrivé, et s'évanouit derechef.

◆

Épuisement nerveux, dit le docteur, et ce n'était pas surprenant après l'épreuve qu'avait traversée Reed. Un repos complet constituerait la seule cure efficace.

Quand Reed se sentit assez bien, quelques jours après que le procès se fut terminé dans le tumulte, son avocat vint le voir pour lui expliquer ce qui s'était passé. Apparemment, une autre écolière avait été attaquée dans la même zone, mais celle-là s'était avérée une adversaire plus qu'à la hauteur pour l'assaillant. Elle s'était battue pour sa vie, ongles et dents, et avait trouvé moyen de ramasser une moitié de brique pour en asséner un coup sur le crâne de l'homme. Il n'avait pas été sérieusement blessé, mais il était resté inconscient assez longtemps pour que la fille aille chercher du secours. Après avoir été arrêté, il avait avoué le meurtre de Debbie Harrison. Il avait connu des détails que n'avaient pas révélés les journaux. Après un interrogatoire qui avait duré toute la nuit, les policiers n'avaient eu aucun doute : il disait la vérité. Ce qui voulait dire que Reed ne pouvait tout simplement pas être coupable. Et donc, la décision de relaxe et la fin du procès. Reed était de nouveau un homme libre.

Il resta chez lui pendant trois semaines, s'aventurant à peine dehors pour aller chercher des vivres, et même là, pas plus loin que chez Hakim. Ses voisins l'observaient au passage avec des expressions pincées et désapprobatrices, comme s'il était une espèce de monstre. Il s'attendait presque à les voir faire circuler une pétition pour qu'il soit jeté hors de chez lui.

Pendant tout ce temps, il ne reçut pas un mot d'excuse du croque-mort ni du vendeur de bibles. Francis avait toujours "des trucs à faire, des machins à organiser" ; et le répondeur automatique de Camille semblait fonctionner en permanence.

La nuit, Reed souffrait de cauchemars de claustrophobie dans lesquels il se retrouvait en prison. Il n'arrivait pas à bien dormir et les somnifères légers que le médecin lui avait prescrits ne lui étaient pas d'un grand secours. Il avait les yeux de plus en plus largement cernés de noir. Parfois, il errait dans la ville, comme dans un rêve, sans savoir où il allait, ou bien, quand il était quelque part, sans savoir comment il y était arrivé.

La seule chose qui le soutenait, la seule chose pure, innocente, intacte dans toute son existence, c'était quand Debbie Harrison venait lui rendre visite en rêve. Elle était vivante alors, exactement comme lorsqu'il l'avait vue pour la première et la seule fois, et il ne ressentait aucun désir de lui dérober cette innocence, mais seulement de la partager. Elle sentait les pommes d'automne, et tout ce qu'ils voyaient et faisaient ensemble devenait une source de pur émerveillement. Quand elle souriait, le cœur de Reed se brisait presque de joie.

À la fin de la troisième semaine, Reed se tailla la barbe, sortit son costume et alla au travail. Au bureau, on l'accueillit avec un silence embarrassé de la part de Bill et un chèque de mise en chômage technique de Frank, qui le lui tendit sous le nez sans un mot d'explication. Reed haussa les épaules, empocha le chèque et s'en alla.

Chaque fois qu'il se rendait en ville, des étrangers le regardaient fixement dans la rue et chuchotaient dans les pubs. Les mères agrippaient plus fermement les mains de leurs filles quand il les croisait dans les centres commerciaux. Il semblait être devenu une célébrité dans sa ville natale. Au début, il ne put imaginer pourquoi, puis un jour il trouva le courage d'aller à la bibliothèque et de lire les journaux publiés pendant son procès.

Ce qu'il y trouva, ce fut un total assassinat moral, rien de moins. Quand les gros titres sur la capture du véritable assassin étaient sortis, cela n'aurait pas pu faire de différence : la réputation de Reed était déjà endommagée au-delà de toute réparation, et pour toujours. Il pouvait bien avoir été trouvé innocent de l'assassinat de l'adolescente, mais il avait été jugé coupable, coupable d'être un consommateur malsain de pornographie, d'être obsédé par les très jeunes filles, incapable d'avoir une érection sans que sa partenaire se débatte. Rien de cela n'était vrai, évidemment, mais c'était sans importance. On l'avait rendu vrai. *Qu'il en soit ainsi qu'il est écrit.* Et pour couronner le tout, les journaux avaient publié sa photo presque tous les jours, avec et sans barbe. Il devait y avoir bien peu de gens en Angleterre qui ne le reconnaîtraient pas dans la rue.

Reed sortit en titubant dans l'après-midi embrumé. Il faisait plus chaud, on allait vers le printemps, mais l'air était humide et gris de pluie, une averse qui tombait, si légère que c'en était presque de la brume. Les bars étaient tous ouverts, aussi entra-t-il dans le plus proche pour commander un double scotch. Les autres clients le regardèrent d'un air soupçonneux tandis qu'il se tenait dans son coin, tassé sur lui-même, les yeux rouges et gonflés par le manque de sommeil, et le regard entièrement tourné vers l'intérieur.

Debout sur le pont dans la brume de pluie, une heure plus tard, Reed ne pouvait se rappeler quand il avait pris la décision de se jeter de là-haut, mais il savait que c'était ce qu'il devait faire. Il ne pouvait même pas se rappeler comment il avait fini sur ce pont-là, ou le chemin qu'il avait pris depuis le bar. En buvant son troisième double scotch, il avait pensé qu'il pourrait peut-être partir et refaire sa vie, à l'étranger par exemple. Mais ce n'était pas une solution qui sonnait juste. La vie, c'est ce avec quoi on doit vivre, ce qu'on est, et maintenant sa vie était ce qu'elle était devenue, ou ce en quoi on l'avait transformée. Ce que le fait de se trouver au mauvais endroit au mauvais moment en avait fait pour lui, et c'était avec ça qu'il devait vivre. Le problème, c'était qu'il ne pouvait pas vivre avec ça. Et donc, il devait mourir.

Il ne pouvait pas réellement voir la rivière en dessous – tout était gris – mais il savait qu'elle était là. La rivière Éden, on l'appelait. Reed laissa échapper un rire rauque à sa propre adresse. Ce n'était pas sa faute si la rivière qui traverse Carlisle s'appelle l'Éden ; juste une de ces petites ironies de la vie.

Quatre heures moins vingt-cinq, un humide mercredi après-midi. Pas une âme aux alentours. C'était un aussi bon moment que n'importe quel autre.

Juste au moment où il allait grimper sur le parapet, une silhouette émergea de la bruine. C'était la première écolière qui revenait chez elle après l'école. Sa jupe plissée grise valsait autour de ses longues jambes minces, et ses chaussettes étaient boudinées autour de ses chevilles. Sous son blazer vert, la pluie légère avait mouillé le haut de son chemisier blanc, de sorte qu'il lui collait à la poitrine. Reed la contempla avec un sentiment de terreur sacrée. La pluie avait assombri ses longs cheveux blonds, les faisant frisotter ; ils lui collaient en mèches sur les joues.

Il avait les larmes aux yeux. Il s'éloigna du parapet.

En s'approchant de lui, elle eut un sourire timide.

L'innocence.

Reed, dans la bruine, tendit les mains vers elle en pleurant comme un bébé.

« Bonjour », dit-il.

Parution originale : Innocence,
Cold Blood III.

UN TIENS VAUT MIEUX
QUE DEUX TU L'AURAS

Eric WRIGHT

Depuis le jour où La Bouteille est devenu mon pote de cellule et m'a mis au parfum, pour Clyde Parker, ça nous a pris près d'un an pour monter notre embrouille. En fin de compte, le délai était plutôt bien, parce que, quand on a fini par l'attraper, le Parker, c'était la veille de Noël : au poil, comme minutage.

Clyde Parker, c'était le proprio d'un bar dans King Street Est. L'*Old Bush* était une taverne – pas une taverne "pour hommes seulement", mais pas non plus le genre d'endroit où les dames se seraient senties à l'aise et, comme il disait, celles qui entraient repartaient, et elles ne restaient pas des dames très longtemps. Le bar était monté en grade, passant d'un des pires trous du quartier est de la ville au statut d'endroit pittoresque, un des survivants non rénovés des temps où on était aussi terrifié par la boisson qu'aujourd'hui par le gras polyinsaturé. L'*Old Bush* était tellement une relique qu'un chroniqueur de vin l'avait découvert quelques années plus tôt et avait pondu un article qui y avait amené quelques types à la recherche d'une expérience authentique – mais ils ne sont pas revenus après. Les réguliers les mataient avec trop insistance. S'il y en avait seulement un ou deux, de ces touristes, on les laissait tranquilles, mais s'il en venait cinq ou six à la fois, quelqu'un donnait un signal, le bar devenait silencieux, et les réguliers se mettaient à les regarder fixement. Les touristes n'aimaient pas. Il y avait plein d'anciens prisonniers qui venaient là, et on pouvait généralement compter sur plusieurs tournées gratuites les nuits de semaine.

C'est La Bouteille qui nous a mis la puce à l'oreille : peut-être bien que le proprio, Clyde Parker, chuchotait à l'oreille des flics. Je dis "peut-être bien", parce que pendant longtemps on n'a pas été sûrs, et c'est pour ça qu'on n'est pas tombés sur Parker à bras raccourcis dès que La Bouteille nous a rancardés. On devait lui laisser le bénéfice du doute.

La Bouteille venait juste de finir un joli petit boulot dans Rosedale. À l'époque, il graissait la patte à un laveur de vitres pour savoir quels appartements il trouvait vides, et un jour, le type lui avait dit que les habitants d'une maison dans Crescent Road étaient partis en vacances, et que c'était assez facile d'y entrer. La Bouteille s'était donc pointé bien sagement à trois heures du matin, avec quelques exemplaires du *Globe & Mail* au cas où quelqu'un se trouverait dans le coin, était entré par la porte d'en arrière et avait fait main basse sur un sac de petits bidules – de l'argenterie, des bijoux, des trucs comme ça, et aussi, un vrai coup de chance, une barre de quelque cinq cents grammes d'or qu'il avait trouvée dans un tiroir de bureau. La Bouteille affirmait que c'était le petit boulot le plus propre qu'il avait jamais fait. Il travaillait avec Toothy Maclean comme guetteur. Un type de confiance, absolument, Toothy. Alors, quand les flics se sont amenés pour La Bouteille, trois jours après, il y a bien réfléchi, et le seul qui pouvait l'avoir vendu, c'était Clyde Parker.

Vous voyez, la soirée après ce petit boulot, La Bouteille était allé au *Bush* boire quelques bières pression, et pour les payer, il avait fourgué au vieux Perry quelques babioles, des boutons de manchettes, ce genre-là. Le vieux Perry lui en avait donné un dixième de ce que ça valait, mais La Bouteille avait soif, et il lui en restait encore plein, de ces trucs. Le vieux Perry gagnait sa vie en ayant du fric en poche quand vous aviez soif, et tout le monde faisait affaire avec lui. On l'aurait su depuis longtemps si ça avait été un mouchard. L'autre possibilité, Toothy Maclean, c'était impensable. Alors, La Bouteille s'est rappelé que Clyde Parker avait été dans les environs quand il avait filé les bidules au vieux Perry, et il a commencé à se poser des questions. Il me l'a dit, et on en a tous les deux interrogé d'autres, et on en a trouvé trois qui s'étaient fait moucharder pas longtemps après s'être frottés à Parker. C'était bien ça, alors. On n'avait pas de preuve, mais on était pas mal sûrs.

La Bouteille voulait contracter à l'extérieur pour que quelqu'un bute Parker, mais je l'ai convaincu de ne pas le faire. Rien de trop gros, je lui ai dit, parce que peut-être qu'on se goure, et puis, de toute façon, on devrait s'en occuper nous-mêmes, pour être là quand ça arriverait. Je commençais à avoir une idée, même si j'ai dit que je ne savais pas trop quand La Bouteille m'a demandé de quoi. On avait plein de temps pour y penser. J'ai calmé La Bouteille, mais il a dit que, si je n'avais pas une bonne idée, il foutrait le feu au *Bush* dès qu'il serait dehors.

Je voulais un truc un peu plus subtil. Je voulais faire mal à Parker, dans son orgueil et dans son portefeuille en même temps. Je voulais que ça lui coûte du fric et qu'en même temps il ait l'air con ; et, si possible, je voulais qu'il sache d'où ça venait sans rien pouvoir y faire. Ça ne serait pas facile de passer à travers tous les gros bras qu'il employait comme serveurs et comme gardes du corps.

On avait fait à peu près les trois quarts de notre temps – La Bouteille et moi, on avait encore deux mois à tirer – quand j'ai eu mon idée. Enfin, j'ai eu le bout qui me manquait dans le plan que je tripotais depuis plusieurs mois. C'est comme ça, avec moi, les idées.

La première partie de l'idée est venue d'un pote de cellule que j'avais eu au début de mon temps. Il avait pris quatre-vingt-dix jours pour avoir feint d'être un membre de l'Armée du Salut. Vous savez, faire du porte-à-porte, solliciter des contributions et donner une petite bénédiction avec le reçu. Ce qu'il avait fait, il avait piqué une casquette de l'Armée du Salut dans un abri, une nuit, quand personne ne regardait, et une autre nuit il avait piqué un carnet de reçus sur un bureau ; avec un imper noir, une chemise et une cravate, il avait absolument la gueule de l'emploi. Il s'était fait cinq cents la nuit, facile, il avait dit, dans un district comme Deer Park. Un tas de gens lui avaient donné des chèques – évidemment, il les avait jetés, mais il n'avait pas prévu qu'on appellerait le bureau central quand les chèques n'avaient pas été encaissés. (Il y a tout un tas de gens qui méritent d'être dedans !) Deux mois plus tard, les flics l'attendaient. Il aurait dû faire son coup pendant une semaine, et puis ne pas se pointer dans la rue pendant six mois, comme collecteur pour l'Armée du Salut, je veux dire. Il y a plein d'autres trucs qu'il aurait pu faire. Mais il a eu les yeux trop grands, l'andouille, et ils l'ont pincé alors qu'il collectait à *La Grappe de Raisins*, dans Kingston Road. C'est là que j'ai eu un bout d'idée.

L'autre bout d'idée, je l'ai eu pendant un concert à la prison. C'était obligatoire d'y assister, et il y avait au programme ce brave citoyen qui chantait de vieilles chansons folkloriques dans le style "Fils du labeur et du chagrin" ou "Je suis un joyeux célibataire". En prison, je vous demande un peu. Les plus jeunes détenus pensaient qu'il avait écrit les chansons lui-même. Il ne savait pas chanter. Il était terrible, il chantait bien trop fort, on en était gêné pour lui à le voir mugir et beugler, avec les veines qui lui ressortaient partout quand il essayait de décrocher la bonne note. Les autres l'ont appelé Danny Boy, parce qu'il disait que cette chanson-là était sa chanson thème. Je me suis dit, mon pote, tu devrais rester dans les hymnes, parce qu'il me rappelait exactement un chanteur de chansons de Noël qui sévissait dans un orchestre de l'Armée du Salut quand j'étais môme.

Et c'est là que j'ai compris que je tenais mon idée.

Tout ce qu'il me fallait, c'était un trompettiste et un accordéoniste, et on était bons.

La Bouteille et moi, on a été relâchés en octobre et on s'est installés ensemble. Ma femme m'avait rendu visite une fois pour me dire de ne pas revenir à la maison, jamais, et La Bouteille n'avait pas de place où rester, alors on a trouvé ce petit appartement dans Queen Street, pas loin du Bureau des cautions & libertés conditionnelles où on devait se pointer une fois de temps en temps.

On vivait tous les deux de l'assistance sociale, évidemment. Et puis on a trouvé du travail, le genre qui ne présente pas de tentations et que personne d'autre ne voulait. La Bouteille a été engagé dans un lave-auto, et j'ai trouvé une situation dans un dépôt de bois et charbon, à remplir des sacs de vingt-cinq kilos. On n'avait pas besoin de ces jobs, ni l'un ni l'autre. La Bouteille était tombé en clamant son innocence, il avait toujours son butin bien caché quelque part, mais il ne pouvait pas y toucher avant quelques mois, parce qu'on le surveillait. Et moi, j'ai toujours été du genre à mettre de côté.

Je vous ai dit pourquoi j'ai été mis au trou? Je vends de la marchandise volée dans la rue. Vous m'avez vu, ou un autre type dans mon genre, si vous êtes jamais allé magasiner dans Danfirth. Je suis le gars qui saute d'une voiture et ouvre une valise pleine de sweat-shirts Ralph Lauren que je suis préparé à lâcher pour le tiers de leur prix, vite, avant l'arrivée des flics. Vous les achetez parce que vous pensez qu'ils ont été volés, ce qui est l'impression que je veux donner, mais en fait je les achète à un intermédiaire pakistanais dans Spadina pour cinq dollars la pièce. J'en donnerais dix si ce n'étaient pas des trucs de seconde main et si le joueur de polo avait l'air plus authentique. J'ai tout vendu – du faux Chanel 5, des faux Gucci, des faux Roots, tout. N'importe quoi pour séduire le petit escroc qui sommeille en vous. Des fois, une caisse de machins un peu trop chauds me tombe entre les pattes, mais je préfère fourguer de la camelote légale, si je peux en avoir.

Et j'étais là à fourguer une valise de chemises qui avaient survécu à un incendie d'entrepôt, très bien, les chemises, même si elles sentaient un peu la fumée, et les flics m'ont pincé comme complice d'un faucheur.

Je faisais l'article à la foule des amateurs de dim-sum au coin de Spadina et de Dundas, un dimanche matin, et j'allais juste me rendre à ma voiture pour aller chercher un autre lot, quand quelqu'un a crié que son portefeuille avait disparu, et quelqu'un d'autre, et encore un autre. En moins de temps qu'il ne faut pour le dire, deux experts en arts martiaux m'ont alpagué et on a appelé les flics et j'ai pris douze mois. Je n'ai même jamais vu le faucheur !

Mais revenons à mon histoire. D'abord, j'ai trouvé deux musiciens. Pas facile, mais je suis tombé sur un type dans la file au Bureau des cautions & libertés conditionnelles, un gars que j'avais connu dedans, il jouait dans l'orchestre de la prison. De la trompette, du cornet en fait, quand il ne faisait pas du temps pour avoir volé des radios de voiture. Il m'a trouvé un joueur de trombone. Et là, j'ai vraiment eu du pot, parce que juste après je suis tombé sur le chanteur d'hymnes pourri, le vrai, l'original, l'authentique, celui du concert à la prison.

Au début, il ne voulait pas en entendre parler, mais je lui ai vraiment fait l'article, il a vu le bon côté de notre plan et il a promis d'y penser. La fois suivante qu'on s'est rencontrés, il a accepté. J'aurais dû savoir.

On a décidé qu'on pouvait agir sans joueur d'accordéon.

Là, il nous fallait des uniformes. En fait, seulement les casquettes. Le joueur de trompette avait été un vrai chauffeur, il avait encore sa vieille veste noire, et il pensait pouvoir mettre la main sur d'autres livrées. Le proprio de la flotte de limousines en conservait un tas dans son entrepôt au garage, et Digger Ray nous a certifié qu'y avoir accès ne serait pas un problème. Digger Ray, c'était le joueur de trombone. Il était australien, et sa spécialité, c'était de jouer le faux pigeon dans des parties de cartes truquées, mais il avait aussi fait un peu de vols par effraction. Toothy Maclean a piqué les casquettes pour nous tandis que La Bouteille créait une diversion pendant les prières, à l'abri de l'Armée du Salut. Il s'est mis à pleurer et à se repentir en plein milieu et Toothy a pris toutes les casquettes dans le bureau pendant qu'on était tous là à le réconforter.

Ensuite, La Bouteille devait trouver trois ou quatre citoyens coopératifs que Clyde Parker ne connaîtrait pas, des types qui ne fréquentaient pas l'*Old Bush*. Ça n'a pas été facile, mais La Bouteille en a trouvé trois qui ne buvaient presque jamais – pas très commun dans ses connaissances, je peux vous le dire – et une fois mis au parfum, ils voulaient vraiment en être. On était bons. À présent, il fallait que j'aille au turbin. Mon boulot était le plus difficile.

J'étais tout désigné pour approcher Clyde Parker, parce que je n'étais allé au *Bush* qu'une fois, il y avait des années. Je déteste ce trou, je l'ai toujours détesté. C'est le genre de taverne où il y a une guerre civile qui éclate à chaque table, et les serveurs sont surtout engagés pour arrêter les bagarres ; et si on reste jusqu'à minuit, il y aura toujours quelqu'un pour vous dégueuler sur les croquenots. Moi, j'aime les tavernes bien élevées.

Et donc, Parker ne me connaissait pas. Quand je l'ai approché, d'abord, il a été méfiant. J'y suis allé deux ou trois fois jusqu'à être bien sûr de savoir qui c'était, et ensuite, je suis allé lui faire une causette. Est-ce qu'il avait entendu parler du faux groupe de l'Armée du Salut qui collectait dans les tavernes ? Non, mais s'ils venaient à l'*Old Bush*, il serait prêt à les recevoir, il a dit. En hochant la tête vers deux de ses gros bras qui s'appuyaient contre un mur en attendant une commande. Je ne sais pas où il les trouvait, mais à les voir, il devait les enchaîner quand la taverne était fermée. Non, non, j'ai dit, il y a une meilleure façon de faire, et je lui ai expliqué.

Des gens comme Parker, ils sont nés méfiants, mais ils sont aussi nés avec l'amour du fric – et très crâneurs. Ils s'imaginent qu'ils sont malins. Le plan était donc conçu pour que Parker se sente malin, ce qui marchait très bien, et pour qu'il se fasse de l'argent. Et quand il a compris l'entourloupe, il a embarqué.

C'était une belle nuit, la veille de Noël. Vers dix heures du soir, le ciel était noir et bien clair, avec des milliers d'étoiles qui clignotaient. Ça devait être comme ça la nuit où il y en a une qui s'est mise à se déplacer. Je l'aurais suivie.

Danny Boy avait la voiture, et on devait se rencontrer chez moi. Après, je conduisais. On est arrivés dans la rue derrière le *Bush* à dix heures et quart. L'heure zéro, c'était dix heures trente. On avait pensé faire quatre chansons, environ quinze minutes, et puis on collecterait pendant quinze autres minutes, et on serait partis pour onze heures.

Ils ont attendu dans la voiture pendant que je me glissais dans la taverne pour m'assurer que Hooligan était en place. Je n'ai pas mentionné Hooligan ? Son vrai nom, c'était Halligan, et l'avoir rebaptisé Hooligan, ça vous donne une bonne idée du niveau de l'humour à la prison. C'était notre as dans la manche, celui dont Parker ne savait rien. Ensuite, Toothy s'est rappelé qu'un de ses potes avait un chien que ses mômes entraînaient à attraper des frisbees. Le chien était devenu drôlement habile à les attraper en l'air mais le problème, c'est que, quand il n'avait pas de frisbees à attraper, il passait son temps à chasser les mômes pour leur piquer leurs casquettes. Il était inoffensif, mais des parents s'étaient plaints, et ils avaient dû le tenir enfermé. Les mômes pouvaient lui faire piquer la casquette de n'importe qui en la lui montrant du doigt et en lui murmurant d'aller la chercher. Comme j'ai dit, Herman n'a jamais fait de mal à personne. Il pouvait vous prendre votre chapeau par-derrière bien proprement sans vous toucher, en un seul bond. Alors, on s'est fait prêter Herman pour une nuit et on a attendu près de l'abri de l'Armée du Salut. Ça n'a pas été long, on a vu un officier sortir et partir dans la rue Sherbourne. Quelques minutes plus tard, Herman lui a piqué sa casquette. Même qu'elle allait drôlement bien à Hooligan.

J'ai vérifié que Hooligan était en place, et on y est allés. Parker avait arrangé un petit espace libre près de la porte, même s'il a feint d'être surpris quand on est entrés. Je suis allé le voir, bien poliment et tout, pour lui demander la permission de chanter quelques chants de Noël et de passer le chapeau après. Il a un peu joué la comédie, en secouant la tête, puis il a fait mine de changer d'avis. « Bon, il a dit, quatre chansons. » J'ai pris un air reconnaissant, j'ai agité le bras comme font les chefs d'orchestre, et c'était parti.

Une trompette et un trombone, ce n'est pas grand-chose, vous pensez peut-être, mais ces types donnaient l'impression que ces instruments avaient été fabriqués exprès pour ce boulot-là. Très simple, seulement les notes, pas d'impro. Ils étaient bons, les musiciens. Et bien sûr, il y avait aussi Danny Boy. Aussi bon qu'une deuxième trompette. Il n'a pas attendu son signal, il a commencé tout de suite, la tête en arrière, les veines toutes gonflées. On pouvait l'entendre jusque dans le fond, et dans les recoins. Ils ont commencé avec "O Come, All Ye Faithful" et Danny Boy en a chanté un couplet en latin, et ensuite "Good King Wenceslas", et "We Three Kings". Finalement, une de celles que Danny Boy chantait les yeux fermés, "O Holy Night". À ce stade, on les avait tous mata-grabolisés. Danny était épouvantable, bien entendu, mais très sincère, et on pouvait reconnaître les mélodies.

Je ne dirais pas qu'on pleurait – c'était l'*Old Bush*, quand même – mais tout le monde était drôlement silencieux. Alors, on a commencé "O Little Town of Bethlehem", tout doucement, "piano", on dit, et Toothy et moi on a commencé à faire le tour des tables avec les sacs.

C'était le signal pour Parker. Presque tout le monde nous donnait un petit quelque chose, un dollar ici, deux là, un billet de cinq, puis un autre. La psychologie joue, dans ces trucs-là. Dès que quelqu'un met cinq dollars, ça devient le minimum, comme la mise dans une partie de poker. Les gens arrêtent de tripoter leur petite monnaie, et ils ouvrent leur portefeuille. Après quatre tables, cinq dollars était devenu le standard. Alors Parker a dit : « Messieurs, messieurs, c'est la veille de Noël. » Il avait pris un air sincère. « Je désire annoncer que j'égalerai toutes les contributions faites ce soir à cette bonne cause.

— Et une tournée générale de bière ! » quelqu'un a crié.

L'un des serveurs a fait mine d'aller le jeter dehors, mais Parker a seulement hésité une seconde : « On ne se soucie pas de tournée de bière gratuite ce soir, entre tous les soirs, dit-il, en impliquant que la bière gratuite était habituelle toutes les autres nuits au *Bush*. « Ce soir, c'est pour ceux qui sont dehors. » Il désignait la porte. « Ceux qui n'ont pas de bière. »

L'arrangement, bien entendu, c'était que Parker aurait la moitié de l'argent collecté, les trois quarts, en fait, sauf que, de la bière gratuite, il ne pourrait pas la récupérer.

Mais la voix qui s'est fait entendre ensuite l'a presque pris au dépourvu. J'étais arrivé à une table où La Bouteille avait placé un de ses complices, à qui il adressa un clin d'œil du fond de la salle. Alors le type se lève d'un bond en criant : « Il y a cinquante dollars ici, alors ! »

Parker a eu l'air un peu fuyant pendant un moment, mais il s'est remis à temps pour crier : « Bravo ! »

La fièvre a pris. La plus grosse contribution que nous ayons eue d'une seule personne a été de cent dollars, mais personne n'a donné moins de vingt, et chaque fois que j'arrivais à la table d'un autre complice de La Bouteille, il faisait répartir l'excitation en mettant un vingt dollars. On a fait le tour de la salle avec Danny Boy qui roucoulait en arrière-plan, et quand on a eu fini, on est revenus au comptoir, on a vidé les sacs, on a compté le fric et Digger a annoncé : « Deux mille trois cents dollars et vingt-sept cents. »

Quelqu'un a crié : « Ton tour, maintenant, Parker ! »

Parker s'est tourné ver le barman et a tendu la main pour recevoir une liasse de billets qu'il a donnée à Digger. Digger l'a brandie pour montrer que c'était vraiment un beau tas de fric, pas besoin de compter – une veille de Noël ! Et il a tout remis dans un des sacs. On était prêts à partir. Il y avait encore trois minutes à ma montre, alors j'ai fait un petit discours, et là, juste à l'heure, Hooligan est entré.

Il était habillé comme nous – l'uniforme de l'Armée du Salut, avec une petite boîte pour l'argent.

On avait soigneusement répété la suite.

« Joyeux Noël à tous, et Dieu vous bénisse », dit Hooligan, tandis que la foule le regarde fixement, un peu déconcertée.

Parker me jette un coup d'œil paniqué. L'odeur d'un coup fourré commençait à se répandre dans les recoins les plus éloignés de la taverne, et j'aurais donné environ dix secondes aux clients pour réagir. « Doux Jésus, je dis à Parker, c'en est un vrai. Qu'est-ce qu'on fait ? Va y avoir une émeute s'ils se rendent compte. »

Les deux musiciens et Danny Boy sont sortis en se glissant par la porte et un des clients a dit : « Bordel, qu'est-ce qui se passe ?

— Donnez-lui le fric, j'ai dit, pour l'amour du ciel, donnez-le-lui ! »

Parker avait le sifflet coupé, mais il a hoché la tête et je me suis avancé.

« Du charbon à Newcastle, j'ai dit, bien fort et bien jovial, du charbon à Newcastle, envoyer deux groupes comme ça au même endroit ! Mais vous arrivez juste à temps, Capitaine. Voilà. » Je lui ai tendu le sac.

Hooligan a roulé des yeux saintement émerveillés : « Soyez bénis, messieurs, il a dit, soyez bénis. »

Je priais pour qu'il ne fasse pas une connerie du genre signe de croix pour bénir la salle, et j'ai signalé à Toothy qu'on devait partir. Et puis j'ai entendu un son qui m'a glacé les sangs. Quelqu'un a ouvert notre porte, et "Joy to the World" nous a déboulé dessus, joué par les quinze membres de l'orchestre à vents de l'Armée du Salut.

Parker, évidemment, n'était pas surpris. C'était Hooligan sa surprise, et il supposait que l'orchestre était avec lui.

Là, il n'y avait plus que moi et Toothy – Hooligan pouvait s'occuper de lui-même. Alors j'ai mis une main sur l'épaule de Toothy, dans le style fraternel, et on serait presque sortis si Sœur Ann en personne ne nous avait pas arrêtés. Elle a regardé Hooligan, étonnée. Hooligan m'a regardé. Parker nous regardait tous les deux, alors j'ai fait le seul truc que je pouvais faire : j'ai pris le fric à Hooligan, et je l'ai mis dans les mains de la sœur. « Joyeux Noël, ma sœur », j'ai dit, et je suis sorti en entraînant Hooligan et Toothy.

La bagnole était partie, évidemment – notre devise, quand un boulot tourne mal, c'est "tire l'échelle, mec, je suis cuit". Mais personne ne nous courait après, alors on a jeté les casquettes et on a sifflé un taxi.

On a attendu jusqu'après le nouvel an, et là, un ami de Toothy a prétendu être un journaliste d'une station de radio qui faisait un reportage sur les dons de Noël, et le capitaine de l'Armée du Salut lui a raconté ce qui s'était passé. « Quelqu'un nous a téléphoné, à l'abri, et nous a dit d'aller à l'*Old Bush* et de jouer quelques chansons, on aurait une grosse contribution. On a supposé que c'était une sorte de surprise, arrangée avec le propriétaire. »

Pendant longtemps, on n'a pas su qui c'était. Et puis, environ six mois plus tard, La Bouteille et moi on s'est arrêtés net sur la place Nathan Phillips en voyant Danny Boy, les yeux fermés, la tête rejetée en arrière, en plein milieu de "Abide With Me". Il portait l'uniforme au complet. Derrière lui, il y avait tout l'orchestre à vents de l'Armée du Salut.

On a attendu qu'il arrive avec la boîte de la collecte. On a gardé la tête baissée, et quand il a été près de nous, j'ai relevé la mienne d'un seul coup : « Salut, Danny Boy, j'ai dit. Ça fait longtemps que tu fricotes avec cette bande-là ? »

Il a eu l'air étonné, mais pas longtemps. « J'ai vu la lumière à Noël dernier, mon frère », il a dit. Et il a continué son chemin en secouant sa petite boîte. C'était de la simple charité de la part de l'Armée du Salut, bien sûr : on reprend le pécheur, et ça ne fait rien si sa façon de chanter ne s'est vraiment pas amé-liorée, ou en tout cas pas pour l'oreille des autres pécheurs. On pourrait dire que tout ce qui importait, c'était qu'il soit en accord avec Dieu.

La Bouteille voulait le flinguer sur place, mais je l'ai retenu. Comme je lui ai démontré, ça ne nous avait rien coûté, mais Parker avait perdu un bon deux mille dollars, et les gars de l'*Old Bush* (à qui on avait discrètement raconté l'histoire) en rigolaient encore.

Même les bons jours, on ne peut pas gagner à toutes les courses.

Parution originale : Two in the Bush,
Christmas Stalkings.

Prix Arthur-Ellis 1993

PIÈGE À HOMMES

NANCY KILPATRICK

« Les femmes ne comprennent rien aux pièges à hommes », déclara Johnson. Il arborait l'expression amère d'un ex-flic, ce qui me rappela mon ex-mari. Sans attendre ma réplique, il s'éloigna en boitant. Je le suivis à travers le Niveau 1 du Musée d'histoire naturelle.

Je venais juste de trouver enfin une réplique vigoureuse quand Johnson, un grand homme à l'allure gracieuse malgré sa mauvaise jambe, se retourna vers moi : « Ça fait longtemps que vous êtes dans la sécurité, Margaret ?

— C'est Maggie, et j'ai travaillé à temps partiel dans un condo pendant un an. »

Il renifla, un vieux cheval de bataille peu disposé à approuver la présence de juments sur le champ de bataille. « Z'allez rencontrer Bill Warren bientôt. Z'aurez été prévenue. Faites-lui ce qu'il vous fera avant qu'il ne vous le fasse.

— Pardon ? »

Mais il m'ignora pour se diriger vers les battants de la porte du mur sud. C'était la même double porte que dans une douzaine d'autres zones "Interdit au public" à travers tout le musée.

« N'a jamais arrêté Monsieur Tout-le-monde, ça, maugréa-t-il en appuyant sur la barre de sécurité. Une fois qu'on est passé, elles se referment automatiquement. Le Porte-clés, c'est moi aujourd'hui, a les clés. » Il me secoua dans la figure un anneau rassemblant une douzaine de clés, puis se détourna pour descendre les marches en boitillant.

« On va où ? ai-je dit en désignant l'escalier du menton.

— Niveau 2, Invertébrés. Niveau 3, Homme préhistorique. Au-dessus de tout le monde, les patrons. » Il déverrouilla les portes du Niveau B-1. Elles s'ouvrirent sur une vaste galerie déserte mais pleine de mannequins portant des costumes traditionnels d'Amérindiens, arrangés dans des postures "réalistes". J'ai examiné la salle, en jetant des coups d'œil à des couteaux de chasse à manche d'os, des arcs et des flèches, des lances et des tomahawks, toutes des armes dangereuses entre de mauvaises mains. Après la galerie, il y avait un couloir que j'ai reconnu : il menait à la salle de contrôle et au bureau du superviseur, par où j'étais arrivée.

J'ai suivi Johnson dans l'escalier et le long des deux autres volées de marches. À mesure que nous descendions, l'air devenait considérablement plus chaud.

« Niveau 1 nord, à vous », dit la voix sensuelle d'Anne MacIntosh s'élevant de mon walkie-talkie, pleine de parasites.

« Je vous écoute.

— Au lieu de faire votre pause à 11 h 30, continuez directement jusqu'au Niveau 2 nord. Compris ?

— Oui.

— Z'avez fait ça comme une pro », commenta Johnson.

J'ai replacé l'appareil dans son étui, que je portais en bandoulière. « J'ai des talents pour l'électronique. »

Il vérifia sa montre : « Onze heures onze. Allons-y. »

Après avoir traversé les portes du dernier niveau, nous sommes entrés dans un long et large corridor de béton gris, où résonnait faiblement l'écho de nos pas et de la respiration un peu sifflante de Johnson. L'air était plus chaud et plus raréfié. Nous avons continué jusqu'à un embranchement.

« Piège à hommes 14 à droite. » Johnson, essoufflé mais essayant de le dissimuler, désignait le tunnel le mieux éclairé. « Par là. » Il se remit à boiter le long du tunnel plongé dans la pénombre. « Ça va vers P-15. Les deux débouchent du côté sud du bâtiment. »

Le tunnel d'incendie s'incurvait en devenant plus étroit. Tandis que je me fiais aveuglément à mon guide, le mauvais éclairage et la chaleur humide me rendaient claustrophobe. Je n'avais plus eu de phobies depuis mon divorce. C'était peut-être de me retrouver seule dans un espace restreint avec un mâle épais.

« Ne venez pas là toute seule », m'avertit-il d'une voix grognonne, comme si je m'étais mis dans la tête de le faire. « Les tunnels sont longs. Pourrait y avoir un maniaque avec une hache. Et puis, si vous êtes coincée, ça pourrait prendre un moment avant qu'on vous trouve. Si vous n'avez pas les clés, vous ne pouvez pas sortir. C'est arrivé une fois. Un nouveau gardien, s'était retrouvé là par erreur. Le temps qu'on le trouve, il hurlait. »

Il me regardait comme un conteur d'histoires de fantômes qui vient d'asséner sa phrase la plus épeurante.

J'ai agité ma radio d'un air rebelle.

Il a encore reniflé : « L'appel que vous avez reçu, c'était dans l'escalier. C'est différent dans un tunnel.

Avec des batteries faibles, on ne peut pas transmettre. »

Finalement, nous sommes arrivés au bout du tunnel,
devant une autre porte à double battant.

« Voilà P-15. Là, y a un peu d'espace et une porte
menant à la rue. Si on ouvre ces portes-ci, celle de la
rue se verrouille automatiquement. Une alarme se
déclenche au Contrôle, qui verrouille aussi automatiquement les premières portes. Quiconque se trouve
ici est coincé.

— Comment on sort ?

— Pour un véritable incendie, le Contrôle peut
déverrouiller toutes les portes. Sinon, ils envoient le
Porte-clés pour vérifier l'infraction.

— Mais si une alarme se déclenche chaque fois
qu'on ouvre une porte de cage d'escalier, le Contrôle
serait au courant de n'importe quelle infraction bien
avant que l'intrus ne se rende jusqu'ici.

— Si les alarmes se déclenchent. Le problème,
c'est que tous les escaliers et les pièges à hommes se
trouvent sur le même panneau d'alerte. S'il y a deux
alarmes qui se déclenchent en même temps, elles
peuvent toutes les deux ne pas être signalées. Il y a
des surcharges tout le temps, parce que les portes
sont tout le temps ouvertes. C'est ça, l'électronique.
Donnez-moi du personnel à la place, n'importe
quand. »

Johnson appela le Contrôle pour avoir la permission
d'entrer dans P-15. Une voix lointaine dit "Roger"
dans la radio.

J'ai poussé la barre, mais la porte ne s'est ouverte
que de quelques centimètres. Un cadavre la bloquait.

◆

Le matin suivant, je me trouvais avec Lucy Stone-Martin dans son spacieux bureau du Niveau B-1. « Non, merci », ai-je répété. La responsable de la Sécurité était une femme élégante, avec des nuances d'acier dans les cheveux et dans la voix. Elle m'avait engagée la semaine précédente pour enquêter sur des menaces de mort à son égard, apparemment reliées à la dégradation croissante des relations entre la direction et les gardiens de sécurité. « Vous avez un vrai problème, là, ai-je poursuivi en essayant de rester dans le sujet. Beaucoup d'animosité de part et d'autre. Mais personne ne parle boutique, maintenant.

— Raison de plus pour élargir votre enquête afin d'y inclure ce déplorable…

— … meurtre ?

— Comme je l'ai déjà suggéré, Bill Warren est probablement l'auteur des appels téléphoniques malveillants que j'ai reçus.

— Ce qui veut dire qu'il n'était pas l'un de vos favoris. »

Elle eut une expression déconcertée : « Mes préférences n'ont pas grand-chose à voir là-dedans. C'était un agitateur qui contribuait, de son vivant, et maintenant qu'il est mort aussi, à aggraver une situation déjà tendue. C'est cette tension qui est ma priorité. »

Je lui aurais bien suggéré qu'un meurtrier en liberté dans le musée créait des problèmes plus sérieux que des relations de travail tendues, mais elle avait l'air d'une femme qui ne change pas facilement de point de vue. Je lui ai rappelé : « L'inspecteur Beltrano m'a dit qu'il vous en a informée : le crâne de la victime a été défoncé par un coup violent porté par-derrière, ce qui indique un meurtrier de grande taille, ou une arme de bonnes dimensions. On n'a pas trouvé l'arme du crime. Pas d'empreintes dans le piège à hommes ni autour qui ne puissent être identifiées. Madame Martin, j'excelle dans les mauvais mariages et les intrigues corporatives. Vous avez plus d'inspecteurs de la criminelle dans ce musée que de public payant.

— Madame Marshall… Puis-je vous appeler Margaret ?

— Je préfère Maggie. » Mon ex m'appelait Margaret. Le fait encore, d'ailleurs, ou s'y essaie avant que je lui raccroche au nez.

« Maggie, l'inspecteur Beltrano n'a aucun suspect. Je crois qu'une enquêteuse privée de votre calibre peut accélérer la conclusion de cette malheureuse affaire. »

Depuis mon mariage, je suis immunisée contre la flatterie. Mais apparemment Martin était plus brillante que je ne l'avais pensé. En s'adossant dans son fauteuil, elle m'adressa l'un de ses regards d'acier trempé : « Je suis prête à payer le triple de vos honoraires habituels. »

L'argent parle toujours mieux que les mots.

Après avoir quitté Martin, je me suis pointée dans le bureau encombré du superviseur, pas très loin de là, en face de la salle de contrôle et de ses panneaux de verre. Nattie, un Jamaïcain, l'un des cinq superviseurs, était sombrement penché sur un bureau plein de fouillis, à jongler avec l'horaire de la semaine à venir.

« Comment ça va ? ai-je demandé.

— Avec cette sale affaire, personne ne veut faire d'heures supplémentaires. Et vous ?

— Mettez-moi pour la nuit de mardi. » Cela n'améliora guère son humeur. « J'ai seulement rencontré Bill hier, mais il avait l'air d'un gars assez gentil. »

Les sourcils de Nattie s'arquèrent brusquement.

Juste à ce moment-là, le blond Randy Owen, séduisant à vous étendre raide, quitta la salle de contrôle de l'autre côté du corridor pour venir passer la tête dans l'embrasure de la porte. Environ cinq ans de moins que moi, peut-être la trentaine, Randy avait travaillé dans le cinéma, comme acteur et comme technicien. Je l'avais découvert tandis que les ambulanciers emportaient les restes de Bill Warren. Randy et moi, nous avions eu une longue, très longue conversation à sens unique. Il travaillait au musée strictement pour le fric et ne le supportait que parce qu'il se faisait régulièrement assigner à la Galerie des Costumes.

« Quoi de neuf ?

— On parle de Bill Warren, ai-je dit. Il avait l'air d'un type correct.

— Warren ? Notre Saddam Hussein à nous ? » Randy adressa un regard bizarre à Nattie, qui baissa les yeux sur ses papiers. « Pour commencer, c'était un emmerdeur de première. Le bonhomme passait son sadisme sur tout ce qui bougeait.

— Et ensuite ?

— Il prenait n'importe quel prétexte pour menacer d'une grève. Je ne connais pas les détails, mais Johnson est tombé dans un des escaliers récemment, et il s'est blessé à une jambe. Warren était là. Il a essayé de convaincre le syndicat de déclencher une grève du zèle, en disant que le bâtiment n'était pas sécuritaire. Et puis, il y a les cadres inférieurs. »

Nattie changea de position.

« Bon sang, dit Randy, le mec ne pouvait pas faire son boulot sans citer une section ou une autre du contrat. Nattie, tu t'es engueulé avec lui dimanche, non ? Et Bill a menacé de te faire foutre à la porte.

— Ce n'est pas le moment où vous devriez tous les deux être sur le plancher ? » a dit Nattie d'un ton sec.

«Écoute, mon joli, je suis à ma pause», a répondu Randy, une imitation impeccable de Béa Arthur.

«Alors, fais ta pause ailleurs.»

◆

Au repas de midi à la cafétéria, j'ai pris mon bol de soupe et je me suis assise avec James MacIntosh. Ce mince Écossais aux cheveux gris cendré travaillait au musée depuis deux décennies, et, je le soupçonnais, devait avoir vu la plupart des armoires et pas mal des squelettes. C'était aussi un délégué syndical, comme Bill Warren.

«La soupe est bonne?» a-t-il demandé.

J'ai avalé une cuillerée en faisant la grimace. «Si on aime les lentilles. James, je sais que je suis nouvelle, mais j'ai déjà un ou deux griefs. Comment je m'inscris au syndicat?

— Il faut attendre trois mois.» Tandis qu'il remuait son café d'une main, il alla fouiller de l'autre dans une poche de son uniforme. «En attendant, lisez ça.»

Il me tendait un petit livret d'information syndicale. Son nom se trouvait sur la couverture. Au-dessus de celui de Bill Warren.

«Vous allez avoir drôlement plus de travail maintenant, je suppose, avec Bill parti.»

James haussa les épaules. «Pas plus, moins.

— Oh?» J'ai repoussé ma soupe et me suis mise à étudier un craquelin.

«Je n'aime pas dire du mal des morts, mais entre vous, moi et les momies, il ne faisait pas grand bien au syndicat. L'avocat du diable, tout le temps en train de dresser les gens les uns contre les autres selon son caprice.

— J'ai les doigts de pieds en feu !» Ann MacIntosh, la femme de James, s'assit près de nous. Assez superbe pour être actrice de cinéma, c'était une petite jeune femme aguicheuse qui devait avoir été un bébé quand son mari avait commencé à travailler au musée. « Je n'aurais pas dû prendre la ronde de Bill aujourd'hui. J'ai tellement l'habitude d'être assise, maintenant, que je ne peux presque plus arpenter les galeries. » Avec un petit rire, elle passa des ongles à la manucure impeccable dans ses brillants cheveux noirs.

James la contemplait avec une adoration pleine de sympathie.

« Alors, qu'est-ce qu'ils disent ? demanda Ann.

— Ils savent reconnaître un tas de conneries quand ils en voient un », lui dit-il.

Elle hocha la tête en attaquant sa salade César.

James se tourna vers moi : « Eh bien, voilà, c'est sorti maintenant. Bill m'a traîné devant un comité disciplinaire dimanche matin. Il a essayé de me faire virer parce que ma femme travaille ici et vient d'être promue à la salle de contrôle. Elle est encore à l'essai.

— Je ne vous suis pas, ai-je dit.

— Ann est la première femme à être assignée à la salle de contrôle. Elle a le plus d'ancienneté. Mais il y a eu des problèmes quand même – le fait qu'elle passe par-dessus la tête de types qui étaient là depuis des années. Dont Warren – mais ce n'était pas de mon ressort. On a dû se battre pour l'avoir, cette promotion. Le musée s'est fait harceler par les gens de l'équité au travail, pour donner une chance aux femmes et aux minorités.

— C'était un sale pitbull. » Ann écrasa un croûton. « Il ne pouvait pas imaginer une femme à la Sécurité, encore moins au Contrôle, mais il n'avait pas un poil de problème à les voir dans son lit.

— Il est mieux là où il est. » La voix de James s'était durcie, son visage était devenu un masque de pierre.

« Vous n'étiez pas dans la salle de contrôle quand Bill a été assassiné ? » ai-je demandé à Ann.

Elle a levé sur moi des yeux vert jade : « Toute la matinée. J'étais si occupée que je n'ai pas fait de pause. Seigneur, ce meurtre, c'est tout ce dont les gens peuvent parler ! »

Elle sourit à Randy qui était venu se joindre à nous.

« Maggie M., vous jouez encore au sergent V. I. Warshovski ? » me dit-il avec un large sourire, en imitant Kathleen Turner.

« Et Randy se trouvait dans la Galerie des Costumes. Et James chez les Dinosaures. Au moins jusqu'à ce que je prenne mon repas de midi, en tout cas », ajouta Ann de son propre chef. Elle porta à ses lèvres une cigarette que James alluma, aspira la fumée et la souffla dans ma direction. J'ai essayé de ne pas le prendre personnel.

« Comment se fait-il que vous en soyez si sûre ?

— Je leur ai parlé à tous les deux par radio. Plusieurs fois. On ne pourrait pas causer d'autre chose ? Un meurtre, c'est tellement laid.

— Les meurtres peuvent être comme ça, oui », ai-je murmuré.

◆

Le mardi, avant ma ronde de nuit, Lucy Stone-Martin m'a donné une carte d'accès à son bureau, et j'ai trouvé l'information que je lui avais demandé de rassembler. L'équipe de nuit est une équipe-croupion – cinq gardiens, pas de superviseur. J'avais tout le temps de faire les recherches.

L'horaire de travail du dimanche révéla que les trois quarts du personnel du musée avaient été absents. À part le Département de la sécurité, seuls les caissiers pour l'entrée, le magasin, le vestiaire et le café avaient pointé. Et les trois richardes matrones qui se proposaient régulièrement comme guides bénévoles. Et le curateur de la section Égyptologie, un myope desséché qui hantait apparemment les salles à toute heure. J'ai rangé tout ce beau monde dans la colonne "Possibles mais improbables".

Il y avait eu vingt-cinq gardiens et un superviseur, Nattie, dans l'édifice le dimanche matin à 9 h 30. La plupart se rappelaient avoir vu Bill Warren au pointage du matin. Chacun d'entre eux avait témoigné de leurs allées et venues à la police. J'ai éliminé les cinq gardes de la ronde de nuit – ils étaient tous partis à 9 h 45. À l'exception de deux galeries isolées – les Costumes au Niveau B-1 et les Dinosaures au Niveau 2 – les gardes certifiaient s'être vus les uns les autres à des intervalles d'approximativement cinq minutes pendant toute la matinée. J'ai quand même épluché les rapports et résumés de tous les gardiens et superviseurs.

Bill Warren, à qui était assignée la relève, avait eu en sa possession un anneau de clés identique à celui du Porte-clés normal. À 10 h 30, il avait relevé Johnson qui, après ses quinze minutes de pause, m'avait retrouvée pour la visite guidée offerte à la petite nouvelle. Warren était censé rester dans la galerie de Johnson jusqu'au retour de celui-ci, puis relever les autres gardiens, y compris moi, à 11 h 30. La rigidité cadavérique ne s'était pas encore installée, et le médecin légiste estimait que le décès avait eu lieu entre 10 h 30 et 11 h 00.

Avant de vérifier l'équipe du matin, j'ai visionné le vidéo enregistré à l'extérieur de P-15. Warren répondait à une infraction dans un piège à hommes. Le film le montrait de dos, longeant le couloir et examinant les pièges à hommes vides, tout en signalant que tout était correct, puis revenant dans le couloir.

La police avait trouvé des cheveux semblables à ceux de Warren sur le plancher du couloir : on l'avait traîné dans le tunnel et flanqué dans le piège à hommes. Le film n'en montrait rien.

Il y avait une feuille imprimée provenant de l'ordinateur de la salle de contrôle. Elle avait enregistré une infraction dans P-15 à 10 h 40 – celle à laquelle avait répondu Warren – et une autre à 11 h 15 – quand Johnson et moi avions découvert le cadavre. Une seule autre infraction avait été enregistrée – dans la cage d'escalier du côté nord de l'édifice, à 10 h 50, à peu près le moment où le crime avait lieu. Le registre notait que, parce que Warren était occupé avec l'infraction dans P-15, le Contrôle avait appelé les gardes qui se trouvaient dans les galeries nord pour aller voir dans l'escalier à leur étage. Bizarre, j'étais dans la galerie nord, et je n'avais pas été contactée.

Ce qui manquait était d'une évidence aveuglante : pas d'enregistrement d'une infraction dans P-15 quand le corps de Warren avait été poussé dans la porte. Si Johnson disait vrai à propos des surcharges, deux alarmes rapprochées auraient pu bloquer temporairement le système. Mais pourquoi la vidéo ne montrait-elle pas le meurtre ? Elle était certainement reliée au système d'alarme, mais elle aurait dû fonctionner aussi de manière indépendante.

J'ai rapidement appelé le bureau du syndicat, ai pointé à 9 h 25 et repointé tout de suite après pour ma ronde régulière. J'étais fatiguée et de mauvaise humeur, et quand Nattie m'a désignée comme Porte-clés, le travail le plus facile, j'en ai éprouvé de la gratitude. J'ai pris mon walkie-talkie et les clés auprès d'Ann dans la salle de contrôle, et je suis partie en direction de la section des Dinosaures pour relever Robertson, qui avait aussi fait des heures supplémentaires pendant la nuit. Contempler les crânes plus petits que le mien m'aidait à penser.

Il y avait des suspects évidents.

Ann MacIntosh. Dans la salle de contrôle au Niveau B-1 toute la matinée, elle aurait su si quelqu'un d'autre était entré dans le tunnel et qui n'avait pas été décompté. Et pourquoi je n'avais pas été appelée par radio pour vérifier l'infraction dans l'escalier nord.

Johnson. En tant que Porte-clés, il aurait pu se glisser dans les tunnels, tuer Warren et me retrouver à 10 h 50.

James. Il était assigné à la galerie des Dinosaures, un endroit isolé au Niveau 2, et personne ne pouvait rendre compte de ses allées et venues. Quand il avait vérifié l'escalier nord conduisant à P-15, il aurait pu descendre un ou deux étages, traverser jusqu'à l'escalier sud menant à P-15 et tuer Warren. Avec sa femme dans la salle de contrôle, obtenir une clé-maîtresse aurait été facile.

Nattie. Il prétendait avoir été seul dans une petite salle près de la galerie des Dinosaures, en train de tester le panneau de contrôle du système d'alarme protégeant certaines expositions spéciales. Personne ne l'avait vu. Il possédait un trousseau de clés complet.

Randy. Il s'était trouvé dans la galerie également isolée des Costumes au Niveau B-1, la galerie la plus proche du meurtre.

Lucy Stone-Martin. Elle avait pointé le dimanche matin, ostensiblement pour rédiger un rapport au conseil d'administration à propos des menaces de mort. Elle se trouvait seule dans son bureau, également au Niveau B-1. Elle avait toutes les clés.

Aucun d'eux n'aimait Warren. N'importe lequel d'entre eux aurait pu le tuer.

«Porte-clés, au rapport. Ici Contrôle. À vous.»

J'ai approché la radio de ma bouche: «À l'écoute.»

Une voix féminine impossible à identifier déclara: «Infraction dans P-15.»

Ma première pensée fut: "On est en train de me monter un coup." La deuxième? Seule Martin sait que je suis une détective privée. «OK. Vérification P-15.»

Je me suis dirigée vers la cage d'escalier sud, pour descendre deux étages, en passant près des portes qui menaient à la galerie des Costumes. Au dernier sous-sol, j'ai traversé les portes du tunnel. «Porte-clés à Contrôle, à vous.» La radio m'a fusillée d'un barrage de parasites.

À l'embranchement, j'ai tourné à gauche. Je transpirais déjà. L'air chaud et rare me coupait la respiration. Le tunnel se tortillait en rétrécissant comme un utérus en béton. Au plafond, des ampoules à la lumière d'un jaune pâlissant créaient trop d'ombres, mais personne ne se trouvait directement en avant de moi ou derrière. J'ai simplement espéré que l'autre tunnel, celui qui menait à P-14, était aussi désert.

Après le dernier tournant, j'ai vu que P-15 était plongé dans l'obscurité. Les ampoules les plus proches avaient toutes sauté. Ou on les avait fait sauter. J'ai jeté un coup d'œil à la caméra, une sentinelle d'un silence apathique.

Je me suis approchée avec prudence du piège à hommes, en regrettant de ne pas avoir plus qu'un walkie-talkie d'une livre pour me protéger, et j'ai écouté. À part mon pouls qui me battait dans les oreilles, il n'y avait rien. Derrière moi le tunnel était toujours vide jusqu'à la courbe. J'ai fait un pas en avant dans la pénombre.

La barre de la porte semblait glacée au contact, malgré la chaleur. Je l'ai agrippée et j'ai pesé bien fort, en poussant. Le piège à hommes était vide.

Je me suis permis de frissonner assez longtemps pour chasser la tension, puis j'ai refermé la porte pour repartir ensuite dans le tunnel. À l'embranchement, le tunnel plus brillamment éclairé de P-14 était vide, à perte de vue. Finalement, j'ai atteint la double porte de la cage d'escalier.

La clé-maîtresse était l'une des grosses clés, ce qui éliminait les plus petites clés du trousseau. Mais j'ai essayé toutes les tailles. Deux fois. Je m'étais bel et bien fait avoir. Piégée dans un enfer de chaleur, pour Dieu savait combien de temps, à attendre Dieu savait quoi.

« Contrôle, bon sang, vous m'entendez ? » J'ai changé de fréquence radio. La lumière rouge clignotait, me renseignant clairement sur l'état des piles. Des piles qui étaient censées avoir été rechargées pendant la nuit.

Pas moyen d'y couper. Il fallait que j'entre par effraction dans P-14. Si on regardait les choses du bon côté, une alarme pourrait résonner. De l'aide pourrait arriver. À moins que les signaux ne se superposent, comme j'en avais été avertie, auquel cas je pourrais bien être coincée là pendant longtemps. Si au contraire ma coupe était à moitié vide, le meurtrier se trouverait dans les parages. À moins qu'il, ou elle, ne soit en route vers les tunnels. La chaleur et le manque d'air sain étaient exténuants. J'ai décidé que je ferais mieux de vérifier si j'avais de la compagnie pendant que j'étais encore en état de l'accueillir de façon appropriée.

Je suis entrée dans le tunnel de P-14. Il était incurvé comme celui de P-15, mais plus court, et l'éclairage était meilleur. Mieux encore, il était vide. Le piège à hommes aussi. En revenant vers la double porte, je me suis demandé combien de temps cet air serait respirable.

Au début, ma radio éructait régulièrement de la statique, mais il n'a pas fallu longtemps aux piles pour expirer. Ça ne me dérangeait pas, cependant. J'ai démonté le walkie-talkie et j'ai dénudé les fils en les entortillant l'un autour de l'autre jusqu'à ce qu'ils soient assez résistants et avec la bonne configuration pour servir de clé.

À la fin de la deuxième heure, affaissée contre la dernière double porte, saisie de vertiges, transpirant à grosses gouttes et en train d'hyperventiler, j'essayais de forcer la serrure. Quand les portes se sont ouvertes, je me suis étalée dans la galerie des Costumes. L'air donnait l'impression de plonger dans un lac à la mi-juillet.

« Seigneur Dieu, ma fille ! Étiez-vous là pendant tout ce temps ? » James m'aida à me relever. « Nattie a trouvé vos clés et votre radio sur son bureau. Ça avait l'air que vous aviez démissionné. »

Le son d'une mère vociférante et d'un gamin hurleur m'éclaircit les idées. J'ai dit à James qu'il avait intérêt à venir avec moi à la salle de contrôle.

« Maggie M ! Qu'est-ce qui vous est arrivé ? » Randy fit tourner son fauteuil, abandonnant les écrans de surveillance. Il me regarda arracher le papier de l'imprimante. Pas d'infraction dans P-15. Ni mon infraction dans P-14.

« Depuis combien de temps étiez-vous là ? » ai-je dit sèchement.

— J'ai remplacé Ann, pourquoi ?

— Poussez l'alarme qui est reliée au service d'urgence de la police.

— Je ne peux appeler les flics, il faut qu'un superviseur en donne l'ordre. Il faut me dire pourquoi… »

J'ai passé un bras derrière lui et j'ai poussé la touche verte. Une petite foule avait commencé à se rassembler dans la salle de contrôle. Tous les suspects s'étaient joints à la fête, y compris Lucy Stone-Martin, qui demanda : « Qu'est-ce qui se passe ici ?

— Je sais qui a assassiné Bill Warren, ai-je dit.

— Ça pouvait être n'importe qui, a reniflé Johnson.

— Vous y compris. »

Johnson émit un grognement et me dévisagea comme si je m'étais transformée en l'imbécile qu'il avait bien pensé que j'étais.

« Aucun de vous n'a versé une larme sur Warren. Il n'y a que six personnes dont les allées et venues ne peuvent être corroborées. Je vous ai éliminée en premier » (ceci à Lucy Martin), « non parce que vous m'avez engagée pour l'enquête, mais parce que vous ne pouvez même pas dire le mot "meurtre".

— Merci beaucoup, dit-elle avec sécheresse.

— Alors je suis un suspect. » Johnson émit un autre de ses fameux reniflements.

« Vous le détestiez assez. À dire vrai, je pense que Warren avait quelque chose à voir avec votre blessure. Mais vous étiez avec moi depuis 9 h 55. Vous auriez dû vous rendre au tunnel, tuer Warren, et vous laver les mains en vingt minutes. Pas impossible. Mais, compte tenu de la difficulté que vous avez à vous déplacer, ce n'est pas probable non plus. À tout le moins, vous auriez été essoufflé quand vous m'avez retrouvée, et ce n'était pas le cas. »

Il hocha la tête pour marquer son approbation, ce qui, pour Johnson, était l'équivalent de l'octroi d'un badge de compétence chez les boy-scouts. « Qui d'autre dans votre liste ?

— Nattie prétendait être à l'extérieur de la galerie des Dinosaures, mais James, qui y travaillait, n'a pas pu certifier qu'il s'y trouvait. Personne ne pouvait corroborer la présence de James non plus. Ou d'Ann, à son poste au Contrôle. Et la vôtre, Randy, aux Costumes. »

Je me suis dirigée vers la porte et l'ai refermée. Inutile de laisser le meurtrier s'éclipser. « Mais Nattie, vous travailliez sur le panneau de contrôle de l'alarme pour les expositions. James ne vous a pas vu, mais Robinson, dans la galerie de l'autre côté du hall, vous a vu à environ 10 h 45. Il l'a mentionné seulement aujourd'hui quand je lui ai demandé spécifiquement s'il avait vu un superviseur plutôt qu'un gardien. »

Je me suis tournée vers James. Il semblait surpris. « Quiconque a commis le meurtre avait besoin de l'aide de quelqu'un dans la salle de contrôle pour trafiquer les alarmes. J'ai supposé que vous rencontriez le comité de discipline au musée parce que votre carte ne montrait pas que vous aviez pointé en sortant. Mais le livret du syndicat dit que les affaires syndicales sont considérées comme faisant partie des heures de travail. À 9 h ce matin, j'ai appelé le bureau central du syndicat. On m'a confirmé que vous avez eu une réunion de vingt minutes dans un café proche, jusqu'à 11 h. Vous ne pouviez pas trouver Nattie quand vous êtes parti, et vous ne vouliez pas mentionner le grief de toute façon avant qu'il ne soit résolu. Seule Ann savait où vous étiez allé. Vous ne pouviez pas avoir reçu un appel pour aller vérifier la cage d'escalier sud, parce que vous n'étiez pas là. C'était un double mensonge : vous protégiez Ann, qui vous protégeait. »

Il avait l'air secoué.

« Ce qui laisse Ann ou Randy comme meurtrier.

— Moi ? dit Ann. C'est une blague ? J'étais là tout le dimanche matin.

— Sauf pour votre pause.

— Je vous l'ai dit, je n'ai pas fait de pause.

— Vous n'avez pas enregistré de pause. Mais vous avez fait votre pause, tout comme vous en avez fait une aujourd'hui.

— Randy est à l'horaire pour me remplacer aujourd'hui. Bill était en relève de pause dimanche. Il ne s'est jamais pointé.

— Mais Randy vous a remplacée le dimanche matin, n'est-ce pas ?

— Je ne sais pas de quoi vous parlez. J'étais seule…

— N'est-ce pas, Randy ? »

Il secoua la tête.

« Maggie, vous avez intérêt à être sûre de vos accusations, dit Lucy Marin.

— Ils sont amants.

— C'est ridicule ! » s'écria Ann. Ses joues étaient écarlates, tandis que celles de James et de Randy devenaient livides.

« Warren vous a surpris ensemble. Il vous a tous les deux menacés de vous faire virer, ou de le dire à James, qui aurait été accablé et qui vous aurait retiré son soutien pour le poste à la salle de contrôle. Warren aurait gagné un avantage supplémentaire, en discréditant James auprès du syndicat.

— Des spéculations, dit Johnson.

— Mais ça tient très bien. Randy demandait toujours à être assigné à la galerie des Costumes, la plus proche à la fois de la salle de contrôle et de la cage d'escalier menant aux tunnels de P-14 et de P-15. Avec une copie de la clé-maîtresse obtenue d'Ann, il pouvait se glisser dans le tunnel, assassiner Bill et revenir avant que quiconque se rende compte de son absence. Au moins deux personnes savaient qu'il était dans la galerie des Costumes.

— Nous, dit Johnson en se tournant vers les autres. J'ai montré la galerie à Maggie, en route vers le piège à hommes, dimanche. Pas de gardien.

— Eh, j'étais probablement aux toilettes », fit Randy, d'une voix qui exsudait une sincère terreur.

« Quand j'ai entendu vos imitations, ai-je poursuivi, j'ai compris que vous pouviez vous faire passer pour n'importe qui, spécialement sur nos radios. J'étais la nouvelle, pas encore dans à l'horaire. Ann savait que Nattie m'avait mise dans la galerie nord au Niveau 1, et elle m'a appelée à 11 h 07. Mais vous ne m'aviez pas encore rencontrée et en conséquence vous ne m'avez pas appelée à 10 h 50 pour que j'aille vérifier la cage nord et sa supposée infraction. Votre curriculum claironne que vous étiez excellent non seulement dans les classes d'art dramatique, mais aussi comme technicien. Les ordinateurs, le montage vidéo. Vous auriez eu une belle carrière.

— Il a trafiqué la vidéo et bloqué les alarmes, dit Johnson. Il devait être dans la salle de contrôle quand Warren a été assassiné.

— Vous ne pouvez rien prouver de tout ça », a protesté Ann.

Je me suis tournée vers elle. « Vous m'avez dit à quel point vous étiez occupée le dimanche matin. Mais la seule activité indiquée par la feuille de l'im-

primante montrait qu'il y a eu trois infractions dans
des pièges à hommes en quatre heures, dont deux à
peu près au même moment.

— Ça a été le bordel quand vous avez demandé
une ambulance», répliqua-t-elle d'une voix contrainte.

— C'était autour de 11 h 30. Vous avez dîné à midi.
Pendant que Warren vérifiait P-15, vous étiez dissi-
mulée dans le tunnel de P-14. Comme il repartait, à
l'embranchement, vous l'avez frappé par-derrière. Des
deux pièges à hommes, c'est l'alarme de P-14 qui
est déclenchée le plus souvent…

— Parce que c'est mieux éclairé. Quiconque va
jusque-là continue dans ce tunnel, a expliqué Johnson.
Elle a pensé qu'on ne trouverait pas le corps avant un
moment. »

Ann secoua la tête et croisa les bras sur sa poitrine.
«Quel tas de conneries !

— Aujourd'hui, vous m'avez donné une radio à la
pile presque morte, et un trousseau de clés auquel
manquait la clé-maîtresse.

— Je les ai reçus de Nattie.

— Vous avez placé une autre radio et le double du
trousseau de clés de façon à faire croire que j'étais
partie. Je posais trop de questions. Il fallait me faire
taire.

— Ridicule, répéta-t-elle. Bill Warren faisait vingt
centimètres de plus que moi. Je n'aurais pas pu le
frapper sur le dessus du crâne.

— À moins d'avoir la bonne arme.

— Qui est ? s'enquit Johnson.

— Peut-être que vous voulez discuter des acces-
soires ? ai-je dit en me tournant vers Randy.

— Ne les écoute pas », l'avertit Ann.

Randy nous regardait l'une après l'autre, terrifié.
Au bout du compte, quand des amants illicites se

font prendre, ils sauvent ordinairement leur propre peau en premier. Du moins c'est ce qu'a fait mon ex.

« J'ai improvisé, dit-il. Un tomahawk. De l'exposition amérindienne dans la galerie des Costumes. »

Ann bondit avant qu'aucun de nous ne puisse l'arrêter. À travers le panneau de verre, j'ai vu le sergent Beltrano arriver pour la coincer. Il avait trouvé l'arme avec des traces de sang ainsi que des cheveux identiques à ceux de Warren. Ann avait été pressée par le temps. Beltrano aurait même eu le temps de prendre une ou deux autres pintes de bière.

Les yeux de James étaient devenus opaques. « Bill avait insinué qu'elle couchait. J'avais peur que ce ne soit avec lui.

— Warren l'avait forcée à coucher avec lui », laissa échapper Randy, ce qui éclaircit soudain pour moi la façon dont Ann l'avait persuadé de l'aider à commettre un meurtre.

Johnson émit un reniflement dégoûté. « Les hommes en savent diablement moins que les femmes quand il s'agit de piège à hommes. »

Parution originale : Mantrap,
Murder, Mayhem and Macabre.

COMME DANS LE TEMPS

ROBERT J. SAWYER

Le transfert se fit sans anicroche, comme un scalpel fend de la peau.

Cohen était à la fois excité et déçu. Il était ravi d'être là – peut-être la juge avait-elle raison, peut-être était-ce vraiment là sa place. Mais l'éclat coupant de son excitation était terni par le fait qu'aucun des signes physiologiques habituels ne l'accompagnait : pas de transpiration dans les paumes, pas de cœur battant à tout rompre, pas de souffle accéléré. Oh, il y avait un cœur qui battait, assurément, un bruit de tonnerre à l'arrière-plan, mais ce n'était pas celui de Cohen.

C'était celui du dinosaure.

Tout appartenait au dinosaure. Cohen voyait désormais le monde à travers les yeux d'un tyrannosaure.

Les couleurs semblaient fausses. Les feuilles des plantes devaient sûrement être les mêmes, ici, au mésozoïque, et la chlorophylle verte ; mais le dinosaure semblait les voir en bleu marine. Le ciel était lavande. La terre gris cendré.

Ces antiques bestioles avaient des cônes différents pour la vision, se dit Cohen. Eh bien, il pourrait s'y habituer. Après tout, il n'avait pas le choix. Il finirait sa vie comme observateur dans la cervelle du dinosaure.

Il verrait ce que voyait la bête, entendrait ce qu'elle entendrait, sentirait ce qu'elle sentirait. Il ne serait pas capable d'en contrôler les mouvements, lui avaient-ils dit, mais il pourrait éprouver chaque sensation.

Le T. Rex marchait.

Cohen espérait que le sang serait quand même rouge.

Ce ne serait pas pareil si le sang n'était pas rouge.

« Et qu'a dit votre époux, madame Cohen, avant de quitter la maison, la nuit en question ?

— Il a dit qu'il allait à la chasse aux humains. Mais j'ai pensé qu'il plaisantait.

— Pas d'interprétations, je vous prie, madame Cohen. Répétez simplement pour la cour ce que vous vous rappelez, le plus précisément possible, de ce qu'a dit votre mari.

— Il a dit "Je vais à la chasse aux humains".

— Merci, madame Cohen. Voilà qui conclut l'argument de l'accusation, madame la Juge. »

◆

La broderie accrochée au mur du bureau de l'Honorable Juge Amanda Hoskins avait été exécutée pour elle par son époux. C'était un de ses couplets favoris du *Mikado*, et tandis qu'elle préparait sa sentence, elle levait souvent les yeux pour en relire les vers :

Mon but le plus important
Je l'atteindrai en son temps
Pour que le crime reçoive son juste châtiment
– son juste châtiment.

C'était un cas difficile, un cas horrible, continuait de penser la juge Hoskins.

◆

Ce n'étaient pas seulement les couleurs qui étaient toutes fausses. La vue qu'on avait de l'intérieur d'un crâne de tyrannosaure était différente de maintes autres façons.

Il ne bénéficiait que partiellement d'une vision stéréoscopique. Une zone, au centre du champ visuel, donnait bien une véritable perception tridimensionnelle, mais comme la bête louchait quelque peu, elle voyait un panorama bien plus large qu'un humain, une sorte de Cinémascope saurien couvrant un angle de deux cent soixante-dix degrés.

La perspective en grand angle se promenait de droite à gauche tandis que le tyrannosaure surveillait l'horizon.

Cherchant des proies.

Cherchant quelque chose à tuer.

◆

The Calgary Herald, Mardi, 16 octobre 2042, édition imprimée : Le tueur en série Rudolph Cohen, quarante-trois ans, a été condamné à mort hier.

Membre important du Collège albertain des médecins et chirurgiens, le docteur Cohen a été reconnu coupable en août de trente-sept cas de meurtre au premier degré.

Au cours d'un témoignage qui faisait froid dans le dos, Cohen a admis, sans le moindre signe de remords, avoir terrorisé chacune de ses victimes pendant des heures avant de leur trancher la gorge à l'aide d'instruments chirurgicaux.

C'est la première fois en quatre-vingts ans dans ce pays qu'on applique la peine de mort.

En prononçant sa sentence, l'Honorable Juge Amanda Hoskins a remarqué que Cohen était "le tueur le plus brutal et au sang le plus froid qui eût hanté les prairies canadiennes depuis le Tyrannosaurus Rex".

◆

Un deuxième tyrannosaure apparut à une dizaine de mètres environ, se détachant d'un bosquet de séquoias. Cohen soupçonnait que les tyrannosaures pouvaient être férocement territoriaux, puisque chaque animal avait besoin d'énormes quantités de viande. Il se demanda si la bête dans laquelle il se trouvait allait attaquer l'autre animal.

Son dinosaure pencha la tête de côté pour regarder l'autre Rex, qui se tenait de profil. Mais presque toute l'image mentale du dinosaure s'effaça, remplacée par un néant blanc, comme si, lorsqu'il se concentrait sur des détails, le minuscule cerveau de la bête cessait tout simplement de voir l'ensemble.

Cohen pensa d'abord que son Rex regardait la tête de l'autre, mais bientôt le sommet du crâne, le bout du museau et le cou puissant de celui-ci disparurent à leur tour dans le néant neigeux. Tout ce qui restait, c'était une image de sa gorge. Bien, pensa Cohen. Une morsure à cet endroit pouvait tuer l'animal.

La peau de la gorge du deuxième dinosaure semblait d'un gris verdâtre, et la gorge elle-même était lisse. D'une façon exaspérante, le Rex de Cohen n'attaqua pas. Il tourna plutôt la tête et se contenta de regarder de nouveau l'horizon.

Dans un éclair d'intuition, Cohen comprit ce qui s'était passé. D'autres gamins dans son quartier avaient des chats et des chiens. Il avait eu des lézards et des serpents – des carnivores à sang froid, un fait auquel les experts psychologues appelés à témoigner avaient attaché beaucoup d'importance. Certaines variétés de lézards mâles ont des fanons qui leur pendent au cou. Le Rex dans lequel il se trouvait – un mâle, estimaient les paléontologistes du musée Tyrell – avait vu en examinant l'autre que sa gorge était lisse, et que c'était donc une femelle. Quelque chose avec quoi s'accoupler, sans doute, plutôt que quelque chose à attaquer.

Peut-être s'accoupleraient-ils bientôt. Cohen n'avait jamais eu d'orgasme, sinon en tuant. Il se demanda comment ce serait.

◆

« Nous avons dépensé un milliard de dollars à développer le voyage dans le temps, et maintenant vous me dites que c'est inutilisable ?

— Eh bien…

— C'est bien ce que vous dites, n'est-ce pas, professeur ? Le chrono-transfert n'a aucun usage pratique ?

— Pas exactement, monsieur le premier ministre. Le système fonctionne très bien. Nous pouvons projeter la conscience d'un être humain dans le passé, en la surimposant à celle de quelqu'un qui y vivait.

— Sans aucun moyen de couper le lien. Splendide.

— C'est inexact. Le lien se coupe automatiquement.

— Ah oui. Quand la personne du passé dans laquelle vous avez transféré la conscience de quelqu'un meurt, le lien est rompu.

— Précisément.

— Et la personne de notre temps dont la conscience a été transférée meurt aussi.

— J'admets que c'est une conséquence malheureuse de la connexion trop étroite de deux cerveaux.

— Alors, j'ai raison ! Tout ce maudit chrono-transfert est inutilisable.

— Oh, pas du tout, monsieur le premier ministre. De fait, je pense que je lui ai trouvé une application parfaite. »

◆

Le Rex continuait à marcher. L'attention de Cohen s'était d'abord concentrée sur la vision de la bête, mais il prenait peu à peu conscience de ses autres sensations. Il pouvait entendre le bruit de ses pas, des branchages et de la végétation qu'il écrasait, des chants d'oiseaux, ou de ptérosaures, et, arrière-plan constant, le bourdonnement incessant des insectes. Pourtant, tous les sons étaient graves et étouffés. L'appareil auditif rudimentaire du Rex était incapable de percevoir les sons à haute fréquence, et ceux qu'il détectait étaient perçus sans profondeur. Cohen savait que la fin du crétacé devait avoir été une symphonie aux tonalités très variées, mais c'était comme s'il les écoutait à travers des protège-oreilles.

Le Rex continuait à marcher, toujours en quête de proie, et Cohen prit conscience de quelques autres détails du monde, aussi bien intérieur qu'extérieur, incluant le soleil brûlant de l'après-midi qui lui tombait dessus et la sensation de faim dévorante dans le ventre de l'animal.

Manger.

C'était ce qui s'approchait le plus d'une pensée cohérente dans ce qu'il avait détecté des processus mentaux de l'animal, une image d'énormes morceaux de viande s'engouffrant dans son gosier.

Manger.

◆

Loi canadienne de maintien des services sociaux de 2022 : Le Canada repose sur le principe de la Sécurité sociale, une série de programmes sociaux conçus pour assurer un haut standard de vie à chaque citoyen. Cependant, une espérance de vie sans cesse croissante, accompagnée d'un abaissement constant de l'âge de la retraite obligatoire, a placé un fardeau insoutenable sur notre système d'assistance sociale et en particulier sur son programme essentiel, la médecine universelle. La plupart des citoyens imposables cessant de travailler à quarante-cinq ans, et l'espérance de vie moyenne des Canadiens étant de quatre-vingt-quatorze ans pour les hommes et quatre-vingt-dix-sept pour les femmes, le système est en voie de s'effondrer complètement. En conséquence, l'ensemble des programmes sociaux ne sera désormais accessible qu'aux citoyens âgés de moins de soixante ans, avec une exception : tous les Canadiens, sans égard à leur âge, peuvent profiter, sans frais, du programme gouvernemental d'euthanasie par chrono-transfert.

◆

Là ! Juste devant ! Un mouvement ! Il ne savait pas quoi, mais c'était gros : un contour indistinct visible seulement de façon intermittente à travers un petit bosquet de pins.

Un quadrupède quelconque, qui lui/leur tournait le dos.

Ah, là. Ça se retournait. La vision périphérique se dissipa en un néant albinos tandis que le Rex se concentrait sur la tête de l'animal.

Trois cornes.

Tricératops.

Splendide ! Cohen avait passé des heures, lorsqu'il était petit, à lire des livres sur les dinosaures, à la recherche de scènes de carnage. Aucune bataille n'était plus excitante que celles où le Tyrannosaurus Rex se colletait avec un Tricératops, ce tank à quatre pattes du mésozoïque, avec le trio protubérant des cornes qui lui poussaient sur le front et l'armure d'os qui lui protégeait le cou depuis l'arrière du crâne.

Et pourtant, le Rex continuait de marcher.

Non, pensa Cohen. Tourne, maudit animal ! Tourne et attaque !

◆

Cohen se rappelait quand tout avait commencé, ce jour-là, il y avait tant, tant d'années. Ce devait être une opération de routine. Le patient était censé avoir été préparé correctement. Cohen avait posé son scalpel sur l'abdomen et, d'une main sûre, avait tranché la peau. Le patient avait poussé un cri étranglé. Un son merveilleux, un son magnifique.

Pas assez d'anesthésique. Le technicien s'était dépêché d'ajuster sa machine.

Cohen avait su qu'il voulait entendre de nouveau ce son. Il le fallait.

◆

Le tyrannosaure poursuivait son chemin. Cohen ne pouvait voir ses pattes, mais il les sentait bouger. Gauche, droite, vers le haut, vers le bas.

Attaque, enculé !

Gauche.

Attaque !

Droite.

Chasse-le !

Vers le haut.

Chasse ce Tricératops !

Vers le b…

La bête hésita, la patte gauche suspendue en l'air, se tenant brièvement en équilibre sur un pied.

Attaque !

Attaque !

Et enfin, enfin, le Rex changea de direction. Le tricératops apparut en trois dimensions au centre du champ visuel du tyrannosaure, comme une cible dans le viseur d'un fusil.

◆

« Bienvenue à l'Institut de chrono-transfert. Puis-je simplement voir vos cartes de bénéficiaires, s'il vous plaît ? Oui, il y a toujours une dernière fois pour tout, ah-ah-ah. Bon, je suis sûr que vous désirez une mort excitante. Le problème est de trouver quelqu'un d'intéressant qui n'ait pas encore été utilisé. Vous comprenez, nous ne pouvons surimposer qu'une conscience sur celle d'un grand personnage historique. Tous les personnages évidents ont été pris, je le crains. Nous recevons encore une douzaine d'appels par semaine pour John Kennedy, mais ça a été le premier à partir, si on peut dire. Si je peux faire une suggestion, cependant, nous avons en catalogue des milliers d'officiers des légions romaines. Ce sont en général des décès très satisfaisants. Que diriez-vous d'un bon petit quelque chose pendant la guerre des Gaules ? »

◆

Le Tricératops leva les yeux, relevant sa tête géante des feuilles de gunnera qu'il avait été en train de brouter. Maintenant que le Rex s'était concentré sur l'herbivore, il sembla se décider.

Il chargea.

Le cornu se trouvait de trois quarts. Il entreprit de tourner, pour faire face à son attaquant avec sa tête caparaçonnée.

L'horizon tressautait terriblement tandis que le Rex courait. Cohen pouvait entendre le cœur de la bête qui battait avec bruit, rapidement, un barrage de feu musculaire.

Le Tricératops, encore en train de compléter son mouvement, ouvrit son bec de perroquet, mais aucun son n'en sortit.

Les enjambées géantes abolirent la distance entre les deux bêtes. Cohen sentit les mâchoires du Rex qui s'ouvraient, plus large, plus large encore, les mandibules qui se désarticulaient.

Elles se refermèrent avec un claquement sur le dos du cornu, au niveau des épaules. Cohen vit deux des dents du Rex qui volaient, déchaussées par l'impact.

Le goût du sang chaud, jaillissant de la blessure…

Le Rex prit du recul pour une deuxième morsure.

Ayant fini de tourner la tête, le Tricératops s'élança, et la longue lance cornue au-dessus de son œil gauche perça la patte du Rex…

Douleur. Exquise, magnifique douleur.

Le Rex rugit. Cohen l'entendit deux fois, une fois comme une réverbération à l'intérieur du crâne de la bête, et la seconde fois comme un écho en provenance des collines lointaines. Un vol de ptérosaures à fourrure argentée s'éleva dans les airs. Cohen les vit disparaître de son champ de vision tandis que l'esprit rudimentaire du dinosaure les effaçait du décor – une distraction non pertinente.

Le Tricératops recula, et sa corne se retira de la chair du Rex.

Le sang, Cohen était ravi de le constater, avait toujours l'air rouge.

◆

« Si la juge Hoskins vous avait donné la chaise électrique, dit Axworthy, l'avocat de Cohen, nous aurions pu faire appel, avec la Charte des droits. Punition cruelle et inhabituelle et tout ça. Mais elle a autorisé le plein accès au programme d'euthanasie par chrono-transfert. » Axworthy fit une pause, reprit : « Elle a dit, en gros, qu'elle veut tout simplement votre mort.

— Comme c'est aimable de sa part », remarqua Cohen.

Axworthy l'ignora : « Je suis sûr que je peux vous obtenir tout ce que vous voulez, dit-il. Vous voulez être transféré dans qui ?

— Pas qui, dit Cohen. Quoi.

— Je vous demande pardon ?

— Cette maudite juge a dit que j'étais le tueur au sang le plus froid à hanter l'Alberta depuis le Tyranno-saurus Rex. » Il secoua la tête. « Quelle idiote. Ne sait-elle pas que les dinosaures étaient des animaux à sang chaud ? Peu importe, c'est ce que je veux. Je veux être transféré dans un T. Rex.

— Vous plaisantez !

— Je ne suis pas très porté sur la plaisanterie, John. Tuer, oui. Je veux savoir qui était le meilleur pour tuer, moi ou le Rex.

— Je ne sais même pas s'ils peuvent faire ce genre de truc, dit Axworthy.

— Eh bien, trouvez-le, bordel. Pourquoi diable est-ce que je vous paie ? »

◆

Le Rex dansa de côté, se déplaçant avec une agilité surprenante pour une créature aussi massive, et il abattit de nouveau ses terribles mâchoires sur l'épaule du cératopsien. L'herbivore perdait son sang à une vitesse incroyable, comme si un millier de sacrifices avaient été accomplis sur l'autel de son dos.

Il essaya de s'élancer de nouveau en avant, mais il s'affaiblissait rapidement. Le tyrannosaure, rusé à sa façon malgré son intellect quasi inexistant, recula simplement d'une douzaine d'enjambées géantes. Le cornu essaya d'avancer vers lui d'un pas, puis d'un autre et, avec un grand et lourd effort, d'un troisième. Mais le tank dinosaurien vacilla et, tandis que ses paupières se refermaient avec lenteur, il bascula sur le côté. Cohen fut brièvement surpris, puis ravi de l'entendre tomber au sol dans un grand bruit d'éclaboussures.

Le tyrannosaure s'approcha alors, leva une patte et l'abattit sur le ventre du Tricératops ; les trois griffes acérées lacérèrent l'abdomen de la bête, en répandant les entrailles dans la lumière dure du soleil. Cohen pensa que le Rex émettrait un rugissement de triomphe, mais ce ne fut pas le cas. L'animal plongea simplement sa gueule dans la cavité et se mit à en arracher méthodiquement de gros morceaux de chair.

Cohen était déçu. La bataille des dinosaures avait été divertissante, la tuerie avait été bien exécutée, et il y avait certainement eu assez de sang ; mais il n'y avait pas eu de terreur. Le Tricératops n'avait donné aucune impression de trembler de peur, ni d'implorer merci. Aucun sentiment de pouvoir, de contrôle. Simplement des brutes épaisses et sans conscience exécutant les ordres préprogrammés par leurs gènes.

Ce n'était pas suffisant. Vraiment pas.

◆

La juge Hoskins observa l'avocat de l'autre côté de son bureau.

« Un Tyrannosaurus Rex, monsieur Axworthy ? Je parlais au figuré.

— Je le comprends bien, madame, mais c'était une observation appropriée, ne pensez-vous pas ? J'ai contacté les gens du chrono-transfert, ils disent qu'ils peuvent le faire s'ils ont un spécimen de Rex à partir duquel travailler. Ils doivent faire une rétro-propagation à partir de matériau physique concret pour déterminer le point d'ancrage temporel. »

La juge Hoskins était aussi peu impressionnée par le jargon scientifique que par le jargon légal. « Au fait, monsieur Axworthy.

— J'ai appelé le Musée royal Tyrell de paléontologie, à Drumheller, et je leur ai demandé quels fossiles de T. Rex sont disponibles dans le monde. Il se trouve qu'il y a seulement une poignée de squelettes complets, mais on a pu me fournir une liste annotée, en me donnant le plus de renseignements disponibles quant aux causes probables de décès de chaque individu. » Il fit glisser une mince feuille de plastique imprimé sur le bureau de la juge.

« Laissez-la-moi. Je vous rappellerai. »

Axworthy prit congé et Hoskins examina la courte liste. Puis elle se laissa aller contre le dossier de son fauteuil en cuir et, pour la millième fois, se mit à lire la broderie sur son mur.

Mon but le plus important
Je l'atteindrai en son temps...

Elle relut le vers, en remuant légèrement les lèvres tandis qu'elle subvocalisait les mots : *"Je l'atteindrai en son temps..."*

La juge retourna à la liste de fossiles de tyranno-saures. Oui, ce serait parfait. Elle poussa une touche de son téléphone. « David, voyez si vous pouvez me trouver Monsieur Axworthy. »

◆

La mort du tricératops avait eu un aspect très inhabituel – un aspect qui intriguait Cohen. Le chrono-transfert avait été exécuté un nombre incalculable de fois ; c'était une des formes les plus populaires d'eutha-nasie. Quelquefois, le corps originel du transféré faisait un commentaire continu de ce qui se passait, comme s'il parlait dans son sommeil. D'après ce que disaient les transférés, il était clair qu'ils ne pouvaient exercer aucun contrôle sur les corps dans lesquels ils se trou-vaient.

D'ailleurs, les physiciens avaient déclaré qu'aucun contrôle n'était possible. Le chrono-transfert fonction-nait précisément parce que le transféré ne pouvait exercer aucune influence et observait donc simplement des événements qui avaient déjà été observés. Puisque aucune observation nouvelle n'avait lieu, il n'y avait aucune distorsion de la mécanique quantique. Après tout, disaient les physiciens, si on pouvait exercer un contrôle, on pourrait modifier le passé. Et c'était im-possible,

Et pourtant, quand Cohen avait voulu de toutes ses forces que le Rex change de route, la bête avait fini par le faire.

Se pouvait-il que le Rex eût si peu de cervelle que les pensées de Cohen pussent le contrôler ?

Folie. Les ramifications en étaient incroyables.

Et pourtant…

Il lui fallait savoir si ç'était vrai. Le Rex était léthar-gique à présent, affalé sur le ventre, gorgé de viande de tricératops. Il semblait prêt à rester là pendant très longtemps, à jouir de la brise précoce de la soirée.

Debout, pensa Cohen. Debout, sale bête !

Rien. Aucune réaction.

Debout !

La mâchoire inférieure du Rex reposait sur le sol. Sa mâchoire supérieure était étirée vers le haut, il avait la gueule grande ouverte. De petits ptérosaures voletaient dans la gueule béante, leurs becs effilés comme des aiguilles piquant apparemment des morceaux de viande entre les dents incurvées du Rex.

Debout, pensa de nouveau Cohen. Debout !

Le Rex remua.

Debout !

Le tyrannosaure fit usage de ses minuscules pattes antérieures pour éviter que son torse ne glisse vers l'avant tandis qu'il poussait sur ses puissantes pattes postérieures jusqu'à se retrouver debout.

En avant, pensa Cohen. Marche !

Il ne percevait plus le corps de la bête de la même façon. Son ventre était plein à craquer.

En avant !

Le Rex se mit à marcher à lourdes enjambées.

C'était merveilleux. Être de nouveau au contrôle ! Cohen éprouva l'ancienne excitation de la chasse.

Et il savait exactement ce qu'il chassait.

◆

« La juge Hoskins a dit OK, dit Axworthy. Elle a autorisé votre transfert dans ce T. Rex qu'ils viennent d'obtenir en Alberta, au Tyrell. C'est un jeune adulte, disent-ils. À en juger par la position du squelette quand on l'a déterré, il est mort d'une chute, probablement dans une fissure. Les deux pattes postérieures et le dos brisé, mais le squelette est resté complètement articulé, ce qui suggère que les charognards n'y ont pas eu accès. Malheureusement, les gens du chrono-transfert disent que, avec une rétro-propagation si loin dans le passé, ils ne peuvent vous relier à lui que quelques heures avant l'accident. Mais votre vœu sera exaucé : vous serez un tyrannosaure quand vous mourrez. Oh, et voici les livres que vous avez demandés : une bibliothèque complète sur la faune et la flore du crétacé. Vous devriez avoir le temps de tous les lire : les gens du chrono-transfert auront besoin d'au moins deux semaines pour tout arranger. »

◆

Tandis que la soirée préhistorique devenait la nuit, Cohen trouva ce qu'il avait cherché. Ça se tapissait dans les fourrés : de grands yeux bruns, une longue face pointue, et un corps souple couvert de fourrure qui, aux yeux du tyrannosaure, semblait à la fois brune et bleue.

Un mammifère. Mais pas n'importe quel mammifère. Purgatorius, les tout premiers primates, qu'on avait découverts au Montana et en Alberta, et qui y avaient vécu depuis la fin du crétacé. Un petit animal, pas plus de dix centimètres de long, sans compter la queue de rat. Des créatures très rares, à présent. Seulement quelques-uns, précieux.

La petite boule de fourrure courait vite pour sa taille, mais une seule enjambée de tyrannosaure couvrait plus d'une centaine des siennes. Aucune chance de s'échapper.

Le Rex se pencha tout près, et Cohen vit la face de la boule de fourrure, ce qu'il y aurait de plus proche d'un visage humain pendant encore soixante millions d'années. Les yeux de l'animal s'élargirent de terreur.

Une terreur pure, brute.

Une terreur de mammifère.

Cohen vit la créature crier.

L'entendit crier.

C'était magnifique.

Le Rex approcha encore sa gueule du petit mammifère et inspira avec tant de force qu'il aspira la petite bête. Normalement, le Rex avalait ses repas tout crus, mais Cohen l'empêcha de le faire. Il le laissa simplement immobile, tandis que le petit primate galopait en rond, terrifié, dans la vaste caverne de la gueule du dinosaure, se cognant aux crocs géants et aux géantes parois de chair, dérapant sur la langue massive et sèche.

Cohen savoura les glapissements terrifiés. Il se délecta de la sensation de l'animal fou de terreur qui s'agitait dans sa prison vivante.

Et enfin, en une grande et glorieuse détente, Cohen mit fin à la détresse de la bestiole, en permettant au Rex de l'avaler entière. La boule de fourrure le chatouilla quand elle glissa le long de la gorge du géant.

C'était juste comme dans le temps.

Juste comme la chasse aux humains.

C'est alors qu'il vint à Cohen une idée merveilleuse. Eh, s'il pouvait tuer assez de ces petites boules de fourrures glapissantes, elles n'auraient pas de descendants. Il n'y aurait jamais d'Homo Sapiens. Il se rendit compte que, au pied de la lettre, il chassait des humains – chaque humain qui existerait jamais.

Bien sûr, quelques heures ne suffiraient pas pour en tuer beaucoup. La juge Hoskins avait certainement pensé que ce serait une splendide justice poétique, ou elle n'aurait jamais autorisé le transfert: l'envoyer dans le passé pour tomber dans l'abîme, damné.

Juge imbécile. Maintenant qu'il pouvait contrôler la bête, pas question de la laisser mourir jeune. Il n'avait qu'à…

Voilà. La fissure, une longue crevasse dans le sol, avec un rebord qui s'éboulait. Bon sang, c'était difficile de voir. Les ombres des arbres composaient un lacis qui brouillait la perception de la fissure déchiquetée. Pas étonnant que ce Rex débile ne l'ait pas vue avant qu'il ne soit trop tard.

Mais pas cette fois-ci.

Tourne à gauche, pensa Cohen.

À gauche.

Son Rex obéit.

Il éviterait cette zone à l'avenir, juste pour être sûr. D'ailleurs, il y avait un vaste territoire à couvrir. Heureusement, c'était un jeune Rex – un adolescent. Il aurait des décennies pour poursuivre sa chasse très spéciale. Cohen était sûr qu'Axworthy connaissait son boulot : une fois qu'il deviendrait apparent que le lien durait plus longtemps que quelques heures, il bloquerait pendant des années en cour toute tentative de l'interrompre.

Cohen sentit la tension familière monter en lui, comme dans le Rex. Le tyrannosaure continuait à marcher.

C'était mieux que dans le temps, pensa-t-il. Bien mieux.

Chasser l'humanité tout entière.

La détente du plaisir serait exquise.

Il se mit à observer attentivement les fourrés pour y déceler une trace de mouvement.

Parution originale : Just Like Old Times,
OnSpec.

LE BATEAU DE MINUIT POUR PALERME

ROSEMARY AUBERT

Ce que j'aimais le plus, lorsque nous allions à la rencontre du bateau de minuit pour Palerme, ce n'était pas le mouvement des vagues, même si j'ai souvent pensé que le bercement de la mer me rendait le sommeil plus facile que le silence immobile de mon lit. Ce n'était pas non plus la lumière de la lune que j'aimais, car j'avais peur de cette lumière, et j'en ai peur encore aujourd'hui. Dans notre groupe de soutien, beaucoup de femmes parlent de leur peur de la lune. Parfois, elles la mettent en rapport avec des pères abusifs ou leur terreur plus générale de la nuit. J'adorais mon père, et il n'a jamais abusé de moi comme on l'a fait de certaines de ces femmes. Mais, comme elles, en parlant de ma jeunesse, j'ai éveillé un souvenir enfoui il y a bien longtemps – quarante ans, de fait. J'ai soudain compris que mon père avait été assassiné. Je me suis soudain rappelé que j'étais là lorsqu'on l'a tué. J'ai soudain su le nom de son assassin.

Ce que j'aimais le plus, avec le bateau de minuit pour Palerme, c'était le silence. Car mon univers, alors et maintenant, a toujours été un univers bruyant. Quand je suis arrivée dans ce pays, même si je n'en parlais pas la langue, je savais déjà que je parlais trop fort. Comment aurait-il pu en être autrement? Nous étions sept, après tout, qui vivions dans une minuscule cabane sur la rive d'une petite anse. Nous ne l'appelions pas ainsi, évidemment; j'ai appris ce mot bien plus tard, lors d'un atelier d'écriture commandité par le gouvernement. Mais c'était bien une anse, un petit creux dans les rivages rocheux de la Sicile. Et quand on parlait, si on voulait se faire entendre un tant soit peu, il fallait crier pour couvrir le bruit de tous ces frères et de toutes ces sœurs, pas seulement celui des parents qui se disputaient, ou celui de la mer. C'est ainsi que nous l'appelions – pas une anse : la mer.

Comme la plupart des habitants de notre village, nous n'étions pas riches. Mais nous avions amplement à manger, et des vêtements corrects, même alors que la Deuxième Guerre mondiale n'était finie que depuis quelques années. Deux fois par an, ma mère allait à Rome acheter pour moi et mes sœurs des robes, des chemisiers garnis de dentelle, des chaussures pour l'église le dimanche. En y pensant maintenant, je suis stupéfaite que nous n'ayons jamais posé de questions à propos de ces extravagances. Je n'en ai jamais posé non plus quant à l'attitude de ma mère à notre égard lorsqu'elle s'apprêtait à faire ces voyages. Pendant des semaines, avant, elle était si gentille avec nous, si agréable. À la place de sa sévérité habituelle, elle était presque gaie. Elle détestait nous quitter, mais il était difficile d'ignorer son bonheur, tout comme, lorsqu'elle revenait, il était difficile d'ignorer à quel point elle semblait irritée pendant des semaines. Ma mère, pensais-je, était une femme imprévisible. Je vois maintenant, pourtant, après toutes ces années, qu'elle était bien plus prévisible que je ne pouvais l'imaginer.

Lorsqu'elle se trouvait à la maison, c'est-à-dire la plupart du temps, c'était une bonne mère. Elle cousait, elle nettoyait et elle cuisinait une sauce tomate célèbre dans tout notre petit village. Aujourd'hui encore, je peux la voir à son fourneau, en train de la préparer. Elle commençait par faire chauffer une énorme poêle de fer noir, et y laissait tomber goutte à goutte, avec précaution, la plus pure des huiles d'olive. Puis elle prenait de l'ail et, en séparant avec soin chaque gousse, elle les pelait de ses lentes et fortes mains. Quand l'huile chaude avait rendu l'ail aussi doré qu'elle, ma mère ajoutait les morceaux de bœuf. Cette viande aussi dorait bientôt, emplissant notre petite maison de son arôme. Et quand la viande était cuite, ma mère ajoutait la pâte de tomate. Il y a plus de quarante ans que je l'ai vue faire, mais je me rappelle comme si je me tenais là comment elle allait au petit garde-manger de notre cuisine, un endroit toujours frais quelle que soit la saison de l'année, et y prenait sur l'une des étagères le pot de terre où se trouvait la pâte de tomate. Celle-ci avait été séchée au soleil par sa propre grand-mère, et elle était presque noire. Bien entendu, je pensais que ça ressemblait à du poison. Mais même alors, je comprenais que c'était la pâte de tomate qui donnait à la sauce sa texture riche et épaisse en lui conférant un goût si intense qu'elle semblait avoir mijoté pendant des éternités. Cependant, quand ma mère ajoutait cet ingrédient, elle devait être très prudente. Si elle en mettait trop, ou si elle ne la faisait pas cuire jusqu'à ce qu'elle aussi soit dorée, la sauce serait amère – un échec. Après la pâte de tomate, le seul autre ingrédient, c'étaient les tomates fraîches. Et encore un autre – l'ingrédient secret. Quand la sauce avait cuit pendant deux heures, ma mère ajoutait une petite tasse de sucre. C'était ma tâche de lui apporter le sucre du buffet qui se trouvait de l'autre côté de la cuisine, et j'en goûtais toujours un peu avant de le lui apporter. Alors, quand elle m'y surprenait, elle se mettait à rire.

C'était le jeudi qu'elle faisait la sauce. Et c'était le jeudi que mon père attendait à son tour le bateau de minuit pour Palerme. J'ai toujours pensé que mon père est mort un vendredi, mais je comprends maintenant que c'est une idée trop simple. On l'a trouvé mort un vendredi. Mais il a été tué un jeudi – le jeudi où nous étions censés, lui et moi, comme d'habitude, aller à la rencontre du bateau de minuit pour Palerme, mais où nous ne l'avons pas fait.

Mon père, comme les autres hommes du village, travaillait à l'usine à sucre. Comme j'avais seulement huit ans, je pensais que l'usine avait toujours été là. Je vois maintenant que je me trompais. Elle ne peut avoir été construite qu'après la guerre, alors que j'avais deux ou trois ans. Quand j'étais petite, cependant, l'usine à sucre était l'un des centres de mon existence. Même si, quand ils avaient huit ans, mes propres enfants semblaient passer tout leur temps à l'école, ce n'était assurément pas mon cas. Il n'y avait qu'une seule institutrice, une vieille femme dont le fils était parti pour ne jamais revenir, et qui ne parlait presque que de cela, même lorsqu'elle était censée nous enseigner les mathématiques ou l'histoire des rois de Sicile. Il était facile de se glisser hors de l'école – ou de ne pas y aller du tout, ce que je faisais souvent. Dès que j'étais libre, je me rendais à l'usine.

Maintenant, je trouve très important d'expliquer que je n'allais pas à l'usine pour manger du sucre. Le mystère, en ce qui concernait l'usine, c'est que personne n'y était jamais autorisé à manger du sucre, Zi Antonio l'avait interdit. Quiconque en goûtait ne fût-ce qu'une minuscule pincée devait quitter son travail – pour toujours. Zi Antonio était le maire de notre petit village, même si ce terme – maire – en est un autre que nous n'utilisions jamais, que je n'ai même jamais appris avant d'arriver ici. Mon père m'avait dit que, selon Zi Antonio, ce n'était pas une bonne pratique commerciale de consommer votre propre produit, c'était ainsi qu'on perdait de l'argent, et cela indiquait un manque de respect.

J'avais une autre façon d'envisager la question, une des raisons pour lesquelles je visitais si souvent l'usine à sucre. Pour que tout ceci ait un sens, il me faut décrire l'aspect de l'usine. Quoique, maintenant que je sais enfin ce que je décris réellement, je dois admettre que ce n'était peut-être pas toute l'usine : seulement la vision que j'en avais dans mon enfance.

Au contraire de tous les autres bâtiments du village, l'usine était construite en un matériau propre et lisse – du béton, je dirais. Et elle n'avait pas de fenêtres. La seule façon dont on pouvait voir à l'intérieur, c'était en se tenant près de la grande porte arrière, et je m'y tenais souvent.

Le toit de l'usine était couvert de tuyaux qui pointaient vers le ciel. Quelquefois, il en sortait de la fumée, comme d'un volcan. Quand cela arrivait, cela m'effrayait, et je m'enfuyais en courant. Mais je revenais toujours.

Les seules fois où je restais longtemps à l'écart de l'usine, c'étaient dans les quelques occasions où Zi Antonio me chassait, en personne. Il ne venait presque jamais à l'usine à sucre, mais il semblait être partout ailleurs dans le village, y compris chez nous. Dans mon souvenir, la première fois qu'il m'a attrapée, je me promenais seulement autour de la cour de l'usine. Il y avait là des piles et des piles de tonneaux, juste comme ceux que nous recevions du bateau de Palerme. Il m'a prise complètement par surprise. J'étais penchée sur une rangée de tonneaux, et je les cognais du plat de la main, comme je l'avais vu faire à ma mère quand elle voulait savoir si une aubergine était mûre. Je venais juste de décider qu'ils étaient vides quand j'ai entendu une exclamation tout près de moi. J'ai dû faire un bond d'un kilomètre de haut. Zi Antonio était dressé de toute sa taille, comme l'image de l'ogre dans le livre d'histoire que ma cousine Térésa m'avait envoyé d'Amérique, J'ai commencé à pleurer.

Je dois dire que Zi Antonio nous a toujours très bien traités, mes frères, mes sœurs et moi. « Non, non, non », a-t-il dit simplement, et il m'a fait signe de partir.

La deuxième fois qu'il m'a surprise, je faisais la même chose. Les tonneaux semblaient toujours vides. La troisième fois, Zi Antonio a dit que si je continuais à jouer là, mon père perdrait son emploi.

En réalité, ce que j'essayais de me figurer, c'était si le sucre de l'usine était du poison, et si les ouvriers lui faisaient quelque chose qui le désempoisonnait, pour que, lorsqu'il quittait l'usine, nous puissions le manger.

Tout le monde savait que Zi Antonio était le patron de l'usine. Nous savions aussi que c'était un ami particulier de la vieille femme qui nous servait d'insti-tutrice. Enfin, nous savions que Zi Antonio était d'une façon ou d'une autre chargé de l'église de la paroisse, même si nous supposions que ce devait être seulement quand le prêtre n'y priait pas ou n'était pas en train d'y faire quelque chose de sacré. Zi Antonio, par exemple, était chargé des œuvres charitables – c'était un homme très généreux. Il était toujours présent aux funérailles, et consolait la mère ou la veuve.

Zi Antonio était aussi un ami particulier de ma mère. C'était à cause de lui, ai-je toujours pensé, qu'elle prenait tant de soin à faire la sauce, chaque jeudi, car il était toujours invité à souper ce soir-là.

Cela se déroulait avec une régularité d'horloge. Tout l'après-midi, ma mère faisait cuire sa sauce tandis que mon père travaillait à l'usine. Zi Antonio arrivait. Mon père, un homme taciturne, parlait peu à table, mais Zi Antonio était drôle et nous nous tenions les côtes en écoutant ses blagues.

Je mangeais plus vite que les autres parce que je devais être prête pour aller avec mon père à la rencontre du bateau de Palerme. Je nous préparais un petit en-cas. Je sortais les pull-overs et les couvertures. Et je remplissais la lanterne dont nous avions besoin pour faire des signaux au gros bateau et permettre aux marins de voir ce qu'ils faisaient quand ils chargeaient les tonneaux dans notre bateau.

Une fois de temps en temps, le vent se levait, ou la pluie fouettait notre bateau à ciel ouvert, mais j'avais une confiance absolue en mon père. Je vois à présent que ces sorties avec lui étaient ce que j'ai fait de plus dangereux de toute ma vie, mais je me sentais plus en sécurité alors que jamais depuis.

Je lui demandais de me raconter ses histoires de la mer, et il acceptait toujours. Il connaissait des histoires de pirates, d'explorateurs, des saints missionnaires de l'Église.

Alors que nous nous écartions de la plage derrière l'usine à sucre, le soleil était bas sur l'eau. Je me laissais aller dans la pile de couvertures tandis que mon père ramait avec lenteur en nous éloignant du village. Lorsque s'effaçait le dernier point de repère – la cheminée de l'usine à sucre –, je commençais à ressentir l'effet du bercement du bateau. Je m'assoupissais. Souvent, lorsque je me réveillais, j'étais étendue au fond du bateau et j'ouvrais les yeux sur les étoiles.

Rien depuis dans mon existence n'a jamais égalé la paix de ces voyages. Il me semblait que nous dérivions pendant des heures. Dans le silence de la nuit, je demandais à mon père ce qu'il y avait dans les tonneaux que nous transférions du bateau de Palerme dans le nôtre. Il souriait et disait que c'était du sirop qui venait de très, très loin, et qu'on en avait besoin pour faire le sucre. Du sucre de canne? lui demandais-je. Mais il fixait l'eau et ne me répondait pas.

Je lui demandais aussi pourquoi personne à l'usine ne pouvait manger du sucre. C'était une question piège. Je savais, comme tous les enfants, que parfois, si on ne cesse de poser une question, la réponse habituelle peut soudain en devenir une autre, qui se trouve être la vérité. Mais il disait, et il disait toujours, que c'était mauvais pour le commerce, que cela indiquait un manque de respect et que tout le sucre de l'usine appartenait à Zi Antonio.

Zi Antonio, disait-il, était le patron de l'usine à sucre, mais lui aussi avait ses propres patrons et, de quelque façon qu'on vécût sa vie, il y avait toujours quelqu'un qui avait le pouvoir de vous dire quoi faire. Je ne savais pas de quoi il voulait parler.

Je lui demandais pourquoi nous devions attendre si longtemps. Cela, il me l'avait expliqué, souvent. Le bateau pour Palerme, disait-il, était parti d'un pays appelé Turquie, et quand un bateau est en mer, le vent peut le pousser ou le ralentir, les vagues peuvent être si hautes que le bateau a deux fois plus de chemin à parcourir – en montant d'un côté et en descendant de l'autre. Je riais de sa plaisanterie et, pelotonnée dans mon pull-over bien chaud, je m'installais pour savourer les sandwiches que je nous avais préparés.

Souvent, quand le bateau arrivait enfin, j'étais endormie, et parfois je me réveillais seulement en entendant les cris, pour voir les tonneaux qu'on descendait. Puis je me rendormais et ne m'éveillais pas avant que notre petit bateau ait rejoint le rivage. Je me traînais sur le sable et j'attendais là que mon père ait roulé les tonneaux dans la cour de l'usine. Puis il me prenait la main sur le chemin qui conduisait chez nous. Nous rentrions sur la pointe des pieds, et il me bordait dans mon lit. D'habitude, j'étais endormie avant qu'il ne referme la porte, avec mes sœurs qui respiraient en silence près de moi.

Mes souvenirs de ces nuits sont si intenses et si complets que je me rappelle chaque détail de la nuit qui n'a pas été comme les autres – la nuit où mon père a été tué.

Pendant quelque temps avant cette nuit-là, les disputes entre mes parents avaient été plus fréquentes et plus bruyantes. Ils s'étaient toujours disputés, mais jamais autant ni si violemment. Un jeudi, mon père est revenu du travail dans le milieu de l'après-midi. Il semblait différent – irrité, et même effrayé. Il a dit à ma mère que l'usine à sucre allait fermer. Ensuite, il a commencé à boire du vin. D'habitude, il prenait un petit verre avec son souper, mais ce jour-là, il s'est mis à boire pendant l'après-midi, ce que je n'avais jamais encore vu.

Comme toujours, ma mère faisait cuire la sauce pour le souper. Malgré les ennuis de mon père et le fait qu'elle se disputait avec lui, ses mains étaient fermes tandis qu'elle laissait tomber la viande dans l'huile bouillante. Quand il comprit ce qu'elle était en train de préparer, le souper du jeudi, comme si rien n'était arrivé à l'usine à sucre, mon père s'est mis à lui crier après. Comment pouvait-elle avoir Zi Antonio comme invité alors qu'il était sur le point de tous les ruiner ? Zi Antonio n'avait rien à y voir, a-t-elle dit alors, que l'usine ferme ou reste ouverte. Je n'avais pas la moindre idée de ce que signifiait tout cela, j'attendais que ma mère ajoute le sucre à sa sauce. Mon père devenait de plus en plus furieux. Puis il est sorti à grands pas de la cuisine. J'ai couru derrière lui, mais il m'a claqué la porte au nez. Quand je suis revenue dans la cuisine, j'ai vu que ma mère avait posé la petite tasse de sucre sur le comptoir. Je suis allée vers elle et j'ai tendu un doigt pour le tremper dans le sucre. À ma grande stupeur, ma mère m'a donné une claque sur la main, si fort que je l'ai cognée contre le bord du comptoir et me suis coupée. Ma mère n'a même pas proposé de m'aider. Elle m'a dit de sortir, de nettoyer la coupure et de revenir immédiatement. J'ai obéi à la lettre. Peu de temps après, mon père est revenu et s'est enfermé dans la chambre de mes parents.

Zi Antonio est venu pour souper ce soir-là, mais il n'y a pas eu de plaisanteries. Il n'avait même pas faim. Tout ce que nous avons mangé, ce fut de la salade, du fromage et du pain. Il chuchotait avec ma mère, tandis que nous étions tous assis à la table. Je me disais qu'ils murmuraient pour éviter de réveiller mon père qui s'était endormi après avoir bu tout ce vin. Je voulais tout le temps que mon père se réveille, pour que nous allions à la rencontre du bateau. Mais chaque fois que j'essayais de me lever de table, ma mère me disait de m'asseoir.

Après un très long moment, mon père s'est enfin réveillé, mais je savais qu'il était trop tard pour que nous y allions. Il faisait déjà nuit. Ma mère semblait maintenant bien moins fâchée qu'avant. Elle avait même mis un peu de sauce de côté pour mon père, et elle lui a fait cuire du macaroni, qu'elle a couvert de sauce. Lui aussi devait être venu à bout de sa colère, car j'ai pu voir comme il avait faim. Il a tout mangé. Puis il est retourné dans la chambre qu'il partageait avec ma mère, s'est étendu sur le lit et s'est aussitôt rendormi.

J'avais le cœur brisé. Toute la journée j'avais pensé à notre voyage à la rencontre du bateau pour Palerme, et maintenant, de toute évidence, nous n'irions pas. Je suis allée me coucher aussi.

Mais j'ai eu du mal à dormir. Au milieu de la nuit, je me suis levée pour demander à mes parents si je pouvais partager leur lit jusqu'à ce que je m'endorme. Leur porte était ouverte et j'ai regardé. Ils étaient étendus l'un à côté de l'autre. Un large rayon de lune tombait sur le visage de mon père. Il m'avait dit et répété que ce n'était pas bon de dormir sous la lune. Mais il y était, là, profondément endormi, et absolument sans protection contre la lune. Plus troublant encore était le visage de ma mère. Elle ne dormait pas. Ses yeux étaient grands ouverts, elle regardait le plafond et des larmes coulaient sur ses joues, en scintillant comme des diamants dans la lumière pâle.

J'ai compris alors qu'elle regrettait leur dispute. J'ai su aussi que leur chambre n'était pas un endroit

pour moi. Je suis retournée dans ma propre chambre
et me suis endormie.

Tout est arrivé très vite ensuite. Le jour suivant,
mon père ne pouvait pas se réveiller. Le docteur est
venu. Et puis le prêtre. Il était mort avant qu'ils n'arrivent. Ils ont dit que c'était le choc de savoir que
l'usine à sucre allait fermer. Ils ont dit qu'il devait
toujours avoir eu une faiblesse au cœur. Ils ont dit
que c'était bien triste – un homme dans la trentaine,
avec cinq enfants…

Zi Antonio nous a sauvés. Il a dit à ma mère qu'il
s'occuperait de nous. Il a dit que ses patrons avaient
décidé de l'envoyer au Canada. Il a dit que nous pouvions tous venir avec lui. Ma mère a porté ses habits
noirs pendant tout le voyage jusqu'au Canada. Nous
nous sommes arrêtés à Rome pour les acheter.

Après notre arrivée dans notre nouveau pays, nous
nous sommes installés dans notre nouvelle existence.
C'était étrange, au début, d'avoir Zi Antonio avec nous
tous les jours, au lieu d'une fois par semaine. C'était
étrange d'avoir un père – lui et ma mère s'étaient
mariés – qui travaillait dans un bureau tous les jours
au lieu de travailler dans une usine. Et c'était étrange
de vivre dans une véritable ville, au lieu du village.
Mais il y avait beaucoup de bons côtés – l'école, le
musée, les parcs, les amis. Je n'ai pas tardé à oublier
la Sicile. Je n'ai jamais oublié mon père, bien sûr.
Mais cela me faisait de la peine de penser comme il
était mort jeune. Il avait été mon ami. Maintenant,
j'avais d'autres amis. Et au bout d'un certain temps,
je n'ai presque plus pensé à lui.

Zi Antonio m'a proposé de m'envoyer à l'université, mais j'étais une rebelle. Quand j'ai quitté l'école,
je suis allée travailler dans une usine, comme mon

père. C'était du travail propre. Si on faisait bien attention et qu'on travaillait vite, on pouvait avoir une bonne paie. J'ai commencé avec les machines, à coudre des pyjamas. Puis je suis passée aux robes qu'on cousait à la main, et je suis devenue une des ouvrières senior. Quand j'ai pris ma retraite, il y a six mois, je fabriquais les plus belles robes de mariée, je cousais des perles sur de la dentelle qui coûtait presque cinq cent dollars le mètre.

Il y a deux ans, les commandes ont commencé à baisser. On a dû laisser partir les ouvrières, les unes après les autres. Finalement, il n'y en avait plus que quatre – celles qui s'occupaient des robes de mariée. Chaque jour, pendant deux ans, je suis allée travailler en me disant que ce serait ma dernière journée, et un jour, c'est arrivé. La patronne pleurait. Elle n'avait même pas d'argent à nous donner comme paie de départ. La dernière chose qu'elle a faite, ça a été de nous payer le salaire qu'elle nous devait. Et c'est tout.

Sauf qu'il y avait la psychologue. La patronne a fait un petit discours comme quoi le gouvernement avait prévu un soutien pour nous toutes. Nous pouvions apprendre comment écrire nos résumés. Nous pouvions explorer les possibilités de recyclage. Nous pouvions même apprendre à écrire de la fiction – pour nous mettre en contact avec notre être profond, elle a dit.

Le seul programme disponible, c'était "La vision intérieure". Alors je me suis inscrite à cet atelier, et j'y ai découvert le secret que j'avais dissimulé toute ma vie à mon "être profond".

C'est arrivé si simplement et si soudainement... Je suis allée au centre communautaire où avait lieu l'atelier. Au début, tout le monde était très nerveux et très embarrassé. Mais nous étions toutes des femmes, et nous avons bientôt commencé à bavarder. À mesure que passaient les semaines, j'ai commencé à me sentir à l'aise pour parler aux femmes du groupe, qui étaient un peu plus jeunes ou un peu plus âgées que moi.

Un soir, il y avait quelques femmes beaucoup plus jeunes, toutes assises ensemble, et tellement jolies, comme ma mère le jour où nous avons quitté notre village pour venir au Canada avec mon beau-père.

Une des filles nous a dit qu'elle allait dans un groupe différent chaque soir pour ne jamais devoir passer la soirée seule. Le silence était total quand elle nous a raconté d'une voix tremblante qu'elle avait été une droguée.

Bien sûr, pour les femmes de mon âge, avoir une fille qui se drogue, c'est la terreur ultime. J'étais même allée une fois à une conférence commanditée par la police sur toutes les variétés de drogue et l'histoire de leurs origines.

La fille a seulement parlé un peu, en riant et en pleurant en même temps qu'elle nous racontait son histoire. Ce qu'elle a dit, c'est que la première fois qu'elle a vu de l'héroïne, ça ressemblait exactement à du sucre. Ça scintillait comme du sucre, et elle y a mis le doigt pour en prendre un peu, et elle l'a goûté, en s'attendant à ce que ce soit sucré, mais c'était amer. Et cela aurait dû lui dire tout ce qu'elle avait besoin de savoir sur la question.

J'ai vu, alors, j'ai tout vu. J'ai vu mon père qui levait les bras pour recevoir les tonneaux d'opium en provenance de Turquie – exactement comme la police nous l'avait expliqué. J'ai vu l'usine avec ses tuyaux effrayants et son bizarre produit blanc que personne n'était autorisé à manger. J'ai vu Zi Antonio et ses costumes chics, avec le respect et la peur de tout le

monde au village. Et j'ai vu ma mère tirant un chemisier de soie d'un sac de papier glacé rapporté de
Rome.

J'ai pris mon manteau et mon sac, et je suis sortie
du centre pour revenir chez moi à pied.

Mais même là, je n'en avais compris qu'une petite
partie. Il m'a fallu encore presque toute la nuit avant
de comprendre ce que Zi Antonio et ma mère avaient
fait chaque jeudi soir. Et alors, le plus cruel de tout,
j'ai compris la soudaine colère de ma mère le jour
où je l'avais vue mettre son ingrédient secret dans sa
fameuse sauce. Le jour où j'ai tendu un doigt pour
goûter le sucre comme je l'avais fait tant de fois
auparavant.

Le jour suivant, j'ai été malade. Toute la journée,
j'ai rêvé de mon enfance. Quand mon mari est rentré
à la maison, je ne pouvais plus dire ce qui était un
rêve et ce qui était la réalité.

La semaine prochaine, peut-être, je retournerai à
l'atelier. Je leur dirai que je suis déprimée parce que
j'ai perdu mon emploi, que je me sens fatiguée, que
j'ai peur de ne jamais retrouver du travail – une femme
de mon âge… Mais je ne leur parlerai jamais de ma
mère. À qui raconterais-je l'histoire, et pourquoi ? Du
jour où nous sommes arrivés au Canada, nous avons
vécu en bons citoyens respectueux des lois. Nous
sommes allés à l'école, et nous avons travaillé, et
nous nous sommes mariés, et nous avons envoyé nos
propres enfants à l'école. Zi Antonio est mort, et ma
mère aussi. Mes enfants n'ont jamais tellement voulu
entendre parler du vieux pays.

Non, je suis la seule qui reste à connaître le secret
de Zi Antonio et de ma mère. La nuit où j'ai regardé
dans la chambre et vu mon père, si tranquille que
même la lueur de la lune ne pouvait le réveiller, j'ai

enfoui ce secret en moi, sans même le savoir. Maintenant, à cause des quelques paroles d'une fille mal en point, je sais enfin. Mais le secret demeure avec moi. Il flotte dans mon esprit, détaché de tout, comme notre petit bateau, une toute petite poussière sur les eaux qui léchaient la plage de notre village, qui s'en allaient ensuite vers la baie de Palerme, et traversaient la Méditerranée pour devenir enfin la véritable mer.

Parution originale : The Midnight Boat to Palermo,
Cold Blood V.

L'ARMURE DE COTON

MARY JANE MAFFINI

C'est Cortès qui m'a servi de modèle. Il savait vraiment comment mettre son monde au pas. Pour l'admettre, il suffit de penser à la taille de sa minuscule compagnie de soldats espagnols et à la puissance de l'empire aztèque qu'il a conquis. Je dois beaucoup à son influence, y compris, je dois l'admettre, mes trois années de règne comme présidente de la Société féminine paroissiale. Trois années entières au sommet de la pyramide de la paroisse. Un record dans le contrôle et la direction des dames de la paroisse qui préféraient qu'on les laisse mener tranquilles leurs mesquines batailles. Je peux les voir à présent, se réjouissant de leurs triomphes. Comme elles aimaient planter leur drapeau dans leur petit bout de territoire : les fleurs de l'autel, la cuisine de la société paroissiale, la procession du mois de mai, le spectacle de Noël. Mais je les ai toutes eues à ma botte pendant trois délicieuses années. Parfaitement. Moi. Ne l'oubliez pas.

Et n'oubliez pas l'année que j'ai passée comme co-vice-présidente du Conseil national des sociétés féminines paroissiales, non plus. Encore moi.

Parfaitement. Helen Denninger – c'était Helen Mooney alors –, dont la mère n'était qu'une femme

de chambre, et pas des plus douées. C'est bien moi.
Helen Denninger, dont le père n'était qu'un ivrogne,
si même c'était bien celui que ma mère prétendait.

Même après que j'eus épousé Walter, bien longtemps après, les dames de la paroisse pensaient qu'elles
ne me laisseraient jamais oublier qui j'étais. Ou d'où
je venais. Des petites rebuffades, un léger rictus, un
regard. Mais en fin de compte, c'est moi qui avais
toute la confiance de l'archevêque, n'est-ce pas ?

Ma carrière dans la politique religieuse et domes-
tique, personne n'aurait pu la prédire, quand on y
réfléchit bien. Surtout quand on m'a envoyée gratter
les cabinets et balayer les escaliers d'en arrière à la
Maison Glebe alors que je n'avais guère plus de
quinze ans. Obéir aux ordres de la gouvernante, avec
son nez crochu, et me faire dire en termes très clairs
de me tenir à l'écart des prêtres. Quoi qu'il arrive.

Ça m'était égal. Je ne savais pas de quoi il retournait. Et je ne voulais certainement pas me mettre dans
les jambes des prêtres. J'en avais peur, à l'époque.
Mais c'est là, à la Maison Glebe, que j'ai vu pour la
première fois des livres en dehors de la salle de classe.
Mon travail consistait à épousseter le sommet des
objets dans la bibliothèque, et de prendre chaque livre
pour épousseter derrière. Je me rappelle avoir beaucoup éternué.

C'est là que j'ai lu Dante, et saint Thomas d'Aquin
et les Vies des Saints. Bien assez pour me convaincre
que mon existence, laquelle n'impliquait pas de
croire profondément en quoi que ce fût sinon à la vie
au jour le jour, était quand même meilleure que d'être
décapitée, rôtie ou crucifiée à l'envers, ou ce genre
de choses.

Et puis, j'ai découvert Cortès. Et j'ai lu sans me
lasser comment six cents Espagnols dotés de culot et

de ruse ont conquis l'empire aztèque. Le bon sang d'empire au complet. En amenant les Aztèques à Dieu, a précisé le père Doyle quand il m'a vu lire ce livre-là.

En exerçant son pouvoir sur les Aztèques, voilà ce que j'ai bien compris. En soumettant à son contrôle des centaines de milliers d'indigènes puissants et bien organisés et qui n'aimaient guère les étrangers. En les forçant à changer leur mode de vie. En mettant fin à leur empire. En s'appropriant leurs terres et leurs richesses. En annihilant leur religion. Et bravo pour ces Espagnols, si vous voulez mon avis.

Ce n'était pas sans côtés divertissants, cette affaire, la conquête. Pendant toutes leurs batailles, les Espagnols et les Aztèques portaient des armures de coton renforcé. Je me rappelle, à l'époque, j'ai trouvé ça très drôle. De quoi pouvait bien vous protéger une armure de coton ? Ça dépend de ce que l'on craint, je suppose. Dans le cas des flèches, c'était très efficace, à mon avis. J'y ai beaucoup réfléchi par la suite. Était-ce simplement parce qu'ils croyaient en l'efficacité de ces armures de coton ?

La simple lecture des hauts faits de Cortès a transformé ma vision du monde. J'ai pensé aux dames de la paroisse et à la façon dont elles s'imaginaient toujours être meilleures que moi, Helen Mooney, de nulle part. Leurs beaux habits m'ont rappelé les armures de coton : ils les protégeaient des pensées pénétrantes d'autrui – si elles l'avaient seulement su. Je me suis procuré une armure de coton aussi, en temps utile. Mais pas avant d'avoir beaucoup réfléchi à Cortès et à sa petite bande de soldats au Mexique.

Combien de fois ont-ils failli mourir de faim ? Combien de ces soldats ont-ils été blessés ? Combien de fois se sont-ils trouvés en infériorité numérique ? Mais ce qui m'intéressait le plus, c'était comment Cortès s'en était tiré, puisqu'ils étaient à mille contre un, vous savez. Grâce à là ruse, voilà comment. Toujours avec la ruse, avec des supercheries, et en jouant les uns contre les autres. Exactement comme moi dans la paroisse Saint-Antoine.

Alors, vous voyez, Cortès m'a donné une nouvelle perspective : savoir que je pouvais triompher, malgré tout. La petite Helen Personne pouvait devenir Quelqu'un. J'ai suivi des cours du soir et j'ai battu tous les étudiants de la classe. Moi, Helen Mooney, qui étais toujours restée au fond de la salle d'école, trop grande, trop dégingandée. J'ai suivi un autre cours, de comptabilité. Je me rappelle encore comme la prof approuvait tout ce que je faisais. Elle n'arrivait jamais à comprendre comment les autres pouvaient être aussi perdus dans leurs travaux, ou dans leur compréhension de ce qui serait la matière de l'examen, comment ils faisaient des erreurs idiotes parce que leurs certitudes étaient erronées. La technique de la supercherie, je la dois aussi à Cortès.

En l'espace de deux ans, j'ai pu quitter la Maison Glebe et me trouver du travail dans une banque, en l'emportant sur d'excellents compétiteurs qui ne savaient rien de la ruse ni du bon usage des rumeurs. J'ai appris à m'habiller comme il fallait. J'ai acheté mon armure de coton au département des habits pour dames chez MacPherson. Des habits de bon goût. Un bon camouflage. Conçu pour protéger celle qui le porte et tromper l'adversaire. Ça a très bien marché. Deux courtes années de stratégies et de privations, et j'ai épousé le gérant de la banque. Walter Denninger. Mon Wally. Mon ambassadeur dans le camp ennemi.

Mais même avec Wally, j'ai toujours gardé Cortès en réserve. Trente ans plus tard, il m'a menée à ma plus grande victoire et aux trois délicieuses années pendant lesquelles toutes les décisions m'ont appartenu. Pendant lesquelles l'occasion d'humilier et de rabaisser se présentait souvent, mais jamais sans le parfum et le goût de la victoire.

Pendant lesquelles les troupes me suivaient aveuglément, à moins de vouloir en subir les conséquences.

Combien de fois ai-je pensé en souriant à la réaction de Cortès quand je tançais subtilement une dame pour son insubordination, ou, les sourcils arqués, demandais un éclaircissement lors de négociations délicates, ou encore lorsque je refusais la permission de tenir leurs soirées de danse dans la salle Saint-Antoine aux adolescents montés en graine qui étaient les rejetons des pires trublionnes.

Si Cortès avait pu le voir, il aurait sûrement été d'accord avec moi pour estimer que les dames de Saint-Antoine n'étaient pas sans ressembler aux Aztèques conquis. Jusqu'aux plumes de fantaisie sur leurs couvre-chefs. Chaque fois que je regardais ces dames avec leurs jolis habits et leurs plumes, je savais qu'elles pouvaient revenir en un éclair aux sacrifices humains, si jamais vous leur tourniez le dos.

C'étaient de bonnes ennemies.

Le souvenir de leurs yeux étincelants de colère est tout ce qui me fait vivre, ces temps-ci. Certaines d'entre elles constituaient d'excellentes adversaires. Fortes et fières. On pouvait sentir leur parfum. Émeraude et Chanel, à l'époque. La conquête en valait vraiment la peine.

Bien mieux que ce serpent de Lila Winthrop, pâle et rose, puant le lys de la vallée, toujours en train de chuchoter derrière sa main, en s'arrêtant en plein milieu d'un mot quand on s'approche. Feignant d'être bien bonne, bien aimable, bien généreuse, tout à fait impeccable... Elles disent qu'elles n'ont d'autre solution que de l'élire présidente pour ce qui aurait dû être mon quatrième mandat.

Non. Cette Lila Winthrop ressemble plus, bien plus, au cancer qui a envahi mon corps, qui rampe, qui pousse, qui presse, échappant toujours au scalpel et aux analgésiques. Elle est tout le temps en train de hanter mes pensées, à l'arrière-plan, à donner un petit coup de coude, à sonder, à me rappeler ma situation.

◆

Voilà Mindy qui s'en vient avec le bassin. Quelle stupide vache à face de petit-lait ! Qu'est-ce que mon fils peut bien lui trouver ? Il faut une éternité à cette bonne femme pour faire la moindre chose. Est-ce à cela que ressemblerait l'enfer ? Attendre une éternité pour avoir un bassin ? Mais ça n'a pas d'importance. Ce qui importe, c'est à quoi ressemblera le paradis. J'y ai gagné ma place, je vous le dis. L'évidence en est partout. Trois ans, presque quatre, comme présidente de la Société féminine paroissiale. Des félicitations en chaire, plus souvent qu'à mon tour, pour avoir collecté des fonds, pour avoir organisé, pris des décisions difficiles, fait ce qui devait être fait.

Et bien plus encore. Les soupers avec l'archevêque. Des réceptions, avec du cristal qui tintait et des vins fins. N'ai-je pas serré la main du cardinal plus d'une fois ? Et pensez à mon rôle pendant la visite du pape. Ces choses-là comptent, quand vient le temps.

Je lui dis : « Eh bien, ça t'a pris un moment.

— Comment allez-vous ? répond-elle.

— Comment crois-tu que j'aille ? J'ai une tumeur de la taille d'un pamplemousse qui me bouffe le foie, et je me sens très bien. N'as-tu donc aucun tact? La douleur est intolérable. »

J'aime quand ses mains tremblent. C'est là le secret, la pousser juste à la limite, juste assez pour la secouer, mais pas assez pour qu'elle se mette à pleurer et que Peter rapplique pour me dire comme j'apprécierais les soins palliatifs, là où on a les ressources pour s'occuper de moi.

Les ressources, mon œil. Et il le ferait, aussi. Il est exactement comme moi. Il fait ce qu'il veut. Ce dont il a besoin. Je suis fière de lui.

Mais je suis plus vieille, et plus rusée.

« J'ai vos analgésiques », dit Mindy, avec seulement un petit tremblement.

Je souris. De la morphine.

« Ne t'en fais pas, lui dis-je. Ça s'améliorera. Bientôt tu pourras t'amuser à mon enterrement. »

Elle laisse échapper un petit cri inarticulé. Délicieux.

Sa bouche frémit. Elle se mord la lèvre inférieure.

Oh, Seigneur, ne pleure pas, idiote. N'as-tu aucune fierté? J'aimerais lui flanquer une gifle: se démener comme ça quand Peter pourrait entrer n'importe quand!

Évidemment, elle exagère ses réactions. Il y a une certaine obstination en elle, tout au fond, ou sinon elle m'aurait abandonné la grande chambre avec la baie qui donne sur les bouleaux et les érables de la pelouse d'en avant quand je l'ai demandée. Mais elle ne l'a pas fait, même si Peter y aurait été prêt. C'est ainsi que je sais qu'elle n'est pas tout à fait ce qu'elle prétend être.

Bon, elle s'est reprise. La douleur commence à m'abattre, se diffusant à partir du centre du cercle, prenant son vol pour m'incendier la cervelle. C'est dur de respirer quand l'effet des pilules disparaît. Je n'ai pas vraiment la force de me bagarrer avec Peter.

De la morphine.

Les pilules, les pilules. Plus vite, plus vite, j'en ai besoin.

De l'eau. Oui. Ne pas lâcher. Juste une, je me le rappelle. Je me force. Juste une, et conserver l'autre sous la langue. Jusqu'à ce que Mindy soit partie.

Elle reste longtemps. Elle s'attarde au pied du lit. En tenant le bassin. Ça lui convient très bien, ce genre de tâche.

Je veux qu'elle s'en aille. Dehors, que je puisse prendre la deuxième pilule sous ma langue et la mettre avec les autres ! Avant qu'elle ne fonde. Je ne sais pas combien de temps encore je serai capable de conserver cette seconde pilule. La douleur ne me lâche presque plus, à présent. J'essaie de me tenir comme hors de moi-même et d'observer mes réactions pour voir ce que je peux faire pour retrouver une mesure de contrôle. Mais l'explosion de douleur me ramène brutalement à moi-même. Je m'y perds.

Je sens les draps, chauds et humides sous moi. Mindy devra les changer.

Mais je dois faire quelque chose.

« Appelle le docteur Graham. Dis-lui que j'ai besoin d'une plus forte dose. La douleur est intolérable. Appelle-le au téléphone, maintenant.

— Mais, mère… »

Je voudrais lui hurler "ne m'appelle pas mère, espèce de grosse feignasse !", mais même dans ma douleur, je sais que ce n'est pas une bonne idée. Je dois quand même m'en débarrasser.

« Ou bien ne l'appelle pas, alors, ne l'appelle pas pour soulager ma douleur. » Je cherche mon souffle. Imaginez des lames qui trouvent des endroits sensibles pour s'y enfoncer en tournant, voilà, c'est comme ça. « La bonne dose me fera seulement vivre plus long-temps, et nous savons tous quel dérangement ce serait. »

Je la surveille de sous mes paupières à moitié closes. Elle a toujours l'air de quelqu'un qu'on vient de frapper, cette fille.

« Je vais l'appeler, dit-elle.

— C'est ça, va. »

Elle se retourne au moment où elle arrive à la porte. « Oh, j'ai presque oublié. J'ai pu contacter l'amie à laquelle vous m'aviez demandé de téléphoner. Elle a dit qu'elle sera ravie de venir, et vous rendra visite demain. Vous vous rappelez ? Lila Winthrop. » Elle sourit en refermant la porte derrière elle.

Bien sûr que je me rappelle. Comment pourrais-je avoir oublié ? N'ai-je pas demandé que tu l'appelles ? N'ai-je pas tout planifié ? N'ai-je pas tout arrangé ? Mais oh, mon cœur. Ma tête. Lila Winthrop. Demain ! Juste penser à cette charognarde rose et pâle, volant jusqu'ici pour ricaner de mon cadavre vivant, je n'ai pas d'autre possibilité que d'avaler la seconde pilule. Cette fois-ci. Seulement cette fois-ci.

Lila Winthrop. Ce n'est que justice, régler mes comptes avec Lila. Après tout, n'avais-je pas toute la confiance de l'archevêque, autrefois ?

Il faut dix-huit minutes à la seconde pilule pour faire de l'effet. Je le sais, je l'ai minuté. Je compte les secondes. Avec une certaine satisfaction quand j'atteins mille quatre-vingt.

Enfin, je peux flotter sur le nuage. Euphorie. Le paradis sera ainsi. Flotter. Avec la sensation d'être bien. L'absence de douleur. Je souris, étendue là. La sensation dure des heures, trois, presque quatre. Puis la longue descente étirée recommence, l'attente du couteau de flamme qui reprendra possession de mon corps.

Cette fois, la seconde pilule valait la peine.

Je peux parachever mes plans pour la visite de Lila.

◆

Le docteur est là. Je vois son visage tout déformé, alors qu'il se penche sur moi. J'entends sa voix qui parle à Mindy. Pourquoi lui demander comment je vais ? Qu'est-ce qu'elle en sait ? Cervelle d'oiseau, aspirante à la bienfaisance. Pourquoi ne pas me demander à moi ? Le lui dirais, moi, s'il veut le savoir.

« Le médicament ne semble plus faire beaucoup d'effet », dit-elle en se tordant les mains.

Bien. Le bon message.

Je me sens super-bien, euphorique, je vole dans un ciel de joie. Mais je ne veux pas qu'ils le sachent. Ne laisse pas le plaisir, le réconfort, te faire dérailler de ton plan, Helen. Rappelle-toi ce que tu veux.

Je gémis. Et je m'agite.

Ils se retournent pour me regarder puis reviennent à leur discussion.

Merci bien. Voilà qui me dit ce qu'ils feraient si j'étais vraiment en train de gémir, de me tordre et de me démener. Si le couteau brûlant était vraiment au travail.

Pour faire bonne mesure, je laisse échapper un long cri étranglé et gargouillant. Et j'essaie de m'asseoir.

À travers mes paupières plus fermées qu'ouvertes, je peux toujours surveiller leurs réactions. Le docteur se dirige vers le lit. Je vois que Mindy ne bouge pas. Elle a une main sur la bouche. L'autre appuyée sur la poitrine.

Le docteur s'assied au pied du lit.

« Pouvez-vous m'entendre, Helen ?

— Évidemment que je peux », dis-je abruptement.

Ses yeux s'agrandissent.

« Au cas où vous auriez oublié, c'est mon foie le problème, pas mes oreilles. » Peut-être vaudrait-il mieux tempérer mes remarques, mais j'estime que cet imbécile arrogant ne l'a pas volé.

« Oui, bien sûr. Mindy me dit que la dose actuelle du médicament ne vous fait plus d'effet.

— Eh bien, vous pouvez en juger par vous-même. La tumeur a dû grossir. »

Il hoche la tête. « La dose est déjà très élevée, madame Denninger. » Je remarque qu'il a arrêté de m'appeler Helen.

« Vraiment ? Craignez-vous que je ne devienne une droguée ? »

Sa tête se relève brusquement alors qu'il m'observe.

« Ou peut-être que ce serait un risque pour ma santé, à long terme ? »

Il plisse les paupières.

J'aime jouer avec eux, ces prêtres au temple de la médecine, avec leurs potions et leurs totems primitifs. Je me rappelle comment Cortès a retourné contre eux les croyances des prêtres aztèques, les mettant en condition pour le christianisme. Et il s'est tiré avec leur or.

Je croise son regard : « Quelle différence, dis-je, si une petite vieille supprime quatre heures d'agonie de sa vie chaque jour ? Ça fera du mal à qui ? »

Du coin de l'œil, je vois Peter se glisser dans la chambre. J'espère qu'il a entendu mon argument. Il aime cette tournure d'esprit. Je le vois poser une main sur l'épaule de Mindy. Elle appuie sa tête sur son épaule. Au moins, elle est toute pâle, enlaidie par la tension.

« Vous aurez beaucoup de mal à faire la part des choses, madame Denninger, avec une dose plus forte. »

J'aboie un rire : « La réalité est très surévaluée, docteur. Croyez-en quelqu'un qui a un cancer du foie. »

Je le vois lancer un coup d'œil à Peter et à Mindy. Ils le lui rendent.

« Je crois, dit-il en tournant de nouveau vers moi ses yeux gris de poisson, que vous seriez bien mieux dans une unité de soins palliatifs. » Mindy sera beaucoup mieux, vous voulez dire, si je suis dans une unité de soins palliatifs.

Je ne dis rien. Mon cœur bat avec un bruit de tonnerre. Je n'ai pas la force de conquérir de nouveaux territoires. Je veux rester ici avec mes trophées de guerre. Chez moi.

« Ils ont un entraînement spécial. Le personnel qualifié, les installations. Ce sera tellement plus confortable pour vous là-bas.

— Vraiment, je dis. Du personnel ? Des installations ? Est-ce la même chose que votre propre famille ? Peuvent-ils dupliquer le sentiment d'être chez soi ? Les souvenirs, l'atmosphère, les sentiments ? »

Je vois Mindy qui se fane un peu. Pourquoi ne peut-elle partir et mourir en paix, doit-elle se dire, pour que je puisse aérer la maison, brûler le matelas et être de nouveau aux commandes !

Le docteur serre les lèvres. Et lui, que pense-t-il ? Que je devrais être plus soucieuse d'autrui et mourir bien vite, sans faire de vagues, entourée d'étrangers payés pour ça ?

Le visage de Peter se durcit. J'y vois inscrite sa décision. Je peux la deviner.

« C'est la maison de ma mère, ici », dit-il.

Je vois Mindy se détourner de lui et lutter pour se reprendre. Étouffant ses larmes brûlantes. Essayant

de faire comme si elle n'avait que mon intérêt à
cœur.

Je réussis un sourire bien brave à travers la douleur
que je ne ressens pas, je tends la main pour serrer
celle de Peter, je murmure, « Chez moi », et je ferme
les yeux.

Mon plan, je crois, fonctionnera très bien.

◆

Une armure de coton, voilà le secret. J'ai la mienne.
Une chemise de nuit de coton soyeux, avec de la
dentelle faite à la main au col carré et aux poignets.
Sans une tache. Mindy est sortie pour aller acheter
de nouveaux draps blancs. Avec des bordures à œillets,
des taies d'oreillers et un couvre-lit assortis. Tous
avec des bordures à œillets

Évidemment, elle a hésité. En se demandant sûrement à quoi ça sert de dépenser de l'argent pour la
vieille, alors qu'elle n'a sûrement pas plus d'un mois
encore à vivre, avec de la chance.

« Aussi bien dépenser un peu de mon argent pour
moi pendant que je suis en vie, je lui ai dit. Vous en
aurez bien assez quand je serai morte. »

Deux taches rouges lui coloraient les joues quand
elle est sortie pour aller faire ses courses. Elle n'a
pas refermé la porte avec douceur.

Je suis sûre qu'elle se demandait si ce serait dur
d'enlever les taches des draps, mais ce n'était vraiment
pas mon problème.

◆

Mindy m'apporte le téléphone, comme je le lui ai
demandé. Quand elle quitte la chambre, je commande

des fleurs au fleuriste. Un bouquet tape-à-l'œil de roses pêche, de chrysanthèmes et de soupirs-de-bébé. Je le mets sur la Visa de Peter. Pourquoi pas ? Soixante dollars que Mindy n'aura pas après ma mort. On me demande si je veux un message sur la carte. Oh oui, je leur dis, et je leur donne le nom de l'archevêque.

J'appelle l'agence de voyage de Peter et de Mindy. J'utilise encore la carte Visa pour acheter un billet d'excursion dans le sud de la France. Pour dans deux semaines. Oui, je comprends bien que ce sera plus cher, pris ainsi au dernier moment.

J'ai envoyé Mindy acheter des sachets odorants. Et ces désodorisants parfumés qu'on branche dans les prises électriques. Un parfum de roses, je lui ai dit.

Tout s'est très bien arrangé. J'ai eu un petit bain à l'éponge. Et du talc parfumé. J'ai réussi à me faire coiffer. Ça m'a presque tuée et ça a coûté presque quarante dollars de faire venir la fille à la maison pour qu'elle me coiffe dans la chambre, mais ça en valait la peine.

Mindy a même repassé mes dessous en coton, comme je le lui ai demandé. Elle avait le même genre d'expression que les truites que mon mari prenait dans le lac. Elle ne voulait pas repasser les dessous de quelqu'un d'autre, je suppose. C'est son problème, pas le mien. J'ai contre ma peau le coton frais, souple et lisse dont j'ai besoin. Une protection contre la traîtrise et la ruse de ma rivale.

Je vérifie dans le miroir. On peut à peine voir à ma figure que je suis malade.

Mindy a sorti le service à thé en argent et les tasses de porcelaine. Juste à portée de la main. Elle va se laisser tomber dans le fauteuil tendu de tissu fleuri réservé aux visiteurs.

Je ne la veux pas en train de traîner dans la pièce alors que je me prépare à rencontrer ma vieille ennemie.

«Ce sont les meilleurs biscuits que tu as pu trouver? Nous n'avons pas des sablés décents?»

Elle se dépêche de sortir pour filer dans le couloir, dans un froissement de robe. Voilà, je suis seule.

Je me prépare à faire face à Lila Winthrop.

◆

Elle est assise là, toute fraîche et pimpante dans ses habits de golf. Avec ce sourire de serpent que je me rappelle si bien. Le sourire de la bonne petite fille pour qui tout a toujours tourné à son entière satisfaction, avec l'aide de son orthodontiste et de son comptable. Je peux presque lire dans ses pensées. Elle se dit que j'ai bien pu la subjuguer lors de mes initiatives paroissiales, faisant d'elle une captive malgré elle, lui dérober sa gloire, particulièrement avec la Fête estivale annuelle, la Vente & Goûter de l'automne et le Spectacle de Noël. Lui interdire toute voie de contestation, retourner ses alliées contre elle avec la bonne information, la bonne intonation, le bon haussement de sourcil. Lui couper les ailes. Jusqu'à ce que…

Jusqu'à ce que sa propre ruse la fasse triompher et lui gagne la présidence de la Société féminine paroissiale. La pire journée de ma vie. Je l'ai haïe. Je la hais en ce moment. Je jette un regard en arrière, mentalement, et je calcule que, le plus vraisemblablement, c'est ce jour-là que ça a commencé, le cancer, une petite tache, une seule cellule chauffée à blanc par la haine, et qui s'est mise à briller. À grossir.

Et regardez-moi maintenant. Elle se dit sûrement qu'elle triomphera encore en fin de compte, parce que, après tout, je suis en train de mourir de haine, et elle va s'en aller jouer une partie de golf, bien nette dans ses vêtements de coton. Du coton rose. Un rose doux et trompeur, comme de la barbe à papa. Tout à fait fourbe.

Mais je porte du coton aussi. Une armure de coton.

◆

Mindy est revenue avec les sablés, elle s'attarde, même après que Lila s'est assise dans le fauteuil destiné aux visiteurs, avec son motif de pivoines en bourgogne et blanc. Mindy rôde autour de nous, presque secouée de tics. Je ne peux pas supporter ça. Elle me rend nerveuse quand elle rôde. Elle a déjà installé le service en argenterie sur la table de campagne près de mon lit.

« Nous n'avons besoin de rien d'autre, lui dis-je. Reviens plus tard. Tu pourras nous servir de nouveau le thé dans, disons, vingt minutes. »

Mindy ouvre la bouche, la referme. En fait, elle ressemble plus à un ruminant qu'à une truite.

Je peux entendre le froissement du polyester de sa robe tandis qu'elle longe le corridor. Quelle idiote. Elle n'a jamais été assez intelligente pour porter du coton. Ne serait même pas capable de comprendre les services que ça pourrait lui rendre, de toute façon.

Ce n'est pas comme Lila. Qui détourne un peu la tête pendant que je m'adresse à Mindy. C'est sa façon discrète de me faire savoir qu'elle est trop bien élevée pour écouter les ordres qu'on donne aux serviteurs. Ça ne me dérange pas. Du coin de l'œil, je la vois admirer le bouquet de fleurs.

« Elles sont jolies, n'est-ce pas ? je dis. Et si odorantes ! »

Elle doit évidemment se pencher pour sentir le parfum. Mais en donnant l'impression que c'est pour me faire plaisir. Elle doit avoir pratiqué cette expression pendant des années. Elle y est beaucoup plus habile qu'auparavant. Plus près, je pense, penche-toi plus près. C'est ça.

Elle a repéré le nom de l'archevêque sur la carte. Sa tête se redresse brusquement. Bingo.

Elle ne voit pas ma main passer rapidement au-dessus de la tasse de porcelaine rose, juste assez haut, sans la toucher.

« Très jolies », dit-elle. Elle ne me donne pas la satisfaction de mentionner le nom de l'archevêque. Ou de me laisser voir qu'elle l'a remarqué. C'est très bien. Je n'aurais pas de respect pour elle si elle le faisait.

Et l'enfer gèlerait avant que je ne m'abaisse à commettre moi-même pareil faux-pas.

Je remarque : « Mindy nous a laissé ce délicieux thé.

— Oui, en effet. »

Je vois que sa bouche a une expression quelque peu pincée.

Les tasses sont de marque Royal Albert. Les deux que je préfère dans la collection de la mère de Wally. La rose a des rebords blancs à motif de dentelle, et la bleue est ornée de petites fleurs.

Je demande : « Quelle tasse préférez-vous ? » Je m'assure qu'elle m'a vue couver des yeux la tasse rose. J'esquisse un mouvement pour lui passer la bleue, juste au cas où elle ne comprendrait pas. Elle voit très bien. Elle voit aussi ma main qui tremble. De fait, je dois faire semblant de trembler. Je ne me suis jamais sentie si assurée. Remplie de force.

Mais je ne le lui laisse pas voir. Je me laisse plutôt aller dans mes oreillers avec une petite exclamation étouffée, comme si l'effort pour prendre la tasse bleue m'avait pratiquement tuée.

« J'adore le rose, dit-elle, comme si je l'ignorais. Ça va avec mon costume, en plus.

— Ça vous va très bien. »

Elle jette un rapide coup d'œil à ma main encore tremblante.

« Puis-je vous verser le thé ? »

J'hésite. « Bien sûr », dis-je enfin en feignant de masquer ma petite déception.

Elle s'assure que je vois bien ses mains prendre fermement la poignée et le couvercle de la théière en argent, la grâce avec laquelle elle verse, en faisant juste un peu plus de manières que la situation ne le demande vraiment. Elle me passe la tasse bleue avec un sourire, et dans le regard une pitié fabriquée de toutes pièces.

Tandis que ses doigts se referment sur l'anse de sa tasse rose et qu'elle l'approche de ses lèvres, je prends ma tasse bleue et avale une gorgée. C'est tout ce que je peux faire pour m'empêcher de hurler de rire.

◆

Elle est étendue là, avec sa jupe rose qui est remontée sur ses cuisses quand elle est tombée. La bouche béante. Les yeux exorbités. On peut voir ses jambes, avec des varices bleues noueuses. Pas très joli.

Je souris à ce spectacle. mais à l'intérieur, là où doit demeurer ce genre de sourire.

Le seul irritant, c'est le bruit que fait Mindy en sanglotant trop fort. Aucun sens de la conduite à tenir, celle-là, jamais.

Peter confère avec le docteur. Ils ont tous les deux laissé quelque peu glisser leur masque de "Je suis responsable ici". Voilà une situation désagréable, problématique et qui va leur faire perdre du temps, se disent-ils. Le décès inconsidéré de Lila Winthrop signifie qu'il va leur falloir remplir quantité de formulaires. Vraiment très désagréable.

Je me laisse aller entre mes draps avec un soupir.

Peter et le docteur se retournent vers moi.

J'ai payé assez d'impôts dans ma vie, c'est plaisant de les voir utilisés à bon escient. La police élucide la chose assez rapidement. Les restants du thé de Lila, encore dans la tasse, contiennent une surprenante quantité de morphine. Probablement assez pour abattre les gens de tout le pâté de maisons. Payé avec un océan de douleur. Des douzaines de pilules dissimulées sous ma langue. Des douzaines de lames brûlantes fouaillant mon corps pour les avoir, ces pilules. Et ça en valait absolument la peine.

Les policiers ont la tasse. Ils ne trouveront dessus que les empreintes de Mindy et de Lila. Ma tasse à moi. Ma tasse de porcelaine favorite. Peter le saura et le mentionnera peut-être à l'enquêteur. Mais peu importe, juste au cas où, j'ai laissé échapper dans la conversation, «Mais c'était ma tasse, monsieur l'inspecteur. Elle la trouvait jolie, alors je la lui ai laissée, naturellement. C'était mon invitée, après tout.»

Même le docteur, avec ses yeux gris de poisson, je sais qu'il préférerait que ce soit moi qui y sois passée. Bien mieux si j'étais morte, puisque enfin, je suis un embarras, maintenant. Je peux bien voir comme il déteste me rendre visite alors que nous savons tous les deux qu'il ne peut rien contre la maladie. Et, bien sûr, il me préfère de loin Mindy. Mais même lui doit l'admettre, je n'ai jamais demandé un supplément de médicaments. C'est Mindy qui les a demandés.

Mindy, la belle-fille qui a si longtemps souffert en silence à s'occuper au doigt et à l'œil de la sale vieille. Pourquoi ne pas se libérer d'une telle tâche ingrate et faire un agréable petit voyage avec l'héritage ? J'ai mentionné au policier que Mindy a souvent parlé de se rendre dans le sud de la France. Évidemment, elle le niera. Parce que ce n'est jamais arrivé.

J'ai beaucoup d'infirmières, maintenant. Tout le temps. C'est bien mieux, si vous voulez mon avis. Elles font ce que je leur dis de faire. J'ai seulement à garder présentes à l'esprit les limites que je ne peux pas dépasser.

Cela fait des jours que j'entends les reniflements et les lamentations de Mindy. C'est extrêmement satisfaisant. Qui sait quels divertissements je pourrais encore en tirer ?

Mais voici mon infirmière de jour, une jolie fille grassouillette. Elle me lave avec une éponge, de façon très agréable. Et je suis installée dans la grande chambre d'en avant, à présent, avec la baie donnant sur les bouleaux argentés et les érables rouges de la pelouse. Je ne pouvais vraiment pas rester dans la chambre où une chose aussi horrible était arrivée à mon amie. Peter ne voulait pas en entendre parler.

Même la douleur a été mise au pas depuis que je n'ai plus à dissimuler une pilule sur deux. La situation générale s'est considérablement améliorée.

L'infirmière s'assied. Elle tend une main pour prendre la mienne. Elle est du genre fidèle serviteur, celle-là.

« Ils vont l'emmener », dit-elle, en pressant très, très doucement ma main.

« Pas vraiment ? » je dis.

Elle hoche la tête, débordant littéralement de compassion. Elle a dû suivre un cours là-dessus.

« Ils sont sûrs… que c'est elle ?

— Je ne sais pas. Mais sûrement. Ils sont là pour elle. »

Je secoue la tête comme si j'étais trop faible pour bouger. « Ça devait être moi. Ma tasse favorite. Elle n'avait aucune raison de vouloir faire du mal à cette pauvre Lila. »

L'infirmière me serre la main.

Aucun sourire pour gâter l'expression de mon visage. Cortès serait fier de moi.

Je tire autour de moi mon armure de coton à bordures à œillets et je ferme les yeux.

Je m'endors au cœur de ma victoire.

Parution originale : Cotton Armour,
The Ladies Killing Circle.

COURSE À LA MORT

RICHARD K. BERCUSON

Quelque chose dépassait de la fenêtre de la voiture. Il y a eu un petit bruit sec, et un autre immédiatement après. J'ai tourné la tête pour voir qui me poussait par-derrière. Personne. Pourtant, je ressentais une impression de brûlure dans l'épaule droite. J'ai tourné vivement la tête de l'autre côté. Personne là non plus.

J'ai levé une main et senti un petit trou dans mon t-shirt. Il était mouillé, en plus. J'ai poussé le bout de mon médius dans le trou et la douleur m'a soudain fait grimacer. Le troisième petit bruit sec m'a fait sursauter, le quatrième et le cinquième aussi. J'ai eu le sentiment que j'allais me sentir mal.

Je me suis retourné pour regarder la voiture, à temps pour voir une toute petite colonne de fumée se dissoudre dans l'air de la nuit. Mon médius effleurait encore les bords du trou de mon épaule, même s'il en savait assez pour ne pas y pénétrer de nouveau.

J'avais très mal à l'estomac. J'ai toussé une fois, une toux de poitrine, liquide, qui m'a fait grimacer. On n'est pas censé tousser de cette façon.

Il y avait du chaud sur la face interne de mes cuisses, et ma première pensée a été "oh merde, j'ai

pissé dans mon short en pleine avenue Bayview!".
Puis, sans crier gare, mes genoux ont cédé sous moi.
Mon mal de ventre a empiré et, avec la douleur acérée
qui me traversait la poitrine, cela a contribué à me
plier en deux. Tout en tombant vers le trottoir, j'ai pu
voir du liquide se répandre dans les craquelures.

Deux autres petits bruits secs. Si la voiture était
encore là, je ne la voyais plus et je n'en avais cure.
J'ai roulé sur le trottoir dans la position fœtale la
plus recroquevillée qu'on pût imaginer. Mes joues
baignaient dans le liquide dans lequel j'étais tombé,
quelle qu'en fût la nature, et ça me piquait les yeux.
Je n'avais pas couru assez longtemps pour avoir produit autant de sueur. Alors, c'était quoi? Par pitié,
pas mon urine…

Je n'arrivais pas à retrouver mon souffle. Il n'y
avait pas d'air, bon Dieu! J'aspirais, mais je n'osais
pas exhaler. Je ne savais pas ce qu'il y avait dans mes
poumons, mais ça avait besoin d'y rester! Et pourtant,
d'une façon ou d'une autre, ça s'échappait. Je pouvais
l'entendre, comme le léger chuintement de l'air qui
sort d'un ballon percé. J'ai essayé encore une fois
d'inspirer. Ma poitrine était encore plus douloureuse,
à présent. L'air me quittait… J'émettais des bruits
étranglés, avec des spasmes. Pas d'air. Ça n'allait pas,
ça n'allait pas du tout.

Alors j'ai fermé les yeux et j'ai essayé une fois de
plus.

Évidemment, à ce moment-là, j'étais mort.

Comme si ce n'était pas assez irritant, des événements se sont déroulés ensuite qui m'ont beaucoup
inquiété à mon sujet. Pour commencer, se faire descendre dans la rue, ce n'était pas mon genre du tout.
Je n'étais pas en mesure d'en informer les policiers,
ce serait un détail qu'ils auraient à découvrir par eux-

mêmes. Mais voyons les choses en face. N'importe quel enquêteur respectable penserait le pire de la victime. À quelles activités répréhensibles avais-je bien pu me livrer pour mériter une mort aussi détestable ? Drogue, contrebande, prêts usuraires, paris ? Imprimerie ?

À l'époque de mon assassinat, j'étais le président d'une petite imprimerie. J'avais un salaire généreux et quelques petits avantages. J'étais célibataire, je vivais dans un condo obscènement surévalué et je conduisais une Buick sans fenêtres automatiques. Ma vie sociale se concentrait sur mes efforts pour coucher avec une certaine femme dont le style était aussi exotique qu'incohérent. C'était une compagne occasionnelle de sorties, et elle semblait prendre un plaisir tout particulier à m'appeler à des heures indues. À part cela, je buvais avec des amis, je draguais, je faisais de longues courses à pied, je jouais dans l'équipe de balle molle de ma compagnie – troisième but – et j'avais investi dans des fonds mutuels. Une existence digne, et sans embarras.

Je suis resté recroquevillé sur le trottoir dans mes habits de joggeur pendant quelques minutes avant l'arrivée de la police. Ça m'a réconforté de savoir que le liquide était du sang, et non de l'urine. Je me suis également senti mieux en apprenant que mon cadavre avait été découvert par un chauffeur de taxi qui avait le sens des responsabilités. Il a attendu l'arrivée des enquêteurs et leur a dit que sa première réaction avait été de penser que je serais peut-être un client – un ivrogne qui avait besoin de rentrer chez lui en voiture. Les trous que présentait mon corps l'ont apparemment convaincu de changer d'avis.

Un couple d'enquêteurs se sont livrés au quadrillage requis des environs. Ils ont examiné les buissons et m'ont illuminé de leurs torches, puis en ont fait autant au tournant de la rue. L'un d'eux, un tout petit brin d'homme, marchait sur la pointe des pieds autour des mares de sang. Entre-temps, un jeune homme enregistrait la scène sur vidéo avec une grosse caméra à l'épaule. Elle avait une lampe par-devant, qui illuminait la scène comme un lampadaire de terrain de football. Il a pris ensuite une série de photos avec l'appareil qui pendait à son cou, moi, le trottoir, moi avec les buissons en arrière-plan et moi avec la rue en arrière-plan. Comme, dans la position où je me trouvais, mon postérieur faisait face à la rue, cette dernière photo était un peu embarrassante.

Un homme en blouse de laboratoire et ganté m'a examiné. Avec l'aide d'un acolyte, il m'a étendu sur le dos. « Mort depuis moins d'une heure, a-t-il dit, ce qui était l'évidence. Cinq balles. Toutes tirées de face, épaule droite, secteur droit du haut de la poitrine, deux dans le ventre, une plus bas à gauche, du côté de la rate, on dirait. » Il gribouillait dans un carnet de notes. « Pas de trou de sortie. N'est pas mort sur le coup, je dirais. »

Non, en effet.

Le photographe, sur ses ordres, prit encore d'autres photos des blessures, puis s'en alla. Le tout petit enquêteur se tenait au bord de mes mares de sang en hochant la tête. Derrière lui l'autre enquêteur, plus grand, avait des jambes et des bras qui sortaient comme des piquets d'un short de golf, et un ventre qu'on pouvait décrire, en étant aimable, comme une montagne.

Le plus petit s'est adressé au type en blouse de labo : « Carl, quand est-ce que tu peux t'occuper de celui-ci ?

— Me semble assez ordinaire. Je vais le laisser au nouveau. »

Il allait laisser un interne m'autopsier. Et si le gars ratait un des trous de balle ? Et s'il perdait une balle ? Un débutant pour faire mon autopsie !

Quand le médecin légiste est reparti avec moi dans le fourgon, le petit enquêteur, Jack, a examiné mes clés, qui se trouvaient dans mon short. Il les a tendues à son partenaire, Charlie la Montagne. « Les clés de la maison, je suppose. Trois clés. » Il a réfléchi un moment.

Malgré sa largeur, Charlie la Montagne était observateur, au moins, une faculté importante chez un enquêteur. « Quelle maison a trois serrures ? Non. C'est un appartement ou un condo. La clé du hall d'entrée, et deux clés pour l'appartement. »

Ils sont restés là un peu plus longtemps à examiner le site, à chercher des témoins – il n'y en avait pas – et à ruminer. Charlie a résumé ainsi les événements : « Ce type est parti pour faire sa course du soir. Ne va pas très loin. Quelqu'un s'arrête en voiture près de lui et le tire cinq fois. Cinq fois au corps. Pas un seul à la tête. Probablement un meurtre sur commande, et vraiment mal foutu, sauf que ce n'en est pas un, tu vois ? Difficile à comprendre. »

Ils sont retournés au poste de police. Ma mare de sang dégouttait du rebord du trottoir dans la rue.

Personne n'a rapporté que j'étais absent à l'appel, même à midi le lendemain. Ma secrétaire Margie n'aurait sûrement pas appelé la police. Elle n'aurait pas eu le bon sens d'appeler chez moi non plus. Les enquêteurs n'ont appris mon identité et mon adresse qu'en visitant tous les édifices qui se trouvaient à distance de course, et en vérifiant chaque porte avec les clés. Plutôt que d'appeler ma compagnie, ils ont examiné mon appartement. Le concierge de l'immeuble, Eldon, les a suivis d'une pièce à l'autre, béni soit-il. Comme la fouille effectuée par les policiers dans mes tiroirs l'ennuyait profondément, il a joué avec mes CD, étalé sur mon beau sofa de cuir noir, les pieds sur le guéridon bas.

Au moins les enquêteurs étaient ordonnés. Ils marmonnaient des commentaires décousus tout en fouillant dans mes armoires et en manipulant mes habits avec délicatesse. La seule chose qui m'a dérangé, c'est quand ils ont fouillé dans mes slips. Jack, le tout petit bonhomme, a trouvé mon agenda électronique dans un tiroir de la table de nuit. « J'en ai un qui ressemble un peu à ça, a-t-il dit. Pas beaucoup de mémoire là-dedans, en tout cas. » Naturellement pas.

Charlie était dans l'armoire, et il a répliqué : « Quoi ? »

Jack est allé lui montrer le gadget. « Son agenda. On devrait l'emporter et vérifier les numéros de téléphone.

— Les numéros de téléphone ?

— Les numéros de téléphone, les noms, d'autres chiffres aussi, mais je ne peux pas me figurer à quoi ils correspondent. » Il a glissé l'agenda dans sa veste.

Ils ont passé une autre demi-heure à tout inspecter dans mon appartement. Eldon était dans la cuisine et mangeait mes biscuits aux capuchons de chocolat quand Jack a annoncé qu'ils s'en allaient. Il a eu l'air ennuyé, il était en train de prendre un petit en-cas et tout, mais il les a reconduits et il a refermé la porte. Il a laissé les CD sur la table près des marques de ses chaussures.

Dans l'ascenseur, Jack a sorti mon agenda de sa poche pour jouer avec. Il a par inadvertance poussé une touche qui faisait émettre un "ping" à toutes les autres. Ça a fait ping pendant un bon moment et Charlie lui a dit sèchement de laisser le jouet tranquille.

« Un tas de petits mémos », a marmonné Jack, en partie pour lui-même.

Je savais ce qu'il avait trouvé. Et pas un instant je n'avais considéré ces paris comme une raison de ma mort. C'étaient de petits paris, placés auprès de bookmakers de bonne réputation, avec un record de gains impeccable.

Charlie la Montagne et Jack ont avalé leur café aux tables de formica rondes du poste de police. Charlie était assis à une certaine distance de la table, parce que son ventre menaçait de la renverser à chacun de ses souffles. Ils avaient imprimé le contenu de mon agenda, et Jack passait en revue les notes qu'il avait gribouillées sur les feuilles d'imprimantes.

« Le type se rend à trois kilomètres de chez lui, dit-il, et il se fait tirer depuis une voiture. Cinq balles. Mort lente. »

Encore, la mort lente !

« Pas de témoin. Président d'une compagnie d'imprimerie insignifiante. Vie facile. Pas de drogues ni de flingues. Des CD de jazz. Pas de petite amie, apparemment. Des numéros de téléphone. Des codes. Des petits mémos. Pas de vices, en réalité. »

Une liasse de feuille reposait sur le plateau de l'estomac de Charlie. « Moi, je dirais des paris. Des chevaux, des chiens, peut-être même le jaï-alaï. »

— Hmmm », a marmonné Jack. Ils se sont regardés avec un sourire tordu, comme s'ils venaient de résoudre le crime du siècle.

« Jaï-alaï. On y joue en Floride, non ? » a demandé Charlie à son partenaire.

Jack a hoché la tête. Ses appels à Margie avaient déjà confirmé que je prenais des vacances deux fois par an à Fort Lauderdale. «Et ce sont essentiellement les Portugais qui y jouent. Tu crois que la mafia portugaise est dans le coup?»

La mafia portugaise? La seule mafia portugaise que j'avais jamais rencontrée, c'étaient les files du vendredi soir au Bar & Grill Fernandez, dans l'avenue du Parc, à Montréal.

Contents de leurs découvertes, les enquêteurs se sont dirigés vers le labo du médecin légiste pour avoir les résultats de mon autopsie. Malheureusement, Carl et son nouvel assistant n'avaient pas encore commencé, et les enquêteurs se sont donc tenus près de la porte pour observer. J'ai trouvé ça plutôt indiscret.

Le nouveau a relevé le drap et s'est penché au-dessus de ma poitrine. «Tué par balles», il a dit.

Jack a donné un coup de coude à son partenaire en se tapotant la tempe du doigt: «Un gars astucieux.»

Carl a guidé le nouveau pendant toute l'autopsie, en suivant chaque étape. Ce n'était pas si terrible, sauf que le nouveau avait un livre qui sortait de la poche de sa blouse. On pouvait seulement voir le début du titre: *Introduction à la Pathologie: le Scalpel et…*

Le gamin a enlevé les cinq balles, mais il en a laissé tomber une par terre. Ils ont discuté pendant quelques minutes pour savoir si c'était celle qui venait de mon épaule ou de mon estomac, mais Carl a décidé que ça n'avait pas d'importance, en fin de compte. Il s'est gardé la suite des opérations. Il a retiré mon cerveau de ma boîte crânienne et en a coupé une tranche. Je n'avais pas idée que ça faisait partie de la routine, et ça m'a plutôt troublé, au départ. Je me suis détendu quand j'ai appris que c'était la partie du cerveau responsable de la comptabilité.

Les deux policiers sont partis avec un rapport préliminaire qui confirmait ce que tout le monde savait. Le seul petit détail inhabituel, c'était que les balles avaient été tirées à quelque distance.

Ce qui a fait dire à Charlie dans la voiture : « Si tu veux tirer un mec, tu veux être le plus près possible, pour être sûr. Ce type a été tiré de pas mal loin. Pas exactement du travail méticuleux. »

Franchement, je n'avais jamais considéré le meurtre comme une affaire méticuleuse. Non seulement ça, mais il impliquait que MON assassin était un empoté.

Pendant des jours entiers, leurs pistes ne les ont menés nulle part. Les paris de jaï-alaï étaient pris par un type qui se trouvait sur place, ce qui voulait dire qu'on a refusé à Jack et à Charlie d'aller à Fort Lauderdale pour y vérifier mes déplacements. Ça n'aurait été que plus frustrant pour eux en fin de compte, car ils auraient seulement constaté combien de temps je perdais à traîner dans les bars des clubs de loisirs pour essayer d'y draguer des femmes riches.

Ils avaient d'autres cas, mais le mien était le plus déroutant parce qu'il n'impliquait aucune solution évidente. Entre-temps, Jack et Charlie ont interrogé Margie et tous mes employés. Puis ils ont appris l'existence de ma sporadique petite amie par l'entremise d'Eldon, le concierge de l'immeuble. Mais tout ce qu'il a pu leur donner, c'était une description. Il ne savait pas plus que moi où la trouver. Combien de fois ai-je voulu la voir moi-même seulement pour apprendre qu'elle avait disparu – pendant des journées entières ?

Environ une semaine après leurs derniers interrogatoires pertinents à mon cas, on a appelé les enquêteurs pour s'occuper d'un meurtre par balles qui avait eu lieu dans un bureau d'un journal local. La victime était le propriétaire, et il avait été découvert par le vice-président, affaissé sur son bureau avec quatre blessures par balles à la poitrine. C'était un homme plus âgé, dans les soixante-dix ans, et qui portait un nom vraiment connu.

Entre-temps, on m'a enterré. Ma compagnie a organisé de très jolies funérailles et a fait imprimer une notice nécrologique flatteuse dans le journal. Ça m'a ému. Ils ont même donné mon nom à un prix décerné par la compagnie à l'employé qui avait le mieux contribué au bien-être de ses collègues hors des lieux de travail. C'était parce que je faisais jouer notre équipe de balle molle dans des événements organisés par des charités, je pense – on perdait, d'habitude.

Les rapports préliminaires d'autopsie concernant l'autre victime indiquaient qu'il avait été tué avec la même arme que moi. Lui, quatre balles dans le corps. Moi, cinq. Comme Jack a dit : « Le gars qui courait était une cible mouvante. Plus difficile. » Un directeur d'imprimerie, puis un directeur de journal. Ça sentait le complot. Charlie a même suggéré de nouveau d'examiner l'affaire sous l'angle de la mafia portugaise.

Cependant, il était difficile d'établir un lien entre les deux meurtres. L'autre homme ne faisait pas d'exercice, encore moins du jogging. Il ne pariait pas et n'était jamais allé à Fort Lauderdale. Il préférait l'Arizona. Je doute qu'il aurait été capable d'épeler jaï-alaï. Peut-être était-ce vraiment lié aux deux firmes, conjecturait Charlie la Montagne ; s'il y avait un lien, ils n'ont pas réussi à le trouver.

Mais la coïncidence était trop frappante. Jack repassait ses notes concernant le second meurtre. À une page, il s'est arrêté net puis a ouvert mon dossier et s'est mis à fouiller frénétiquement dans les liasses de notes.

« Quoi ? » a demandé Charlie. Il était quatre heures de l'après-midi et il attaquait un petit apéritif de carottes crues avec sauce trempette.

« Tu te rappelles la petite amie du joggeur ? La description que nous en a faite le concierge de l'immeuble ?

— Ben oui. Et alors ?

— La femme du vieux type ne lui ressemble pas, tu trouves ? » s'est demandé Jack.

— Peut-être. Ouais, je suppose », a dit Charlie en ramassant une tonne de sauce sur une languette de carotte.

— Bon, alors, le vieux, M. Romena… »

Les deux hommes ont continué leur conciliabule tandis que je méditais les implications de la chose. Pas étonnant que je reconnaisse le nom : Romena, c'était le nom de ma petite amie à éclipses.

« Et tu penses que c'est la même bonne femme que voyait le joggeur. »

Jack a hoché la tête.

J'ai dû admettre que c'était plausible. Pendant l'enquête sur mon assassinat, ils avaient été dans l'incapacité de la retrouver. J'avais supposé que ma mort lui avait trop brisé le cœur et qu'elle avait besoin d'un peu d'intimité. Elle n'était même pas venue à mon enterrement, mais ce n'était pas inhabituel de sa part de disparaître pendant des jours entiers.

Jack et Charlie sont donc allés rendre visite à la demeure de M. Romena le jour suivant. Devinez qui leur a ouvert ?

C'était Romena, ou Mme Romena, ou enfin elle. Elle portait un T-shirt décolleté et sans manches qui ne cachait pas grand-chose, des shorts au genou et des sandales. Ses longs cheveux noirs, humides, étaient rejetés sur une de ses épaules. Elle semblait détendue et bronzée – sacrément sexy, en fait – pas du tout comme une femme dont l'amant a été assassiné dans la rue et le mari abattu dans son bureau.

Jack et Charlie ont essayé de cacher leur surprise. C'était particulièrement difficile pour Charlie, qui était aussi subtil que son estomac. Ils ont échangé des paroles plaisantes avec elle sur le seuil.

Ils ont immédiatement prononcé mon nom, évidemment. Mais Romena a nié m'avoir jamais connu. Ce qui expliquait probablement son absence à mes funérailles. De l'amnésie, peut-être. D'un autre côté, j'étais mort et elle était maintenant impliquée.

Jack avança qu'elle avait été vue en ma compagnie dans le hall de mon immeuble. Elle écarta cette idée avec beaucoup de sang-froid. Il lui flanqua une photo de moi sous les yeux. Pas la moindre suggestion qu'elle m'eût reconnu. Je commençais à être vraiment fâché.

Jack s'est interrompu pour sortir l'agenda de sa poche. « Vous savez ce que c'est ? »

Elle a haussé les épaules.

« Le petit livre noir électronique de votre amoureux », a-t-il dit en le lui agitant sous le nez.

Elle l'a regardé fixement, déconcertée. Il s'est obstiné, même s'il perdait pied.

« Il contient trois détails stupéfiants », lui a-t-il dit. Charlie, appuyé contre le mur, essayait de trouver le centre de gravité qui convenait à son estomac. « Nous avons eu son mot de passe et nous avons trouvé ce qu'il gardait là-dedans », a ajouté Jack.

Elle est simplement restée dans l'entrée à regarder Jack pousser des touches tandis que le gadget émettait des petits pings.

Alors, j'ai pris les choses en main. J'ai administré au lobe de son oreille gauche un long souffle lent, doux et chaud – réminiscence d'un autre temps.

Elle a vivement tourné la tête. Ses yeux se sont élargis, elle a frissonné. Et puis, elle a tout avoué.

Jack et Charlie l'écoutaient, avec Charlie qui essayait frénétiquement de griffonner ses commentaires sur un carnet enfoui dans ses grandes mains charnues. Quand elle a finalement admis avoir voulu garder notre relation secrète, Jack a murmuré : « Ah, oui. »

Elle a encore hésité un peu, et le stylo de Charlie en a fait autant. Je lui ai de nouveau administré un souffle à l'oreille. Cette fois, elle a raconté l'histoire au complet.

Son plan avait été de retrouver son mari – le vieux type – pour souper dans un restaurant qu'ils fréquentaient. Elle n'avait pas voulu que les "imbéciles" engagés par ses soins connaissent l'identité de son mari, déclara-t-elle aux enquêteurs et donc elle leur avait donné ce qu'elle avait pensé être des instructions simples : observer, suivre, tuer.

Je me rappelais maintenant la dernière fois que je l'avais vue. Le jour même de ma mort. Par coïncidence, c'était dans le même restaurant, un établissement où je nourrissais souvent mon amour maniaque pour les gâteaux au fromage. Je suis entrée et elle était là, toute seule. Un coup de chance, avais-je pensé – du gâteau au fromage, et Romena.

Je l'ai surprise en m'asseyant à sa table. Mais elle a dit qu'elle attendait sa mère. Me sentant quelque peu de trop, je me suis levé et je suis parti. Je suis resté là moins d'une minute. Moins d'une minute.

Le gâteau au fromage et moi, nous avions passé un accord. Je pouvais en manger si je faisais un peu de place dans mes artères. Après avoir quitté le restaurant, je suis allé chez moi me changer.

Je pensais qu'une petite course ferait des merveilles pour ma santé.

Parution originale : Dead Run,
Storyteller.

LES MAUVAISES HERBES
DE LA VEUVE

SUE PIKE

Il faisait -37 degrés la nuit de février où mon fils unique, Blake, est mort gelé. Lui et sa femme étaient venus de la ville en automobile, plus tôt dans la journée, avaient laissé leur véhicule à la limite de la route dégagée et pris leurs skis pour parcourir les trois kilomètres restants, le long de la rive, pour arriver au chalet. La dernière fois que Tess l'a vu, il sortait, vers minuit, afin de rapporter une brassée de bois pour le poêle.

Le médecin légiste a jugé qu'il s'agissait d'une mort accidentelle, probablement causée par le fait que la victime avait perdu pied sur la terrasse pour tomber ensuite par-dessus la balustrade basse dans le lac glacé. La chute à elle seule aurait pu lui briser les os, mais c'était le froid terrible qui l'avait tué.

Je me trouvais en ville quand c'est arrivé, et j'ai appris ensuite seulement comment des trappeurs qui vérifiaient leurs collets, tôt dans la matinée suivante, ont remarqué des renards rassemblés autour de quelque chose près du rivage. Ils les ont fait partir, et l'un des hommes est resté avec le cadavre tandis que les deux autres réveillaient Tess pour qu'elle demande du secours par téléphone.

Je n'ai jamais vu le convoi de motoneiges filant sur le lac ou les ambulanciers ficelant le corps sur le traîneau. Mais je me l'imagine assez souvent. En esprit, je me tiens sur la terrasse, les yeux baissés sur le lac. Je vois Blake, bras et jambes à l'abandon comme une poupée de chiffon jetée sur la glace par un enfant capricieux. Sa peau est translucide, couverte de meurtrissures et de coupures, son visage lissé par une mince couche de cristaux de glace.

Je me l'imaginais, cinq mois plus tard, par une chaude après-midi de juillet, alors que je longeais la route étroite qui tourne derrière les trois chalets de la famille sur notre pointe du lac. J'étais si absorbée que je n'ai même pas entendu la voiture avant qu'elle me soit presque arrivée dessus. J'ai tout juste réussi à me jeter de côté en hâte avant que la roue avant gauche s'arrête en dérapant juste à l'endroit où se trouvait mon pied quelques secondes auparavant.

Tess !

Ma belle-fille a baissé à demi la vitre et repoussé ses lunettes de soleil sur son front.

« Désolée, Isabel. Vous ai-je fait peur ? » Elle inclinait la tête de côté, souriante, et j'ai entr'aperçu son pantalon de monte élégamment discret sous son chemisier de coton bien repassé. Alors, on est la Princesse de Galles, aujourd'hui, ai-je pensé.

Je me suis penchée vers la portière, et le reflet de mon propre visage de soixante-neuf ans m'a adressé un regard furieux dans la moitié inférieure de la fenêtre teintée, poches sous les yeux et rides sous un chapeau Tilley de travers.

« Vous conduisez bien trop vite pour les lacets de cette route, Tess. » Nous avions déjà eu cette conversation. « Un de ces jours, vous allez tuer quelqu'un.

—Oh, ne recommençons pas avec ça. » Sa voix n'était pas troublée, aussi égale et lisse que les galets sous mes pieds. « J'ai seulement hâte d'arriver au chalet. C'est la première fois que je me sens capable d'y revenir depuis l'accident de Blake, et il y a tellement à faire. » Elle a agité une main pâle dans la direction du lac.

Je l'ai regardée fixement, mais je n'ai rien dit.

« J'ai été incroyablement occupée. Régler la succession avec les avocats et les comptables. C'était vraiment décourageant. »

Le tout avec un léger accent anglais. Très Lady Di.

La dernière fois que j'avais vu Tess, c'était à l'enterrement de mon fils. À cette occasion, elle avait été Jackie Kennedy, la courageuse jeune veuve accueillant les amis et les parents dans son impeccable petit costume et son chapeau à voilette noire. Tout ce qui manquait, c'était un jeune fils pour saluer le cercueil, mais ils n'avaient pas été mariés assez longtemps pour cela… N'auraient jamais été mariés assez longtemps pour cela, si je connaissais bien Tess.

J'espérais qu'elle changerait un peu, je suppose, que la mort de Blake aurait inscrit quelque chose de nouveau sur les parfaites surfaces de son visage, mais elle était toujours aussi fadement belle. Des frisons de cheveux blonds flottaient de son chignon lâche pour se coller à son cou humide. Ses yeux, couleur de porcelaine bleue de Chine, étaient clairs, sans une ombre de trouble.

« Au fait », a-t-elle dit en écartant les doigts de sa main droite sur le volant pour y aligner parfaitement ses bagues, « je pense vendre le chalet. C'est trop coûteux à entretenir pour moi toute seule. »

Elle m'a jeté un coup d'œil à travers ses cils, mais je n'ai pas réagi.

« Mon conseiller financier me dit que ce serait un bon moment pour le mettre en vente. Il estime que je peux en obtenir une très bonne somme. Surtout si on peut diviser la propriété en lots séparés.

— Des lots ? » Mon cœur avait fait un bond. « Mais vous ne pouvez pas faire ça ! Le terrain appartient à la famille. Blake n'aurait jamais permis de diviser la terre ancestrale.

— Eh bien, je suis désolée, Isabel, mais la part de Blake m'appartient désormais. Et de toute façon, il commençait à accepter cette idée. Nous en parlions très souvent. » D'un souffle, elle a écarté une mèche de ses yeux. « En tout cas, il n'est plus là, n'est-ce pas ?

— Combien de lots ? » J'avais de la difficulté à respirer.

— Des tas de lots ». Elle se mit à rire. « Eh bien, autant qu'on le pourra, je suppose. Je connais un promoteur en ville qui dit qu'avec douze terrains à bâtir le marché serait rentable. » Elle a pris un bâton de rouge à lèvres dans son sac et modifié l'angle du rétroviseur pour rafraîchir son maquillage. Elle a fait une petite moue et tamponné sa bouche d'un mouchoir en papier qu'elle a jeté par la fenêtre ; il est venu se déposer à mes pieds en voletant.

J'ai agrippé le rebord de la vitre et je me suis forcée à inspirer. Mon aérosol était dans ma poche, mais du diable si j'allais y avoir recours devant Tess.

« Eh bien, je dois y aller. » Elle s'est détournée et j'ai pu sentir la fenêtre qui me poussait les mains en remontant, puis, tout aussi soudainement, s'arrêtait. J'ai réussi à desserrer les doigts et j'ai reculé sur le bord de la route. « Au fait, voudriez-vous être bien gentille et dire à Alastair que je suis là ? Je lui ai promis que je lui dirais dès que je serai arrivée. »

Des cailloux et de la poussière fusèrent sous les roues remises en mouvement, et il m'a fallu tout ce qui me restait de force pour rester immobile tandis que la voiture disparaissait. Puis mes genoux m'ont lâchée et je me suis affaissée dans les boutons d'or et les marguerites, en cherchant mon souffle et en maudissant Tess et l'emphysème mortel qui sapait mes forces – et à cause duquel mes jours étaient comptés dans cet endroit que j'aimais tant.

◆

J'ai trouvé ma fille agenouillée dans la véranda de son chalet. Elle avait enlevé la porte extérieure de ses gonds et en retirait la moustiquaire.

« Des ratons-laveurs ! » Lindy était accroupie sur ses talons quand elle m'a vue. « Les petits ont laissé un paquet de biscuits dehors, la nuit dernière, et les voleurs ont décidé d'entrer par effraction pour prendre un petit en-cas. » Elle a arraché le reste de la moustiquaire déchirée et s'est mise à mesurer un nouveau rectangle à même le rouleau neuf à ses pieds. J'ai pris les cisailles sur la table de pique-nique et les lui ai tendues.

« J'ai rencontré Tess sur la route. Ou, plutôt, elle m'a presque écrasée. » J'ai gloussé, en espérant que mon intonation était plus neutre que je n'en avais l'impression.

« Hm. Je savais qu'elle venait. Elle a appelé Alastair la nuit dernière pour demander s'il viendrait l'aider à ouvrir le chalet. » Elle me tournait le dos, la tête penchée sur la porte. « Au fait, elle est qui, aujourd'hui ?

— La princesse Diana, à ce que je peux en juger. » J'ai ramassé l'agrafeuse et la lui ai tendue quand elle a eu fini d'installer la moustiquaire. « Mais pourquoi

Alastair ? Homme à tout faire à la campagne, ce n'est pas vraiment son truc. Pourquoi ne pas engager quelqu'un du village ? »

Les épaules de Lindy se sont raidies, mais elle n'a rien dit. J'ai tiré un vieux fauteuil Muskoka en bois près de l'endroit où elle travaillait. Le soleil se trouvait maintenant derrière le chalet, mais il faisait encore chaud à l'ombre, et mon cœur battait comme un tambour dans ma poitrine. J'ai essayé de me détendre, en écoutant le rythme des agrafes qui mordaient le bois.

Quand Lindy a finalement reposé ses outils, j'ai tapoté le fauteuil près de moi. Elle s'y est laissée tomber et nous sommes restées un moment sans bouger à contempler le lac où s'aspergeaient cinq adolescents en maillots de bain. J'ai reconnu mes deux petites-filles et les petits Crawford.

« Tu n'as pas voulu parler de Blake et de ce qui lui est arrivé, et j'ai respecté ton désir. » Je me suis tournée vers elle. « Mais maintenant, il le faut, Lindy. C'est important. »

Lindy a commencé à dire : « Je sais, maman. C'est juste que…

— Bonjour tout le monde. » Tess grimpait les marches menant à la véranda, et elle s'est appuyée contre la balustrade. Elle avait échangé ses jodhpurs contre une robe bleue à taille haute qui lui descendait au moins jusqu'aux chevilles, avec un décolleté très échancré. Elle avait défait ses cheveux qui cascadaient en petites boucles sur ses épaules. Un personnage de Jane Austen, ai-je pensé, ou peut-être une des sœurs Brontë.

« Ne faites-vous pas une paire bizarre, toutes les deux, assises là dans vos vieux habits de camping ?! » Elle s'est penchée plus près, en nous examinant à tour de rôle. « Mais regardez-vous ! Vous laissez votre peau devenir du vieux cuir ! Je parie qu'aucune de vous n'a porté ces écrans solaires que je vous ai donnés l'été dernier. »

Je n'osais pas échanger un regard avec Lindy. Tess avait vendu des cosmétiques pour payer ses études à l'université. Quand elle avait épousé Blake, elle avait essayé de nous fourguer quelques-uns de ses produits, mais avait dû constater que nous étions de piètres clientes.

Elle a soupiré en s'appuyant de nouveau à la balustrade. « Et je vois que vous avez oublié de donner mon message à Alastair, Isabel. » Elle me souriait avec indulgence, comme si elle m'avait toujours soupçonnée d'être sénile. « Ça n'a pas d'importance. Je vais le tirer de là moi-même. »

Elle s'est envolée dans ses jolies chaussures de cuir fin et nous avons pu entendre des rires dans la salle de séjour. Au bout d'un moment, elle a reparu en tirant Alastair derrière elle par le bout des doigts. Il avait l'air complètement stupide, à mon avis, et je le lui aurais dit s'il n'avait eu la grâce à ce moment de se libérer et de se pencher pour m'embrasser.

« Isabel, je n'avais pas idée que vous étiez là. Puis-je vous offrir quelque chose de frais à boire ? »

Mais Tess ne voulait pas en entendre parler. « Elle sait où se trouve le frigo. » Elle a repris les doigts d'Alastair et a recommencé à le tirer de la véranda pour s'engager avec lui dans le chemin menant à son propre chalet. « Nous avons du travail à faire, et vous êtes très bon là-dedans. Je vous donnerai une boisson fraîche quand vous aurez terminé. »

Alastair a eu un haussement d'épaules un peu embarrassé à notre adresse avant de se laisser entraîner hors de notre vue.

« Ne commence pas. » Lindy me jetait un regard d'avertissement.

Mais je m'étais tenue tranquille assez longtemps. « Que se passe-t-il, Lindy ? Ce n'est pas seulement Blake, n'est-ce pas ? Qu'en est-il de toi et d'Alastair ? »

Elle a pris une profonde inspiration. « Est-ce qu'il aime être avec une épouse complètement folle de rage de voir comment son petit frère est mort gelé parce que sa femme s'est trouvée ne pas se rendre compte qu'il était sorti ? » Son amertume était effrayante. « Je dirai probablement que non, n'est-ce pas ? »

J'ai attendu.

« Elle me terrifie, maman. Elle est comme cette mante religieuse que papa avait trouvée dans le bûcher quand on était petits. Tu te rappelles ? La femelle était en train de dévorer le mâle pendant qu'il était encore en train de copuler avec elle. »

Je me rappelais que Rob avait expliqué comment certaines personnes sont parfois ainsi. Peut-être Blake l'avait-il oublié.

« Et maintenant Tess a emmené Alastair là-bas », a dit Lindy. « Seigneur Dieu ! Je me sens comme Maggie a dû se sentir quand Tess a commencé à tourner autour de Blake. Pauvre Maggie ! » Elle s'agitait dans son siège. « Avec cette créature ensorcelée qui assistait à toutes les classes de poésie du XIXᵉ siècle de Blake, toute l'année, suspendue à ses moindres paroles, lui tendant des embuscades dans les couloirs pour discuter du symbolisme de Keats et de Shelley… Elle était tellement astucieuse et si incroyablement séduisante… Et juste assez demoiselle en détresse pour plaire à son ego de mâle.

—Oui, mais Maggie et Blake avaient des problèmes à ce moment-là. » Je devais essayer de bien comprendre, pour moi-même comme pour Lindy.

« Maggie venait de faire sa seconde fausse couche et elle pleurait tout le temps. Il me semble que Blake s'est seulement laissé flatter un peu et puis il a été trop tard. » J'ai regardé un héron bleu longer majestueusement la baie pour s'abattre au pied d'un pin mort, sur l'autre rive. « Mais Alastair n'est sûrement pas attiré par Tess. Il est bien trop fin pour ne pas voir au travers.

— Et Blake n'était pas intelligent ? Je t'en prie ! » Lindy a reniflé avec dédain. « Elle a ce talent pour paraître dans le désarroi le plus complet que les hommes trouvent charmant. Si j'essayais ça, Alastair penserait que je suis devenue dingue. Il me dirait de me prendre en main comme une bonne petite bonne femme. Mais avec Tess, il se met en quatre pour l'aider.

— Que veux-tu dire ? Elle l'a déjà fait ?

— Mmm. Juste après l'enterrement de Blake, elle a commencé. Elle voulait qu'Alastair trie des papiers. Ça semblait raisonnable, à première vue, puisque Blake et Alastair étaient dans le même département. Mais ensuite, ça a été des trucs dans la maison. Est-ce qu'il voulait vérifier la fournaise, ce genre de choses.

— La fournaise. » J'ai essayé d'imaginer mon élégant beau-fils, les yeux plissés, en train d'examiner une fournaise. S'il n'y avait pas de sonnet gravé dessus, je ne pouvais me figurer ce qu'il pourrait bien en faire.

« Je sais. » Lindy hochait la tête avec impatience. « Je suis sûre qu'il n'a même jamais remarqué que nous possédions ce genre de bidule. »

Nous sommes restées assises là sans rien dire pendant un moment, les yeux perdus sur le lac, chacune dans ses propres pensées. J'ai tendu la main pour prendre la sienne.

« Il y a autre chose, ai-je dit. Tess m'a parlé quand nous nous sommes rencontrées sur la route. Elle veut vendre, et elle espère obtenir la permission de diviser leurs vingt arpents en lots à bâtir. Elle dit qu'ils en ont souvent parlé, Blake et elle, avant sa mort.

— Foutaises ! » La main de Lindy s'est arrachée à la mienne quand Lindy a bondi sur ses pieds. Son regard étincelait. « C'est une connerie monumentale ! J'ai parlé avec Blake juste la semaine avant sa mort, et il m'a dit à quel point le chalet et la terre de la famille étaient importants pour lui. Il avait l'air déprimé et j'ai eu l'impression qu'il pensait que c'était le seul élément stable dans son existence.

— Tu lui as parlé ? » Je me suis penchée vers elle. Je ne pensais pas qu'aucun d'entre nous lui avait parlé depuis qu'il avait quitté Maggie. Nous étions trop en colère et trop orgueilleux.

« Ce n'était pas une conversation particulièrement joyeuse, et je ne voulais pas que tu saches qu'il se sentait si triste. » Elle arpentait la véranda, à présent, les bras serrés sur la poitrine. « Mais je sais fichtrement bien qu'il n'aurait jamais vendu sa part de la propriété. Ça appartenait au grand-père, bon Dieu ! »

Elle s'est laissée tomber de nouveau dans le fauteuil, les genoux contre la poitrine. « Alastair pense que je suis paranoïaque en ce qui concerne Tess. » Elle avait retrouvé le contrôle de sa voix. « Il croit son histoire pour la nuit où Blake est mort. Il croit qu'elle s'est endormie sans prendre conscience que Blake était toujours dehors. Mais Tess aurait été obligée de se lever pour mettre du bois dans le feu, si elle avait voulu ne pas mourir de froid. Quand je lui ai mis ça devant le nez, à l'enterrement, elle a fait son numéro de petite fille accablée et Alastair a été horrifié de mon manque de tact et de sympathie. Je ne crois pas l'avoir jamais vu aussi fâché. »

Après une pause, elle a repris, d'une voix si basse
que j'ai dû me pencher vers elle pour l'entendre :
« Je n'ai jamais dit à aucun de vous deux que j'ai
appelé Tess plus tard. Elle a fait sa fanfaronne pendant
un moment, puis elle a fini par admettre qu'elle était
sortie prendre des bûches pour le poêle. Apparemment,
ils s'étaient disputés, et il était parti furieux. Elle
pensait qu'il passait sa colère en faisant une petite
marche. Une petite marche ! Mon Dieu. Il y avait au
moins soixante centimètres de neige au sol et c'était
l'une des nuits les plus froides de l'hiver ! »

J'ai fermé les yeux et j'ai pu voir Blake de nouveau,
brisé, impuissant, au pied de la falaise. Seulement,
cette fois, ses yeux étaient ouverts, et ils attendaient,
ils regardaient pendant que son sang se transformait
en glace.

« Je n'ai jamais pu comprendre ce qu'ils faisaient là,
pour commencer, a dit Lindy. Blake et Maggie avaient
l'habitude de venir à skis tout le temps, mais Tess ?
Elle ne m'a jamais paru du genre à faire du sport à
l'extérieur.

— Peut-être qu'elle était Amelia Earhart cette fin
de semaine-là. La vaillante petite aventurière », ai-je
dit, mais je savais que ce n'était pas ça.

Après une autre pause, Lindy a recommencé à
parler, d'une voix contrainte et agitée.

« Tu te rappelles mercredi dernier, quand Alastair
a emmené les enfants en ville ? » Elle a poursuivi sans
attendre ma réponse. « J'ai attendu jusqu'à ce qu'ils
aient quitté la pointe, et puis je suis allée au chalet
de Blake pour voir un peu. Les volets des fenêtres
donnant sur la terrasse se trouvaient sous la maison.
Blake les avait tous repeints l'été dernier, mais quand
j'ai tiré ces quatre-là à la lumière, ils avaient des égratignures fraîches, comme si quelqu'un avait essayé

de les ouvrir. Seulement, la personne qui a fait ça n'avait pas les bons outils. On aurait dit qu'elle avait utilisé un morceau de bois, ou quelque chose comme ça. »

J'ai levé une main pour l'arrêter. « Mais ça pouvait être n'importe qui, des voleurs, peut-être », me suis-je écriée.

« J'y ai pensé, mais pourquoi seulement le chalet de Blake et pas le tien ou le mien ? Et de vrais voleurs seraient venus en motoneige. Ce qui aurait impliqué une préparation, et dans ce cas, ils n'auraient pas apporté des leviers ou d'autres outils ? Ce qu'on a utilisé a laissé des échardes et de l'écorce dans les égratignures, et la personne qui a fait ça n'a pas eu de succès. Aucun des crochets n'a été arraché du bois. »

Lindy m'a regardée, alors, le visage tendu et empourpré.

« Et il y a autre chose de bizarre. Tous les autres volets étaient encore accrochés, et ces quatre-là seulement avaient été enlevés et placés sous la maison. Comment ? Qui aurait pu les enlever ? Tess dit qu'elle n'est pas retournée là-bas depuis cette fin de semaine-là. »

Je me taisais, imaginant l'inimaginable.

« Et si c'était Blake qui avait essayé de rentrer dans le chalet ? a-t-elle continué. Et si elle l'avait enfermé dehors ? Elle essayait peut-être de lui apprendre une leçon. Une leçon qu'il n'oublierait jamais.

— Elle pourrait l'avoir poussé de la terrasse, je suppose, une fois qu'il aurait été assez désorienté. » Ma voix m'a choquée. L'intonation en était raisonnable, sauf que mes paroles dépassaient tout ce que j'aurais jamais pu imaginer.

Lindy est venue s'agenouiller devant mon fauteuil et m'a entourée de ses bras.

« Oh, maman ! Nous devons être folles d'imaginer des choses pareilles. » Elle a fait de son mieux pour sourire. « Sûrement, ça ne peut pas être aussi terrible que ce que nous imaginons. »

Elle n'avait l'air sûr de rien, pourtant, ai-je pensé, tandis que je retournais lentement sur la route pour me rendre à l'endroit d'où l'on pouvait voir le chalet de Blake. Je suis restée là à regarder la terrasse, et du coin de l'œil je croyais voir son corps tomber de nouveau sur la glace. Mais il y avait seulement Alastair et Tess assis l'un près de l'autre sur le vieux banc en bois. Elle avait posé une main sur son genou et il lui parlait avec animation d'un air sérieux, le visage empourpré.

J'ai aspiré un peu de mon médicament en poudre dans mes poumons qui peinaient, puis je suis retournée chez moi, en me rappelant, tout en marchant, comment avait été la vie sur la pointe du lac.

Quand Lindy et Alastair s'étaient mariés, dix-sept ans auparavant, et quand Maggie et Blake en avaient fait autant l'année suivante, Rob et moi avions fait arpenter et diviser la péninsule en trois lots de vingt arpents. Blake et Maggie avaient fait bâtir un chalet d'hiver là où la péninsule rejoignait le continent, et nous avions donné le terrain du milieu, avec la vieille maison de famille, à Lindy et à Alastair. Puis, juste un an avant sa mort, Rob et moi avions fait bâtir le petit chalet de bois à l'extrémité de la pointe, sur une abrupte falaise de granit donnant sur le lac.

Je me suis laissée tomber dans mon fauteuil préféré avec un verre de thé glacé et deux pilules, et j'ai attendu qu'ils atténuent un peu la douleur que je ressentais dans la poitrine.

Le matin suivant, j'ai rempli la mangeoire des colibris et arrosé les lys tigrés qui entourent la clairière où je stationne ma voiture. Puis j'ai fouillé dans tous les tiroirs de la salle de bain jusqu'à ce que j'aie trouvé l'huile solaire que Tess m'avait donnée l'année précédente et que je n'avais jamais utilisée. J'en ai appliqué une couche bien épaisse puis je me suis assise en aspirant l'air délicatement parfumé jusqu'à ce que je pensais être l'heure de son réveil.

« Je me demandais si vous viendriez prendre le café. Je crois que nous devons discuter de certaines choses. » C'est tout ce que je lui ai dit, et elle a accepté de venir vers onze heures.

Quand la visite a été terminée, je me suis affaissée dans mon fauteuil et j'ai somnolé un moment.

La douleur avait presque disparu de ma poitrine quand je me suis éveillée, mais il y avait encore quelque chose qui me dérangeait. Pour la première fois, je n'avais pas été capable de dire quel personnage Tess avait décidé de jouer aujourd'hui.

Je me suis levée de mon fauteuil pour aller observer la silhouette étendue sur les rochers, en bas de la falaise. L'ample tunique blanche avait remonté le long de ses jambes, et elle avait les pieds luisants d'huile solaire. C'est la petite couronne de marguerites tombée de sa tête et flottant doucement dans le haut-fond qui m'a donné la clé.

Ophélie. Bien sûr ! Et je suis rentrée pour trouver du détergent et bien nettoyer l'huile qui couvrait le plancher de la terrasse.

Parution originale : Widow's Weeds,
Cottage Country Killers.

La Dernière Manche

Scott MacKay

L'inspecteur Barry Gilbert contemplait les jumeaux tandis que le personnel de la division des homicides sortait le corps de Brenda Fowler de la cuisine pour lui faire traverser le corridor et se rendre dans la courbe de l'entrée. Il ne pouvait éliminer les jumeaux de la liste des suspects : dix ans, les semelles de leurs Reeboks couvertes de sang, et leurs empreintes de pieds découvertes juste au bord de la mare de sang. Il avait un témoin, une femme : Joe Lombardo l'avait avec lui dans la voiture banalisée de la police, Ellen Cochrane, la voisine, celle qui avait appelé la police. Mais où était l'arme du crime ? Des agents de police inspectaient la maison. Il jeta un coup d'œil par la baie vitrée, derrière les gamins aux cheveux bouclés, là où d'autres agents fouillaient la grande cour avant. Un quartier riche, Forest Hill, où vivaient médecins, dentistes et avocats – et un vieux quartier, l'un des plus prestigieux de la ville. Puis il ramena son regard sur les deux garçons. Angéliques ? Oui. Des jumeaux identiques. Il allait avoir du mal à les distinguer l'un de l'autre et à se rappeler. Josh à droite, Cody à gauche, tous deux vêtus d'un pull à col roulé bleu royal et d'un jean Levi's 501, tous deux bien mignons, ne pouvaient pas être les assassins, mais d'un autre côté...

Il se rendit dans la cuisine. Une cuisine pour laquelle son épouse Régina aurait sûrement commis un meurtre : très spacieuse, un îlot central, tous les meubles peints en blanc cassé, des pots et des casseroles à culot de cuivre suspendus un peu partout, un coin à petit-déjeuner, une grande entrée-débarras menant à la cour arrière, des plafonds de plus de quatre mètres de haut, de la céramique belge sur les planchers... Mais du sang sur les carreaux, à présent, du matériau organique éclaboussant les armoires blanches ; l'unité de photographie était encore en train d'illuminer la pièce à coups de flashes, d'autres inspecteurs se penchaient pour prendre les mesures ; parfois, toute cette activité l'essoufflait, comme si ça ne servait à rien, comme s'ils jouaient la même partie sans arrêt. Jamais de fin, jamais de sens...

Il s'accroupit près du coûteux double évier et examina les deux empreintes de pieds parfaitement dessinées, chaussures d'homme, sûrement taille 10, quelqu'un qui se tenait devant l'évier, sauf que la chaussure gauche semblait être un soulier de marche ou un mocassin et la droite très certainement une chaussure de sport, de jogging, la sole très usée, surtout au talon, presque lisse. Un indice curieux. Et il y avait aussi les empreintes des jumeaux, au bord de la mare de sang. Des empreintes de pas prudents. Juste une paire pour chacun. Explicable. Pas comme les empreintes de mocassin et de *running*. Il y avait eu quelqu'un d'autre dans la cuisine, qui s'était tenu près de cet évier, chaussé d'un mocassin et d'un *running*, et cette autre personne avait pu tuer Brenda Fowler. Mais quand même, il ne pouvait pas exclure les jumeaux, ou du moins pas encore.

«Barry?» Joe Lombardo l'appelait depuis l'entrée.

«Je suis là.» Il se dirigea avec précaution vers le corridor, en évitant le sang.

Joe Lombardo se tenait là, tiré à quatre épingles, les cheveux rassemblés en une petite queue de cheval, avec une tache de rouge à lèvres sur son col.

Gilbert effleura le col: «C'est quoi? Ta dernière conquête?»

Joe Lombardo jeta un coup d'œil à son col, en fronçant les sourcils. «Ça m'a coûté six dollars pour faire nettoyer cette chemise à sec.

— Elle voulait te marquer, dit Gilbert.

— Ce n'est pas drôle.» Le regard de Joe alla se poser sur la cuisine, derrière lui. Il n'était pas impressionné. Après un moment, le sang ne vous impressionne plus autant. «Mme Cochrane dit qu'elle a un rendez-vous chez le coiffeur à une heure. Un taxi vient la chercher.

— Allons-y», dit Gilbert.

Il trouva Ellen Cochrane près de leur voiture, arborant une expression grognonne, comme si le meurtre d'une nounou parfaitement innocente de trente et un ans ne signifiait rien pour elle. Elle était un peu bossue, portait des chaussures de croquet et un cardigan blanc; des lunettes à double foyer pendaient à son cou, attachées à une chaînette. Il jeta un rapide coup d'œil aux lunettes. Épaisses. Pas un bon signe.

«Bonjour, madame Cochrane, dit-il. Merci de nous avoir appelés.»

La vieille femme levait les yeux vers lui pour le regarder comme une taupe devait regarder le soleil, les yeux plissés – comme si voir l'inspecteur Barry Gilbert lui blessait les yeux.

«Désolée de vous avoir dérangé, inspecteur», dit-elle.

Elle n'essayait pas de masquer son ironie, mais Gilbert la prit au mot ; il était trop las pour faire autrement.

« Ce n'est rien, dit-il. Peut-être pouvez-vous me dire ce que vous avez vu ?

— J'en serais ravie », reprit-elle sur le ton d'un évangéliste prêt à foudroyer jusqu'au dernier misérable pécheur de ce monde. « J'ai vu un de ces horribles gamins abattre Brenda Fowler de sang-froid. J'étais à la fenêtre de ma cuisine. » Elle fit un geste vague vers l'allée qui séparait les deux maisons. « Je pouvais voir très clairement. S'est approché d'elle et lui a tiré dans la tête. Le petit maudit. »

Gilbert examina le côté de la maison. La fenêtre de la cuisine de Mme Cochrane se trouvait en effet directement en face du coin à petit-déjeuner des Swift, lui donnant un aperçu très clair de la scène du crime.

« Lequel des deux ? » demanda-t-il.

Elle leva la tête vers lui et son visage se défit, perdant quelque peu de son expression sarcastique ; elle avait davantage l'air d'une vieille femme un peu gâteuse se rendant compte qu'elle avait fait une erreur. « Je ne… » Ses lèvres se pincèrent en une moue déplaisante. « Ils se ressemblent tellement, vous comprenez, je les confonds toujours… peut-être que vous pouvez me les faire amener par ce jeune homme, là. Si je les regarde bien, je pourrais dire…

— Joe », dit Gilbert.

Lombardo disparut dans la maison pour aller chercher les garçons.

« J'espère que vous avez appelé leur père », dit Ellen Cochrane.

« Il est en route. » Il regarda l'ambulance s'éloigner. Le Dr Blackstein examinerait le corps plus tard, même si la manière dont Brenda Fowler était morte laissait peu de doute. « Vous connaissez bien la famille Swift ? demanda-t-il.

— Je vois les gamins jouer dans la cour. Avec Brenda. Et je vois le père de temps en temps. Il a des horaires de travail bizarres. »

Joe Lombardo revenait avec Josh et Cody, qui avaient l'air effrayé à présent, des larmes dans les yeux de Cody, les mains de Josh serrées dans le dos, les yeux baissés sur les pavés au motif compliqué de l'entrée.

Ellen Cochrane scruta les deux garçons, énervée, les observant à tour de rôle.

« Je ne peux pas dire », admit-elle enfin.

Les garçons levèrent les yeux vers elle, solennels, silencieux, attentifs à ce qui allait arriver ensuite. Intéressant. Un jury ne pourrait pas les condamner. Mme Cochrane pouvait désigner Cody, mais un jury pourrait-il réellement être certain que ce n'était pas Josh ? L'un des deux, mais un doute raisonnable pour les deux. Des jumeaux. Lequel condamner ? Même avec l'examen génétique : leur ADN était identique. Lequel enfermer comme jeune délinquant dangereux ? Un obstacle majeur. Peut-être de quoi bloquer l'enquête.

Mais il y avait toujours le mocassin et la chaussure de sport.

◆

Gilbert observa d'abord la semelle des chaussures de Frank Swift, des chaussures coûteuses, du cuir d'Italie, discret, pas de décoration superflue, bien lisse, des lacets de qualité, la seule fantaisie consistant en un reflet bourgogne pour mettre en valeur la teinte essentiellement brun roux. Les jumeaux se trouvaient dans la salle de jeu du rez-de-chaussée avec une policière. Gilbert et Swift étaient assis dans la salle de séjour. La maison était silencieuse, Lombardo réglait les derniers détails dehors ; l'électricité négative du meurtre vieux de quelques heures flottait encore dans l'atmosphère, comme un fantôme, lourde et épaisse, comme s'il y avait eu un trouble magnétique, un écho sur un écran radar – la mort de Brenda Fowler.

« Un de mes collègues de travail m'a pris peu de temps après 9 h 30 », dit Swift, assis tout recroquevillé au bord du sofa de vrai cuir, les yeux vitreux, le regard tourné vers l'intérieur, comme s'il essayait de résoudre le paradoxe de Zénon pour démontrer la possibilité du mouvement.

« Mme Cochrane nous a dit cela. »

Swift était un homme de petite taille, avec des yeux bleus rapprochés, d'abondants cheveux noirs et bouclés, et un grand front.

« Pour sûr », dit-il. Des rides incrédules se dessinèrent au coin de ses yeux, et il s'agita en faisant couiner le cuir. « Vous ne la croyez pas, honnêtement, n'est-ce pas ? Josh et Cody adoraient Brenda.

— Mais votre revolver n'est plus là. Vous le gardiez enfermé dans une boîte en acier à l'étage. Et maintenant il n'y est plus.

— Josh et Cody n'auraient jamais tué Brenda », dit Swift d'un ton catégorique.

Le jeu. Les interminables escarmouches. Et toujours le soupçon au quart de tour, comme si tout le monde était un meurtrier potentiel, même Josh, même Cody. Peut-être était-ce un simple accident, les gamins avaient mis la main sur le revolver, le coup était parti, Brenda avait été tuée et maintenant ils avaient trop peur pour dire la vérité. Il ne pouvait pas se faire une opinion quant à Swift. L'homme manifestait beaucoup d'émotions en même temps : stupeur, soulagement, choc, comme si les détails du meurtre étaient à la fois familiers et étranges, comme s'il visionnait intérieurement un film en repassant la même scène sans arrêt, pour essayer de lui trouver un sens.

« Il va me falloir le nom de votre collègue de travail, dit Gilbert.

— Bien sûr.

— Juste pour vérifier.

— Domenic Colella. »

Swift lui donna l'adresse et le numéro de téléphone.

« Quel genre de relations aviez-vous avec Brenda ? »

Mais Swift n'entendait pas, les yeux fixés sur le vase japonais placé dans un coin sur le plancher, visionnant toujours son film, imaginant le coup suivant, examinant les possibilités : contrôle des dommages, dissimulation… Il n'avait pas entendu la question. Gilbert la répéta.

« Brenda est avec nous depuis le début, dit enfin Swift. Je la connais depuis dix ans. Je l'ai toujours bien traitée. Elle le mérite.

— Elle est jolie, n'est-ce pas ? Et vous êtes veuf. »

Les lèvres de Swift se pincèrent. « Brenda est mariée et heureuse en ménage, inspecteur. Ça n'a jamais été ça entre nous. Même après la mort de ma femme. »

Toujours le film intérieur, c'était visible dans son regard, inquiet maintenant, à propos de Brenda, des garçons, en voie de comprendre l'énormité de ce qui était arrivé, comment les conséquences allaient en affecter son existence.

« Vous êtes sûr que ça ne pouvait pas être un accident ? demanda Gilbert. Les garçons ont réussi d'une façon ou d'une autre à ouvrir la boîte du revolver…

— Mais comment ? C'est du métal massif. Avec deux serrures. J'ai la seule clé. »

Inquiet mais lucide, comme s'il regardait dans une boule de cristal, devinait cause et effet, établissait des liens entre des circonstances que Gilbert pouvait seulement supposer.

« Je veux vous montrer quelque chose », dit Gilbert.

Ils se levèrent pour aller dans la cuisine.

Il lui montra les empreintes de chaussures, le mocassin et le *running* et là, le film s'arrêta. Swift, mystifié, fronça les sourcils et Gilbert ne fut plus sûr de rien. Swift semblait perdu, abasourdi, comme s'il avait renoncé à résoudre le paradoxe de Zénon.

◆

Gilbert laissa les jumeaux sous la garde de leur père pendant la fin de semaine.

Le lundi matin, qu'est-ce qu'il avait en main ? Assis dans son bureau, en sirotant un double cappuccino avec de la crème à 1 % et en contemplant par la fenêtre les trottoirs bondés de Chinatown, il ne pouvait s'empêcher de penser que la fin de semaine prochaine serait celle de son anniversaire : 1er juin, quarante-huit ans, un temps de réflexion, le temps de considérer ce qu'il avait fait de sa vie. Ses choix. Quelquefois, on n'avait aucun contrôle sur ses choix. Il n'avait jamais voulu être inspecteur, il voulait être architecte, il aimait les édifices, leur aspect, leur forme, leur atmosphère. Il aimait la maison de Swift, couverte de lierre, avec un petit garage à l'arrière. Mais maintenant, comme tant d'édifices et de maisons en ville, elle était devenue le cadre d'un meurtre. Et Gilbert ne voyait plus les maisons ni les bâtiments avec des yeux d'architecte.

Les jumeaux s'étaient trouvés dans la salle de jeu, ils regardaient Ani-Maniacs à la télé, quand ils avaient entendu une forte détonation à l'étage du dessus. Trop effrayés pour aller voir tout de suite, Josh se dirige prudemment vers l'escalier et appelle. Pas de réponse. Finalement, les deux gamins montent ensemble. Ils trouvent Brenda étendue du côté sud de l'îlot central avec une balle dans la tête. Ils marchent accidentellement dans la mare de sang. Ils n'appellent pas eux-mêmes la police, c'est Mme Cochrane qui le fait. Avant que les jumeaux aient une chance d'appeler, la voiture de police est déjà là. Du moins c'est ce qu'ils disent. Mais il faut vingt minutes aux voitures après l'appel de Mme Cochrane, et c'est ce qu'il ne comprend pas. Pendant ces vingt minutes, les garçons auraient dû appeler de leur côté. Ils ont dix ans. Ils savent comment appeler 911. Mais ils ne l'avaient pas fait. Et il ne pouvait se figurer pourquoi.

Qu'avait-il d'autre ? Un mocassin et une chaussure de sport, des empreintes menant à l'évier, mais pas d'empreintes qui le quittaient. Bizarre. Qu'était-il arrivé ? Pas d'empreintes de retour. Comme si les deux chaussures avaient simplement disparu.

Il entendit frapper à sa porte à demi ouverte et, en se retournant, vit un homme d'environ trente-trois ans, de grande taille, aux cheveux blond sable, à la moustache bien taillée, vêtu d'un costume noir, avec des chaussures et une cravate noires. Le reconnut, mais ne put le replacer.

« Inspecteur Gilbert ?

— Oui ?

— Agent John Fowler, de la 54e Division. » Fowler laissa à Gilbert le temps de hocher la tête. « Je suis le mari de Brenda Fowler. »

Gilbert plissa les yeux. Il se rappelait, à présent. Le tournoi annuel de base-ball, l'an dernier, entre la 54e et la 52e Division. Fowler était un excellent lanceur, imbattable, qui aurait dû jouer dans les ligues professionnelles.

«Je suis navré, pour votre femme», dit Gilbert.

Le visage de l'autre se tendit. Il arrivait à peine à se contrôler.

«Oui… eh bien…» Debout sur le seuil, l'air perdu, il regarda dans le couloir, puis fixa ses mains aux longs doigts, parsemées de taches de rousseur. Des larmes apparurent dans ses yeux, qu'il essuya d'un rapide mouvement de manche. Il releva le menton, retrouvant une certaine maîtrise de soi, et ses lèvres se durcirent. «Si je peux faire quelque chose… quoi que ce soit… J'ai parlé avec Lombardo.»

Comment expliquer à cet homme qu'il n'était pas en état d'aider, que ce qu'il pouvait faire de mieux, c'était de prendre une semaine, peut-être deux, de rester avec de la famille ou des amis et de laisser les autres policiers s'occuper de son cas?

«Je ne savais pas qu'elle était mariée avec un policier», dit Gilbert.

Il ne l'avait pas su, et maintenant il pensait déjà que ça avait peut-être un rapport.

Le visage de Fowler se défit en une expression à la fois désolée et déconcertée. «Pourquoi aurait-on voulu la tuer, inspecteur?» Il regarda par la fenêtre, où Chinatown s'affairait, indifférente à son chagrin. «Elle était plus que gentille, plus que douce, on allait partir une famille l'an prochain, quand on aurait eu assez d'argent pour le premier versement sur l'achat d'une maison. Elle savait s'y prendre avec les enfants.»

◆

Joe Lombardo entra dans son bureau juste comme il s'apprêtait à aller rendre visite à Domenic Colella. Le jeune inspecteur semblait fatigué ce matin-là et dégageait une odeur de Chanel 5.

«Pourquoi vous me regardez comme ça? demanda-t-il.

— Les lits sont faits pour dormir, Joe. Tu pues comme un comptoir de cosmétiques.

— J'ai droit à une vie personnelle?» Il laissa tomber un ronéotype sur le bureau de Gilbert. «Vous n'aviez pas une vie personnelle avant de rencontrer Regina?

— Et ça veut dire quoi, ça?

— Que vous devriez me ficher la paix.

— Tu aimes ça.

— Z'avez raison, dit Lombardo. Ouais. Autant que je peux en avoir.»

Gilbert souleva la feuille. «C'est quoi?

— Saviez-vous que Swift avait un casier judiciaire?» Lombardo s'assit sur le coin du bureau; ses cuisses musclées par le *soccer* dessinaient des reliefs dans son pantalon d'uniforme bien repassé. «S'est fait ramasser pour possession de cocaïne il y a huit ans.

— Combien?

— Une soixantaine de grammes.

— Pas fait de prison, alors.

— Une amende et liberté conditionnelle.

— Et tu penses qu'il pourrait y avoir un rapport? Pas moi. C'est quoi, soixante grammes? Tous ces cascadeurs se pelletaient le truc dans le nez vers la fin des années quatre-vingt.

— Je ne sais pas, dit Lombardo. Ça m'a amené à vérifier, c'est tout. J'ai demandé à Blackstein de faire une recherche dans les vieux dossiers du bureau du médecin légiste. Et il a trouvé le dossier d'autopsie de Trudy Swift. Cause de la mort : surdose de cocaïne. Vous voyez une tendance ?

— Plus qu'un simple mode de vie ?

— Peut-être.

— Mais ce n'est pas une preuve, soupira Gilbert.

— Je dirais pareil, si ce n'était de l'état lamentable de l'entreprise de Swift. Il devrait avoir fait faillite depuis longtemps, normalement. Import-export, surtout de la vente en gros au rabais, des vêtements. Le genre de truc qu'on trouve dans les boutiques de soldes.

— Le genre de truc que tu ne mettrais pas si ta vie en dépendait. »

Lombardo eut un haussement d'épaules ironique : « Qu'est-ce que je peux y faire si mon père était tailleur ?

— Et tu penses qu'il soutient son entreprise en faisant du trafic de drogue à côté.

— Possible. » L'avertisseur de Lombardo émit un petit couinement ; il jeta un coup d'œil au numéro. « Ou peut-être qu'il s'est calmé quand sa femme est morte. Je dois y aller. »

Gilbert regarda l'avertisseur. « Quand je draguais, tout ce que j'avais, c'était un petit carnet noir. »

◆

Le bureau de Domenic Colella se trouvait au bord du lac, pas très loin du Pavillon des bains de Sunny-side, dans une zone économiquement catastrophée, infestée de prostituées et connue sous le nom de la Ligne. Pas la plus prestigieuse des adresses. De vieux édifices pas très nets datant des années trente, la plupart des devantures couvertes par des années de saleté, avec des pigeons serrés les uns contre les autres dans leurs propres déjections sur les rebords des seconds étages. Des magasins de fournitures pour restaurant. Ça vendait des tas de machines à expressos.

Gilbert gravit les marches pour entrer. Apparemment, Colella n'avait pas grand-chose à faire, mais il obligea néanmoins Gilbert à attendre dans l'aire de réception pleine de poussière, avec les plantes en pot recouvertes d'épaisses toiles d'araignées ; la secrétaire donnait l'impression qu'elle aurait été plus à l'aise à faire la Ligne dehors en hauts talons et minijupe qu'assise devant l'ordinateur vieux de dix ans.

Colella sortit de son bureau. Court sur pattes, chauve, la cinquantaine, costume brun à larges rayures beiges, chaussures en cuir de crocodile, petite broche dans le revers de veston, le drapeau italien, vert, rouge et blanc. Gilbert lui montra sa carte et son insigne. Colella s'en fichait éperdument.

« Mon agenda est bourré, inspecteur, alors faisons ça vite. »

Ils se rendirent dans le bureau de Colella. Les meubles avaient l'air de sortir des années trente, comme l'édifice tout entier, portant encore la patine de la Grande Dépression dans les teintes marron et vert ternes, avec des trous dans le revêtement de linoléum, victime d'une intense accumulation de cire.

Gilbert demanda à Colella ce qu'il avait fait le samedi matin passé.

« Je suis allé là-bas à neuf heures. J'ai pris mon petit-déjeuner, une tranche de pain grillé, du café et du jus d'orange. Et Swift et moi, on a parlé boulot. Les gamins étaient en bas avec leurs Pop-tarts, facile à préparer pour Swift, comme petit-déjeuner.

— Quel genre de boulot ?

— Des uniformes de cuisine. Tabliers, chapeaux, pantalons. Ce genre de choses. Il avait cette marchandise vraiment pas chère en provenance de Chine. Je me disais que ce serait peut-être une bonne affaire. Il a eu de bonnes affaires par le passé.

— Et à quelle heure est arrivée Brenda Fowler ?

— Je ne sais pas. Vers neuf heures et demie. On était dans la salle de séjour à l'avant, avec le café. Elle est entrée par la porte d'en arrière, on ne l'a pas entendue, alors je ne peux pas vraiment donner une heure plus précise.

— Et à quelle heure êtes-vous partis ?

— Peut-être juste un peu après dix heures. On a pris ma voiture.

— Et vous êtes allés où ?»

Colella fronça les sourcils. «On est allés voir les fringues. À son entrepôt, dans Duncan.

— Et Swift était avec vous pendant tout ce temps-là ?»

Colella se pencha vers lui, l'air encore plus irrité : «Écoutez, inspecteur. Si vous pensez que Frank Swift a quoi que ce soit à voir avec le meurtre de Brenda Fowler… Je veux dire, pourquoi ? La nounou des enfants. Pourquoi aurait-il fait ça ?

— Dites-le-moi. »

Colella se renversa dans son antique et grinçant fauteuil pivotant. Dehors, un trolley passa en ferraillant, avec un son de cloche, et six pigeons plongèrent brusquement de la balustrade, comme pour un suicide en masse.

«Je suis son alibi, inspecteur. Pourquoi n'arrêtez-vous pas de me faire perdre mon temps ?»

◆

Une fois Gilbert de retour à Chinatown, Joe Lombardo vint le trouver avec le casier judiciaire de Domenic Colella, épais comme deux in-quarto.

« Il s'est fait pincer pour trafic de drogue, blanchiment d'argent, fausse monnaie, vol par effraction et même pour meurtre. Mais personne n'a réussi à l'épingler définitivement pour quoi que ce soit. Il est en ce moment sous enquête pour direction d'un gang de vols de motos. Encore rien de précis. »

Lombardo prit quelques photos dans un dossier et les fit glisser sur le bureau de Gilbert. Des images horribles. Une scène de meurtre, la mère, le père, et deux enfants abattus par balle ; la mère, la trentaine, affaissée sur la table du téléphone dans le couloir, les enfants sur le plancher, le père recroquevillé dans les marches menant au second étage, du sang partout, comme dans un abattoir.

« C'est Colella qui a fait ça ?

— On le pense. Mais pas de preuve solide. Pas assez pour le poursuivre. »

Gilbert contempla longuement les photos. Lut la description. Des histoires de gangs. Exactement comme le meurtre de Brenda Fowler. Mais Colella ne se trouvait absolument pas aux environs de la scène du meurtre au moment de la mort de Brenda. Ou bien l'était-il ? Le film muet de Swift, qui se déroulait sombrement derrière ses yeux, qui l'avait distrait, et terrifié, comme s'il avait su quelque chose. Mais les empreintes de chaussures ? Un *running* et un mocassin, pas des chaussures en cuir de croco.

« Vous saviez que le mari de Brenda est policier ? demanda-t-il. John Fowler. Je l'ai rencontré l'an dernier lors de notre tournoi annuel de base-ball. Un excellent lanceur.

— Je connais le type, dit Lombardo.

— Ah oui ?

— Mais je ne savais pas qu'il était marié avec la victime.

— Tu l'as déjà vu lancer ?

— Oh oui. Il y a dix ans, il a presque été recruté par les Blue Jays.

— J'ignorais, dit Gilbert.

— Dans ses bons jours, on a mesuré ses lancers à 130 kilomètres/heure. Il a été recruté à la fin du secondaire, est passé par l'équipe A de Dunedin et ensuite par le double A de Knoxville, mais il n'a jamais pu aller plus loin.

— Tu crois qu'il y a un rapport ? Le fait qu'elle était mariée à un flic ?

— Ça mérite d'être exploré. »

Le regard de Gilbert dériva de nouveau vers la famille massacrée. C'était cela qu'il détestait, ce jeu, ce cycle sans fin ; tout le monde savait que Colella était coupable, mais personne ne pouvait le prouver. Colella leur ricanait au nez dans son coin, avec un revolver fumant que personne ne pouvait voir, et en particulier pas un jury. Massacré une famille entière. Massacré la famille de Fowler avant même qu'il n'ait pu commencer à en avoir une. Brenda morte sur le sol de la cuisine. Le seul témoin : une vieille bonne femme à moitié aveugle qui pensait que ce devait être un des jumeaux. Comment allait-il réussir à dénouer ce sac de nœuds-là ?

◆

Le 1er juin. Son anniversaire. Il ne savait pas ce que Regina avait arrangé, mais il espérait que ce serait quelque chose qui lui ferait oublier toute cette

affaire. Il était assis sur la terrasse de la maison de
Forest Hill, à une heure de l'après-midi, avec Swift
assis en face de lui en train de siroter un *cooler* tout
en grignotant des chips de tortilla, un jour de semaine,
les enfants à l'école, mais Swift n'avait apparemment nulle part où aller. Dénouer le nœud. Jouer le
jeu.

« Elle est myope comme une taupe, dit Swift.

— Oui, mais nous avons un autre indice, Frank.
Nous avons trouvé une trace de poudre sur les mains
de Josh.

— C'est impossible. »

Bien sûr que oui, mais c'était ça le jeu.

« J'ai les résultats des tests avec moi, si vous
voulez les voir, dit Gilbert en soulevant sa sacoche.
Et vous voulez savoir ce que nous avons trouvé
d'autre ? Des traces de cocaïne dans quinze endroits
différents de votre maison. Ça m'ennuierait que vous
ayez de nouveau ce genre d'ennui, je crois qu'il y
aurait plus qu'une libération sur parole et une amende
à la clé, cette fois-ci.

— Je ne comprends pas. Pourquoi venez-vous encore me voir ? Je vous ai dit tout ce que je sais. »

Au fond de la cour, un écureuil apparut derrière
un chêne et alla boire dans la piscine.

« Et Mme Cochrane n'est pas notre unique témoin,
Frank. »

Swift le regarda fixement puis détourna les yeux
et prit ses lunettes de soleil Vuarnet. « Vous avez un
nouveau témoin ?

— Eh oui.

— Et ce nouveau témoin dit que c'est Josh qui a
tiré ? »

Gilbert hocha la tête. Il commençait à obtenir un
résultat. Swift avait l'air nerveux, les narines dilatées

comme s'il sentait un ennemi ; il remuait les jambes, un débat intérieur transparaissait sur son visage, des réseaux complexes de muscles en plein conflit.

« Je ne vous crois pas, dit-il enfin.

— Je vous ai montré les empreintes de chaussures. » Dénouer ça. « Il y avait quelqu'un là. » Jouer le jeu. « Quelqu'un a tout vu. »

Quarante-huit ans. Le moment de réfléchir à sa vie. Mais il ne pouvait pas se libérer du jeu. Quand il fallait donner des coups bas…

« Je ne vous crois pas, dit Swift.

— Moi non plus, dit Gilbert, mais jusqu'à ce que je trouve une meilleure théorie, je vais devoir faire arrêter Josh. Pas très plaisant pour un gamin de dix ans. Surtout maintenant. Il ne pourra pas terminer son année scolaire.

— Écoutez, je sais que Josh ne l'a pas fait. » Swift se penchait en avant dans sa chaise d'osier peint en blanc, front plissé par l'angoisse, visage empourpré. L'écureuil qui buvait à la piscine fila dans le jardin de fougères. « N'y a-t-il pas moyen de parler de… je ne sais pas, moi, d'immunité, ou quelque chose comme ça ?

— L'immunité ? » Gilbert plissa les yeux. « Je crains de ne pas vous suivre.

— Écoutez, c'est très délicat. Je pourrais avoir de sérieux ennuis. Brenda est arrivée tôt, dimanche. C'est très dur pour nous depuis la mort de Trudy, j'ai subi des pertes financières et… C'est dur. Et j'ai dû faire certaines choses que je… juste pour surnager. »

Swift détourna la tête en un mouvement brusque et nerveux. Les reflets sans forme définie de la piscine dansaient sur son visage, la même image répétée sans cesse, due à la façon dont les jets des filtres à eau faisaient onduler la surface.

« Et donc, Brenda est arrivée tôt », le poussa Gilbert.

Il pouvait voir le film qui se déroulait derrière les yeux de Swift.

L'autre leva la tête et le regarda. « Elle a vu quelque chose qu'elle n'aurait pas dû voir. Nous ne l'avons pas entendue arriver, elle est entrée par la porte d'en arrière. Avant de pouvoir faire quoi que ce soit, nous l'avons aperçue dans le couloir, en train de nous regarder. Elle a vu une valise pleine d'argent et une autre pleine de produit. »

Gilbert contemplait Swift. « Du produit, répéta-t-il. C'est comme ça que vous appelez ça ?

— Quelquefois on fait affaire avec des gens avec qui on préférerait n'avoir aucune relation.

— Colella vous tuera pour m'avoir parlé, n'est-ce pas ? »

Le regard de Swift se fit pensif. Et Gilbert devait au moins lui concéder cela : il était prêt à risquer sa vie avec un monstre comme Colella afin d'éviter à Josh le traumatisme d'une arrestation. Mais ça n'expliquait pas les chaussures dépareillées. Ou le revolver manquant de Swift. Ralentis, Gilbert. Une chose à la fois.

« Alors qu'est-ce qui s'est passé ? demanda-t-il.

— Nous sommes partis en voiture pour aller voir les uniformes de cuisine.

— Cette partie-là était vraie, alors.

— Et tandis que nous roulions, Colella m'a posé toutes sortes de questions à propos de Brenda. Était-elle correcte ? Pouvions-nous lui faire confiance ? Je voulais seulement le tranquilliser. J'en perdais ma salive. On avait essayé le produit tous les deux. J'étais *high*. Et je suppose que j'ai laissé échapper qu'elle était mariée à un flic. » Il se laissa retomber sur sa chaise, comme s'il était hors d'haleine, mit sa main devant sa bouche et secoua la tête, comme incrédule d'avoir commis une telle erreur. « Il est devenu très calme après ça. N'a plus dit un mot. »

Gilbert avait l'impression de glisser sur de la glace, comme si le terrain solide, la piste certaine d'un moment plus tôt, avait à présent disparu, comme si son missile avait changé de direction.

« Et ensuite ? dit-il avec une exaspération croissante.

— On s'est séparés.

— Alors, vous ne l'avez pas vu abattre Brenda ? continua-t-il, incapable de dissimuler sa déception.

— Non. » Cette suggestion semblait avoir irrité Swift. « J'étais au boulot.

— Mais vous pensez que Colella l'a tuée. Vous pensez que Colella est revenu ici et lui a tiré dessus. »

Swift lui jeta un coup d'œil dont le sens était clair. « Colella est de la vieille école. Quand il voit un problème, il l'élimine. »

Gilbert força son visage à se détendre. « Éliminer, dit-il d'une voix atone. C'est comme ça que vous dites ? »

◆

Il trouva John Fowler qui l'attendait à son bureau.

Fowler semblait plus pâle, plus maigre, comme s'il n'avait pas dormi depuis des jours. Le visage dépourvu d'expression, il demanda à Gilbert s'il y avait eu le moindre progrès dans l'affaire. Gilbert voulait bien protéger la confidentialité du cas, mais en la circonstance, il estima devoir faire une exception. Fowler faisait partie du club. Fowler était l'un des leurs. Fowler était un flic.

« On vérifie le casier judiciaire de Colella, dit-il, on le rencontre en personne, et on en retire cette impression qu'il n'y penserait pas à deux fois avant d'abattre ces deux gamins, leur mère et leur père. Il ne voit pas les gens comme des êtres humains. Il les voit comme des marches ou comme des obstacles. Et il pense à long terme. Il examine toutes les possibilités. C'est pour ça qu'il ne se fait jamais prendre. Il met fin aux ennuis avant même qu'ils ne commencent. Je suis convaincu qu'il a tué votre femme.

— Mais vous n'avez pas de preuve. »

Gilbert observa Fowler; il aurait bien voulu lui dire le contraire. Un type comme Colella n'avait pas sa place dans le monde.

« Je ne peux pas y toucher.

— Mais vous pensez que c'est lui.

— Quantité de preuves circonstancielles disent que c'est lui. »

Les yeux de Fowler devinrent vitreux tandis qu'il regardait fixement le morse en étain sur le bureau de Gilbert, souvenir d'une croisière en Alaska l'année précédente. Le jeune officier prit une profonde inspiration, la retint pendant quelques secondes, s'assit bien droit sur le bord de son siège et laissa échapper son souffle.

« Pensez-vous pouvoir l'épingler? »

La voix au bord de craquer, à présent, comme s'il allait faire un trou dans le mur d'un coup de poing.

« Je ne sais pas. » Gilbert pensa de nouveau aux deux chaussures dépareillées. « Il y a quelques approches que nous n'avons pas encore essayées. »

Fowler hocha la tête, l'image même de la déception. « Vous n'avez pas l'air bien sûr. »

Gilbert sentit que ses yeux se plissaient, comme toujours lorsqu'il faisait face à une partie spécialement

désolante du jeu. Finalement, il posa ses doigts à
plat sur le sous-main de son bureau : « Je ne sais pas,
c'est tout, John. Il faudra voir comment ça tourne. »

◆

Chez lui, il était assis devant son gâteau d'anniversaire, avec deux grosses bougies, une en forme de
quatre, l'autre en forme de huit, plantées dans une
mer de glaçage au chocolat, tandis que Regina et
leurs filles, Jennifer et Nina, lui chantaient un "Bonne
fête" discordant. Et tout ce à quoi il pouvait penser,
c'était Fowler. Comment il avait de quelque façon
manqué à Fowler. Comment il n'était peut-être plus
fait pour ce boulot, après tout. Regina avait une
étagère pleine de romans policiers, au premier, et ils
semblaient tous si bien ficelés… Rien n'était jamais
aussi clair dans la vraie vie.

Plus tard, un peu après onze heures, tandis qu'il
faisait l'amour avec Regina, le sang revint le hanter,
les Reeboks de taille 6, les jumeaux marchant au
bord de la mare de sang, des empreintes hésitantes,
comme s'ils étaient tous les deux tellement choqués
qu'ils ne savaient pas quoi faire. Et leur histoire : ils
étaient allés au rez-de-chaussée, et elle était là, déjà
morte, ils avaient eu peur, quand ils avaient finalement décidé d'appeler la police, les sirènes arrivaient
déjà dans la rue. Mais les autres empreintes, le mocassin et la chaussure de sport ? Si seulement il pouvait
élucider ce point.

Comme un casse-tête. Un jeu. Et quelquefois on
se faisait battre. Avec chaque manche, on perdait un
peu de soi, mais on se forçait à continuer en pensant
que, d'une façon ou d'une autre, on pouvait changer
quelque chose pour quelqu'un.

À minuit et demi, le téléphone sonna. C'était Joe Lombardo.

« J'ai seulement pensé que vous aimeriez le savoir, dit Lombardo. Domenic Colella vient d'être assassiné. Dans le stationnement derrière son bâtiment. Bannatyne dit qu'il garde tout en état, si vous voulez jeter un coup d'œil.

— Comment l'as-tu appris ? » demanda Gilbert, impressionné par son jeune partenaire.

« Je n'utilise pas mon avertisseur juste pour me rappeler mes rendez-vous galants, eh, andouille. »

◆

Dans Parkdale, le lac Ontario puait, comme il arrive parfois au cours des nuits chaudes de la fin du printemps, quand il est épaissi par des algues, tel un aquarium plein de poissons morts.

Sur la scène du crime, deux voitures de police aux gyrophares allumés bloquaient l'allée menant au petit terrain de stationnement, et Gilbert dut y aller à pied, en montrant son insigne au policier en uniforme pour passer.

Du ruban jaune encerclait le terrain. Colella gisait sur le ventre, dans le même costume brun, les pieds écartés, les bras le long du corps, paumes tournées vers le haut, pas de sang, du moins à ce que pouvait en voir Gilbert. Sa voiture, une Crown Victoria écarlate du dernier modèle, avec des enjoliveurs dorés, se trouvait vers l'extrémité du stationnement. Bannatyne se tenait là en train de parler avec un de ses hommes, près d'un gros conteneur-poubelle, une torche électrique à la main. C'était un homme à peu près du même âge que Gilbert, mais plus gros, avec un large visage cramoisi, une vaste panse, des bras et des jambes comme des troncs, pas mince et nerveux comme Gilbert.

« Bob ! » appela-t-il.

Bob Bannatyne leva les yeux, adressa quelques mots à ses hommes puis vint rejoindre Gilbert. « Joe m'a dit que tu interrogeais Colella en rapport avec le meurtre de Brenda Fowler. Je ne savais pas que tu avais une nouvelle enquête. J'ai été tellement occupé que je ne me suis pas tenu au courant.

— Le légiste est passé ?

— Pas encore. » Bannatyne le prit par le coude. « Viens par ici. Je veux te montrer quelque chose. »

Il le conduisit à un camion dévoré par la rouille, éclaboussé de peinture marron et qui ressemblait ainsi un peu à une vache Jersey – les mêmes marques. Le gros inspecteur s'agenouilla et éclaira de sa torche le dessous du châssis.

« Regarde un peu ça. »

Gilbert s'agenouilla aussi et regarda sous le camion.

Il vit une balle de base-ball, la variété officielle, bien dure, qui se trouvait là, une moitié couverte de sang et de quelques cheveux, sans aucun doute ceux de Colella.

« Qu'en penses-tu ? » demanda Bannatyne en se relevant avec une expression médusée. « Je veux dire, j'ai vu un tas d'armes du crime bizarres, mais celle-ci, c'est la meilleure. »

◆

Gilbert se rendit à Chinatown peu après deux heures du matin et monta à son bureau. En ruminant. Parce qu'il n'aurait pas dû parler à Fowler de la connexion avec Colella. Il s'assit à son bureau et alluma son ordinateur. Il était fatigué. Il voulait seulement rentrer chez lui ; il n'y avait pas d'endroit plus déprimant que le quartier général de la division à deux heures du matin. Tandis que son ordinateur démarrait, il déterra la version imprimée du dossier. La partie se déroulait en prenant toujours des tournants inattendus, et personne ne pouvait être certain que la justice était bien servie. Il ouvrit le dossier Fowler et s'y plongea.

Il ne pouvait pas être à cent pour cent certain que Colella avait bien assassiné Brenda Fowler, mais peu importait. Il trouva et effaça toutes les références à Colella comme un des suspects. Tout ce qui restait, c'était le fait que Colella confirmait l'alibi de Swift. Il ratura toute référence aux autres meurtres dont Colella était soupçonné. Et finalement, il supprima les deux mentions de John Fowler.

Puis il se mit en ligne et excisa l'information du dossier informatique, en effaçant toutes les copies de sauvegarde. Pourquoi Fowler avait-il laissé sa balle là ? Il n'était pas idiot. Peut-être n'avait-il pas eu le temps. Peut-être avait-elle roulé sous le camion, peut-être qu'une voiture était arrivée et il n'avait pas eu le temps de la reprendre. Il n'y aurait pas d'empreintes dessus, en tout cas. Fowler était un flic. Efface, efface, efface. Quand Bannatyne viendrait renifler par là, il ne trouverait pas grand-chose.

Il imprima une nouvelle copie du dossier et fit passer l'autre dans la déchiqueteuse. Puis il s'arrêta. Parce qu'il savait qu'il était en train d'enfreindre la loi, qu'il se faisait complice après le fait, qu'il était coupable d'obstruction à la justice, que peut-être, peut-être, Fowler avait tué un homme innocent avec sa meilleure balle rapide. Il se sentait divisé. Parfois, on doit élaborer les règles du jeu à mesure qu'on joue. Si seulement il y avait moyen d'être sûr que Colella était bien l'assassin de Brenda Fowler…

◆

Cody Swift entra dans son bureau le jour suivant, un gamin de dix ans, tout seul, qui aurait dû être à l'école, l'air nerveux mais déterminé.

« Cody », dit Gilbert. Ç'aurait pu être Josh, mais il se trouva que c'était bien Cody. Gilbert se raidit : apparemment, le gamin apportait de mauvaises nouvelles.

« Pour les empreintes, monsieur, dit-il. Les deux grandes empreintes près de l'évier ? C'est un copain à moi. J'ai pensé que je ferais mieux de vous le dire. » Cody ouvrait de grands yeux sérieux. « Il était là. Mais il ne l'a pas fait. Il a dit qu'on ne devait rien dire… Je veux dire… même s'il ne l'avait pas fait… parce qu'il pensait que, si on le disait, peut-être qu'il… Il a dit qu'il aurait peut-être des ennuis. Il pensait que Josh et moi on aurait des ennuis. Mais je me suis dit que vous deviez savoir, hein, monsieur ? Pour tout. Même pour mon ami. »

Gilbert leva son crayon, arracha un feuillet de son carnet et contempla le garçon.

« Et qui donc est cet ami ? » demanda-t-il.

Cody baissa les yeux sur ses mains tandis que son visage s'empourprait.

« Il s'appelle Norman, et il vit dans le parc. »

◆

Norman vivait bel et bien dans le parc, un des sans-abri en nombre croissant qui erraient dans Toronto. Il vivait dans la section la plus boisée et la plus accidentée, où il s'était construit une espèce de cabane temporaire avec de vieux morceaux de carton et du contre-plaqué de récupération. Un seul regard et Gilbert sut qu'il était l'un de ces... eh bien, un de ceux qu'on appelait "mentalement handicapés". Il portait une parka d'hiver verte, un pantalon de sport noir, un *running* à un pied et un mocassin à l'autre. Il se tassa sur lui-même quand Gilbert et Cody s'approchèrent, les yeux plissés de soupçon. Il semblait avoir quarante-cinq ans environ ; ses cheveux étaient en broussaille et son visage tanné par le soleil, avec des rides sympathiques.

« Ne t'inquiète pas, Norman, dit Cody. C'est l'inspecteur Gilbert. Un de mes amis. Il veut te demander si tu as pris le revolver de mon père. »

De là où il était assis près de l'entrée de sa cabane, Norman examinait Gilbert.

« Est-ce que tu as un revolver, par ici ? » demanda Gilbert.

Norman haussa les épaules : « Dedans.

— Pourquoi tu l'as pris ? »

Norman tourna la tête avec nervosité, un mouvement brusque et raide, comme s'il avait été mordu par un moustique.

« Parce que je sais comment vous travaillez, vous, les flics. Vous imaginez pas que je le sais pas. Je vais chez Sears et je regarde les séries à la télé. Je sais exactement comment vous faites.

— Et c'est comment, ça, Norman ?

— D'abord, vous trouvez l'arme du crime.

— Et le revolver de M. Swift, c'est l'arme du crime ?

— Josh me l'avait montré, avant.

— Et tu l'as utilisé pour tuer la nounou de Josh ? »

Les yeux de Norman étincelèrent d'horreur. « Non, non, non, dit-il. Le type a tué Brenda. Pourquoi j'aurais tué Brenda ? Brenda était vraiment gentille avec moi. Je vais à la porte d'en arrière, des fois, et elle me donne à manger.

— Alors tu es allé à la porte d'en arrière, dimanche matin dernier, pour avoir à manger. »

Norman hocha la tête d'un air furtif.

« Et tu as vu le type tirer dans la tête de Brenda, par-derrière ? »

Un autre hochement de tête furtif.

« De quoi il avait l'air, ce type ?

— Il fallait que je fasse quelque chose. Je sais que vous, les flics, vous accuseriez Josh et Cody, surtout que le type est parti vite fait dans sa grosse voiture.

— Tu as vu la voiture ?

— Alors, j'ai entré. Pis j'ai compris que je marchais dans le sang. Et je sais que M. Swift aime pas que Josh et Cody ramènent de la saleté dans la maison. Alors, j'ai été à l'évier, j'ai monté sur le comptoir et j'ai lavé mes chaussures. Pis j'ai rampé sur le comptoir pour pas mettre encore mes pieds dans le sang. »

À part le raisonnement tordu, Gilbert croyait l'histoire de Norman. L'homme était un simple d'esprit, incapable de mentir. Il était allé à l'étage et il avait pris la boîte du revolver. En essayant de protéger Josh et Cody.

« Tu peux me dire à quoi il ressemblait, le type ?

— Il avait pas de cheveux sur la tête. Je l'ai vu tirer Brenda. J'ai regardé par la fenêtre. Pis je m'ai caché derrière les buissons quand il est parti.

— Il était grand, petit, gros ?

— Petit. »

Petit, comme Colella.

« Tu as vu sa voiture ? » demanda Gilbert.

Norman hocha gravement la tête : « Une grosse voiture rouge avec des roues dorées. »

La voiture de Colella, la Crown Victoria avec les enjoliveurs dorés.

◆

Fin de la partie. Jamais bien ficelé. Encore des bouts qui pendouillent. Ellen Cochrane, myope comme une taupe, qui n'a jamais vu Norman, même s'il se tenait juste en face d'elle. Gilbert se trouvait dans son bureau, regardant Chinatown par sa fenêtre, l'activité habituelle. Il se réchauffait les mains avec son double cappuccino, et ne se sentait plus aussi mal en pensant à Colella. Que faire avec Frank Swift? Swift aimait ses enfants, il avait pu le voir dans son regard. Mais il prenait des décisions fondamentalement erronées, ce qui pourrait à long terme faire du mal à Josh et à Cody. Il faudrait y penser. Et puis, il y avait John Fowler. Il avait juste oublié John Fowler… Si Bannatyne le pinçait, c'était cuit, et voilà tout. Mais pour l'instant, Bannatyne n'avait pas demandé le dossier. Bannatyne était surchargé de travail. Ils l'étaient tous.

Il prit une gorgée de son café, savourant avec plaisir le liquide épais et amer qui lui glissait dans la gorge. Une partie gagnée, une partie perdue, une partie nulle? Celle-ci donnait l'impression d'une partie gagnée. Il n'y avait donc aucune raison d'ajouter le nom de Norman au dossier. Y ajouter son nom pourrait diriger Bannatyne vers Fowler. Et ce serait bien dommage. Parce que justice avait été faite. Colella ne détruirait pas d'autre famille, vivante ou à naître. Norman n'aurait pas été un témoin crédible, de toute façon. Colella aurait pu se payer un avocat de première. Norman aurait été démoli à la barre des témoins.

Et voilà, c'était tout. Gilbert sourit. Se forcer à continuer en pensant que d'une façon ou d'une autre, il changeait quelque chose pour quelqu'un. Peut-être une famille à naître. Éteignez les lumières. La foule a quitté les gradins. Et il avait le sentiment d'avoir gagné la partie. Il fallait seulement que cela reste ainsi. Il prit le dossier sur son bureau et le plaça parmi la centaine d'autres qui occupaient son étagère. Une affaire non élucidée dans les registres. Mais elle resterait là, sans que personne y touche, réglée en ce qui concernait Gilbert – enterrée dans la poussière du jeu.

Parution originale : Last Inning,
Ellery Queen Mystery Magazine.

À PROPOS DES AUTEURS

ROSEMARY AUBERT, grâce à ses études en criminologie, confère à sa fiction une perspective réaliste. Elle a donné des séances d'information et produit des vidéos entre autres pour les Services pénitentiaires canadiens. Elle écrit des ouvrages très divers, avec à son crédit plusieurs romans d'amour à succès, de la poésie et des textes journalistiques. Son premier roman policier, *Free Reign*, a été l'un des finalistes du prix Arthur Ellis en 1999, dans la catégorie « Meilleur premier roman ». « Le Bateau de minuit pour Palerme » (dans le recueil *Cold Blood V*) est son premier texte publié de fiction policière.

RICHARD BERCUSON est enseignant et vit à Ottawa. Il a publié de nombreuses nouvelles, incluant « Course à la mort », dans le magazine *Storyteller*. Précédemment journaliste sportif, il a contribué à de nombreux magazines des articles sur le hockey et l'entraînement sportif, tout en écrivant pour le *Ottawa Citizen* et plusieurs journaux hebdomadaires.

EDWARD D. HOCH est unique dans le monde de la fiction policière. Depuis 1955, il s'est entièrement consacré à l'art de la nouvelle. Il en a près de mille à son actif, avec une cinquantaine de personnages récurrents. Ses œuvres ont paru dans chaque numéro du *Ellery Queen Mystery Magazine* depuis 1977. Vivant à Rochester, dans l'état de New-York, et membre de longue date de l'Association canadienne des auteurs de fiction policière, l'auteur et détective Barney Hamet, un de ses héros, a résolu bien des mystères dans le cadre de plusieurs événements littéraires se déroulant dans le monde de la fiction policière.

NANCY KILPATRICK est d'abord connue comme excellente auteure de textes d'horreur ou de fantastique gothique. Elle a publié dans ce genre des dizaines de nouvelles, « novelisé » la récente comédie musicale *Dracula*, assumé la direction littéraire de plusieurs collectifs et publié plusieurs romans de vampires, incluant sa tétralogie du *Pouvoir du sang*. Sous le pseudonyme d'Amarantha Knight, elle a également publié une série de romans érotiques.

SCOTT MacKAY est natif de Toronto, où il vit avec sa famille. Sa bibliographie est très variée, incluant un thriller à succès, *A Friend in Barcelona*, le roman d'aventure SF *Outpost*, et un roman policier finaliste du Arthur Ellis, *Cold Comfort*. Membre actif de l'Association canadienne des auteurs de fiction policière, il a fréquemment contribué à l'*Ellery Queen Mystery Magazine*.

MARY JANE MAFFINI, tout en étant une anthologiste, enseigne l'écriture de la fiction policière et elle est co-propriétaire de la librairie spécialisée *Prime Crime*, à Ottawa. C'est aussi une auteure accomplie de nouvelles. Ses récits, qui se singularisent par une capacité unique de fusionner crime et humour, ont paru dans le *Ellery Queen Mystery Magazine* et les collectifs *Cold Blood V*, *The Ladies' Killing Circle* et *Cottage Country Killers*. Elle a co-dirigé le collectif *Menopause Is Murder*, et son premier roman, *Speak Ill of the Dead*, a été publié en 1999 par les éditions Rendezvous.

JAS. B. PETRIN vit à Winnipeg et contribue régulièrement au *Alfred Hitchcock Mystery Magazine* (où a été publié « L'Assassin dans la maison »), ainsi que dans des collectifs de la série *Cold Blood*. Son œuvre diverse va de fascinants exercices en pur suspense à des récits humoristiques et fantaisistes, en passant par le macabre et le bizarre. Ses nouvelles sont souvent rééditées, font l'objet de livres enregistrés, et sont adaptées pour la télévision – et elles se retrouvent souvent mises en nomination pour les Arthurs.

SUE PIKE, qui vit à Ottawa, est rapidement en voie de devenir l'une des écrivaines de nouvelles policières les plus respectées au Canada. Elle est membre à la fois de l'Association canadienne des auteurs de fiction policière et du *Ladies' Killing Circle*, lequel se trouve basé à Ottawa. Sa nouvelle lauréate du Arthur est parue dans le second collectif du Cercle, *Cottage Country Killers*. « Les Mauvaises Herbes de la veuve » a été inspiré par le paysage sauvage, terrifiant et splendide qui entoure le chalet de Sue dans l'est de l'Ontario.

PETER ROBINSON est peut-être l'auteur de policier canadien le plus fameux de tous les temps. Son exceptionnelle série de romans ayant pour héros l'inspecteur de Yorkshire Dale, Alan Banks, (tout récemment *Dry Season*) lui a valu un succès international ainsi que le prix Arthur Ellis dans la catégorie roman, pour *Past Reason Hated* et *Innocent Graves*. Son premier roman, *Gallows View*, a été finaliste du prix John

Creasey, décerné par la British Crime Writers Association, et *Wednesday's Child* a été finaliste d'un prix Edgar, décerné par l'association Mystery Writers of America. Ses nouvelles sont rassemblées dans un recueil, *Not Safe After Dark*, et il a également publié deux *thrillers* indépendants de sa série de romans.

Le prix Arthur Ellis de ROBERT J. SAWYER dans la catégorie nouvelle n'est qu'une récompense parmi les nombreuses autres qu'il a reçues ces dernières années au plan international. Ses œuvres de science-fiction ont été lauréates de prix majeurs au Japon, en France et en Espagne, sans compter le très convoité prix Nebula décerné par la Science Fiction Writers of America. Nombre de ces romans (tout comme sa présente nouvelle) tissent avec brio des éléments de mystère et d'enquête policière avec les éléments de SF. D'excellents exemples en sont *The Terminal Experiment*, *Illegal Alien* et *Flashforward*.

JOSEF VORECKY est une des figures littéraires les plus respectées au Canada. Né en Tchécoslovaquie et résident de Toronto pendant de nombreuses années, il a publié maints romans très bien accueillis, *Dvorak in Love*, ou le roman lauréat du Prix du Gouverneur Général, *The Engineer of Human Souls*. Il est aussi le père du lieutenant-inspecteur Boruvka, qui, dans une série de nouvelles comme «The End of Lieutnant Boruvka» et «Sins for Father Knox», confère une profonde humanité à ses enquêtes qui se déroulent à Prague sous la domination communiste. Son roman policier le plus récent, *Two Murders in My Double Life*, a été publié en 1999.

ERIC WRIGHT, l'un des auteurs de fiction policière les plus honorés au Canada, a été quatre fois lauréat du prix Arthur Ellis. En 1984, il a gagné le tout premier prix avec le premier de ses romans mettant en scène Charlie Salter, *The Night the Gods Smiled*. Il a récidivé deux ans plus tard avec *Death in the Old Country*. Il a également été deux fois lauréat dans la catégorie nouvelle, la première fois pour «À la recherche d'un homme honnête» (dans le recueil *Cold Blood : Murder in Canada*), et la seconde pour «Un tiens vaut mieux que deux tu l'auras». Outre les toujours populaires aventures de Charlie Salter, qui se poursuivent et seront bientôt traduites chez Alire, Eric tient également la chronique des aventures d'une détective, Lucy Trimple, et d'un policier de Toronto, Mel Pickett. Il a récemment publié un volume de mémoires intitulé *Always Give a Penny to A Blind Man*.

TREIZE NOUVELLES POLICIÈRES, NOIRES ET MYSTÉRIEUSES
est le soixante-douzième titre publié
par Les Éditions Alire inc.

Il a été achevé d'imprimer
en mars 2003 sur les presses de